Sandiablo

Manfredo Kempff

Sandiablo

ALFAGUARA

© Manfredo Kempff Suárez, 2000
© De esta edición:
Aguilar, Altea, Taurus, Alfaguara, S. A., 2000
Beazley 3860 (1437) Buenos Aires
www.alfaguara.com.ar

- Grupo Santillana de Ediciones S. A.
  Torrelaguna 60 28043, Madrid, España
- Aguilar, Altea, Taurus, Alfaguara, S. A. de C. V.
  Avda. Universidad 767, Col. del Valle, 03100, México
- Ediciones Santillana S. A.
  Calle 80, 1023, Bogotá, Colombia
- Aguilar Chilena de Ediciones Ltda.
  Dr. Aníbal Ariztía 1444, Providencia, Santiago de Chile, Chile
- Ediciones Santillana S. A.
  Constitución 1889. 11800, Montevideo, Uruguay
- Santillana de Ediciones S. A.
  Avenida Arce 2333, Barrio de Salinas, La Paz, Bolivia
- Santillana S. A.
  Río de Janeiro 1218, Asunción, Paraguay
- Santillana S. A.
  Avda. San Felipe 731 - Jesús María, Lima, Perú

ISBN: 950-511-633-0
Hecho el depósito que indica la ley 11.723

Diseño: proyecto de Enric Satué
Diseño de cubierta: Claudio A. Carrizo
© Ilustración de cubierta: *Iglesia de San Francisco,* de Justa Suárez de Arana
© Fotografía de la ilustración de cubierta: Billy Kenning

Impreso en la Argentina. *Printed in Argentina*
Primera edición: julio de 2000

Todos los derechos reservados.
Esta publicación no puede ser
reproducida, en todo ni en parte,
ni registrada en o transmitida por
un sistema de recuperación de
información, en ninguna forma
ni por ningún medio, sea mecánico,
fotoquímico, electrónico, magnético,
electroóptico, por fotocopia,
o cualquier otro, sin el permiso previo
por escrito de la editorial.

A Santa Cruz de la Sierra y a su gente que es la mía

1

Luciano Salvatierra abrió los ojos sobresaltado y se quedó sentado en la cama con las piernas abiertas y acezando. Miró hacia ambos lados y se apoyó en el respaldar. Se limpió la frente sudada con el dorso de la mano. Otra vez, después de una noche inquieta, los coletazos del alcohol no lo dejaban en paz. Las borracheras lo estaban matando desde hacía mucho tiempo y su mujer se lo repetía: "Ya no soporto ni tus gritos ni tus patadas a medianoche, tengo que cambiarme de cuarto, no me dejás dormir". Pero Juana vivía amenazándolo resignada a que nunca se compondría. "¿Qué diablos bebés para que tu conciencia quede tan destrozada? ¿Qué te metés dentro de tu pobre cuerpo para apestar a difunto de cuatro días? ¿No sabés a qué huelen tus sábanas para que yo tenga que salir corriendo en busca de aire fresco al amanecer? ¿No podés ser un poquito más considerado conmigo que te he aguantado tanto?", le decía.

Luciano Salvatierra, moribundo por la resaca, con la lengua pastosa y la cabeza que se le partía de dolor, cansado de pelear con ella durante años, se quedaba en silencio, y, en vez de contestar, tomaba agua y dejaba que se le escurriera un poco por su pecho peludo para refrescarse. Ese día había llegado de madrugada y durante toda la noche había bebido un trago inmundo porque en la fiesta se había acabado la cerveza y el whisky. Siempre sucedía lo mismo, buen trago al comienzo y porquería después. Lo mismo pasaba con las mujeres, las mejores se iban temprano con los más jóvenes, y quedaban las feas que no hallaban consuelo, para los viejos como él. Esta vez había tomado aguardiente a montones, hasta caerse. Alguien, no recordaba quién, sin duda un alma caritativa de las que no les faltan a los tunantes, lo había llevado hasta su casa. Encontró su llave de milagro, entró tambaleante y sucio, se derrumbó en su cama ante la apesadumbrada Juana, y soñó que unos hombres lo perseguían con puñales filosos para caparlo. Uno de los castradores era su difunto suegro, que llevaba un puñal y estaba pringado de sangre hasta el codo. Lo odió. Siempre lo había odiado. Otro era uno de sus cuñados, que tenía una tijera ensangrentada en la mano. Y había más, muchos más, todos con batas blancas y barbijos, como los médicos. Soñó que lo atrapaban en su cama y lo apuñalaban en el vientre y la espalda, mientras él gritaba como un cerdo y se protegía sólo los testículos ante la mirada complaciente de su mujer que estaba envuelta en una bruma blanquísima. Ella hablaba con su padre sin darle importancia a las cuchilladas y ambos se reían de la feroz carnicería. Gritaba desesperado pero sus quejas se ahogaban en su garganta. Eran gritos silenciosos. Vio la sábana blanca ensangrentada y rota por las puñaladas. Sus tripas estaban saliéndose por todas partes y él trataba de sujetarlas con los brazos pero sin sacar las manos de las verijas. Del colchón chorreaba sangre negra como alquitrán. Vio su miembro cortado junto a sus ojos. Gritó entonces de verdad esta vez y se sentó, jadeante, bañado en sudor. No había asesinos ni su mujer estaba en la cama, pero le entró ira contra ella, por no haberlo defendido de sus victimarios, por no haber pedido auxilio o no haber puesto su cuerpo para recibir las puñaladas en su lugar. Por haberle sonreído a su padre mientras lo capaban tan cruelmente. Juana apareció en la habitación con una mueca que era una sola amargura.

—¿Quién te ha querido matar a esta hora? ¿Qué perro te ha querido morder? Has chillado como un chancho cuando lo degüellan y me has hecho venir corriendo. ¡Ya es el colmo! ¡Son las once de la mañana!

—¡Bah! —dijo Luciano y se fue renqueando hacia la hamaca que estaba colgada en un amplio corredor junto al patio. Se meció con una pierna y luego la recogió encima respirando un airecillo refrescante. Sentía el dolor de las cuchilladas abajo y entonces le echó una mirada a sus testículos. Parecía que estaban ahí. Los tocó, estaban, pero se sentía capado.

—¿Por qué renqueás? —le preguntó Juana—. ¿Te pegaron anoche? ¿Alguien te sentó la mano por fin?

—Anoche no me pasó nada. Unos traguitos, eso fue todo.

—¿Qué maldito trago has bebido entonces? ¿Con quiénes de tus amigos genios has estado arreglando el país? ¿Has hecho algún otro negocio de ésos que te permitirán rascarte hasta que te murás? ¿No estás cansado de ociosear todos los días, de pasártelas con tu guitarra a cuestas, mientras yo churco y churco? Pero claro, su señoría, si usted no necesita ni hacer grandes negocios ni trabajar. Si usted, su merced, tiene a Juana, para qué quiere más. Su mujercita hace de todo, menos acostarse con otros. Cose, cocina, lava, plancha, borda manteles, hace pastelitos, vende mangos, vende queso, vende leche, y hasta ayuda a los pobres. ¡A los pobres dizqué! Y da limosnas a la iglesia para que los diablos, ésos que lo corretean todas las noches, no se lleven a vuestra merced a padecer el fuego eterno ensartado en un trinche. ¡Plata para los curas de paso! Y don Luciano que no hace más que beber, jugar y cantar. Y andar detrás de mujeres que para colmo le piden plata. Además, hoy nos ha llegado una boquita más que alimentar. Anita, nuestra ahijada. ¡Estamos en la buena!

—Mmmmm...

—¿Eso es todo su merced? ¿Mmmmm...?

—Mmmmm... No sé de qué ahijada me hablás. Pero es tu culpa. Eso te pasa por ser comadre de toda Santa Cruz.

—Bueno, me voy a hacer mis cosas. No sea que mañana no haya nada para comer. Voy a entregar las tablillas de naranja y de piña que me encargaron. Y el dulce de guayaba que hice ayer. Te dejo como te conocí: echado en la hamaca, aporreado, y con aliento a alcohol. Total, todo fue por mi culpa. Me dejé embarazar y sólo por eso, sólo por ceder a tus ruegos de que nada pasaría, de que sólo me sobarías, estoy llena de hijos y de nietos, con un marido inservible.

—Pero me casé con vos. Fui un buen hombre. Y tu padre, era más borracho que yo, Juana. Y de mujeriego y vividor, que ni se diga. Matón, como pocos. Yo creo que si no le pegaban un tiro por pícaro y sinvergüenza, se moría igual de cirrosis o sífilis. O de todo junto. Además... hasta le gustaban los puñales. Creo que tenía instintos asesinos.

—Te enloqueciste del todo. Asesino, papá. Es el acabose —protestó Juana.

—Acordate que a mí me quiso matar. Si no es por vos, me agujerea el cuero o me lo corta.

—Me voy, me voy. Se me hace tarde. Me voy amargada. Yo creo que tenés delirium tremens de tanto beber. ¿Así se llama, no? ¿Delirium tremens? ¿Deliro tremendo significa eso? Ves caimanes debajo de tu cama y víboras enroscadas en tus piernas. Y ahora desvariás con papá. Asesino, papá. Y el pobre que hasta llegó a quererte.

—¡Me amaba! ¡Me admiraba! ¡Después que me hizo casar con vos con el revólver al pecho! Es que éramos de la misma calaña, Juana. Éramos idénticos. Si una vez me propuso hasta intercambio de peladas... —bromeó Luciano, provocándola.

—Chau. Me voy volando. ¡Qué amargura, por Dios! —se quejó ella.

—El trabajo da salud —dijo burlesco y cínico Luciano.

Bostezó estirando las piernas y los brazos. Sintió que hasta el espinazo y el cuello se le estiraban y se acomodaban. Volvió a impulsarse con la pierna y luego la cruzó sobre la otra, aliviándose con un poquito de frescor. Cerró los ojos y dormitó oyendo al loro que cotorreaba cerca y a los tordos con las alas recortadas que silbaban saltando sobre los ladrillos, pasando por debajo de la hamaca. Un tordo se quedó mirándolo fijo, con el pico entreabierto, insolente. Lo espantó con la mano y el pájaro lo quiso picar. Miró luego, con un parpadeo somnoliento, los maticos brillantes, de plumas negras y anaranjadas, que revoloteaban en una jaula delante de él. Estaba rodeado de grandes y altas macetas de helechos verdísimos, recién regados, que llegaban hasta el suelo. Una gota de agua que caía de algún lado marcaba el tiempo cada segundo en una tinaja: "tac, tac, tac".

Con cara de agotamiento, la piel ajada, y ojeras de hindú, se quedó dormido. Un minuto, nada más. De golpe se incorporó medio asfixiado y con el corazón que le retumbaba. Escondió sus genitales que saltaron de los calzoncillos y miró para todos lados. ¡Brillo de dagas y machetes nuevamente! Sólo vio a Luciana que barría y lo miraba riendo estúpidamente. La opa tenía un coto del tamaño de una naranja pero unos pechos exuberantes. "¡Qué desperdicio!", exclamaba Luciano cada vez, sin que nadie supiera a qué se refería. Se echó de nuevo en la hamaca. Respiró fatigado. "Algo me pasa", dijo. "Creo que Juana tiene razón con eso de que siento cosas raras. Esto no está bien, necesito un trago." Miró a Luciana y pensó que Juana le había puesto ese nombre para mortificarlo. Era su tocaya, la opa pícara.

2

–¡Jau! ¡Traeme trago! –gritó Luciano.
–Si no hay –contestó Luciana.
–Hay unas botellas por ahí.
–Si no hay nada –volvió a contestar la opa con cara indiferente.
–Andá a buscar el trago, carajo.
–Si no hay.
–Te voy a patear el culo si no te movés –la amenazó Luciano.
–Si no hay, si vos no dejás nada pues, ni el conchito siquiera –volvió a decir Luciana.

Luciano se levantó maldiciéndola, metió sus pies en unas chancletas, y en calzoncillos se fue hacia el comedor. A cada paso que daba le asomaban sus vergüenzas pero no le importaba. Total, en la casa sólo estaban la opa y la cocinera, Castulia, que lo conocían de memoria. Los dos chicos que le quedaban solteros salían temprano a hacer sus cosas. Además, cuando era más joven, andaba en pelotas mostrándose a las cambas. No tenía inconveniente en exhibirse. Luciana lo siguió silenciosa, con su andar desguañangado y las tetas que le saltaban. En el comedor no encontró ni pizca de whisky ni la caña paraguaya que le habían regalado hacía unos días. Estaba seguro de que Juana había escondido los tragos. Se enfureció. Abrió el aparador y después la alacena y no halló ni rastros. De su frente cayeron gotas que fueron a dar sobre los ladrillos, pero desaparecieron de inmediato, absorbidas. Salió y entró en el comedor y la sala de visitas varias veces, revisando y removiendo objetos y se tropezaba con Luciana que lo seguía, patuleca y curiosa, diciéndole que no había trago. Hizo caer un vaso y los vidrios se desparramaron por todas partes. Maldijo al mundo entero. Buscó la lata de alcohol y la encontró escondida detrás de una vajilla despareja compuesta por toda clase de platos, fuentes, platillos y tazas. Más que una vajilla, era una recolección de trastos desportillados que habían pertenecido a padres, suegros, tíos y abuelos, cachivaches olvidados, regalos de bodas centenarios, saldos milagrosamente útiles que se habían ido quedando en la casa. Luciana sonrió como si se tratara de un juego.

—¡Oí, jau! ¡Aquí está el alcohol! —le dijo a Luciana, mostrándole una latita—. Vos sos ciega o burra.

—Es que eso no se toma —le contestó.

—¿Qué?

Ella levantó su brazo, agachándose, como para protegerse la cara de una bofetada inminente.

—¿Qué? —volvió a decirle Luciano poniéndole su nariz amenazante a centímetros de su cara.

—Eso no se toma —dijo y le cayeron unas babas.

—¡Quién te lo ha dicho! ¡Babosa!

—Juana —contestó.

—La señora Juana —le corrigió Luciano.

—Juana, nomás. Si es mi tía. Yo no soy su sirvienta —dijo con su tono gangoso.

Luciano lanzó una carcajada agria, seca, que más pareció un lamento.

—Es cierto, sos su sobrina. Es que me olvido siempre. Sos un producto perfecto de la estirpe de los Castro. Opa y tetona como tus parientes. Y tu hijo es mi sobrino nieto entonces, ¿no? ¿O Santiaguito será mi nieto? Oíme, Luciana, ¿cuándo me vas a contar quién es su padre? ¿Quién fue el que te montó?

—Un hombre lindo.

—¿Y dónde?

—En la estancia. Se entró a mi cuarto después que Castulia se levantó tempranito a amasar el horneado. Parece que él estaba esperando afuera. Yo me asusté pero él se agarró de mis pechos y me los apretó. No me dejó ni respirar.

—¿Te los apretó así? —preguntó Luciano sobándole los pechos.

—¡No me toqués! ¡No me toqués! —gritó Luciana.

—Bueno... bueno... ¿Pero le viste la cara? Yo no voy a decir nada a nadie. Contame.

—Dejá mis tetas en paz. Siempre me andás sobando las tetas... arrecho vos.

—Contame, Luciana.

—Era lindo, olía a buey. Tenía harto pelo, como el cuero de los bueyes.

—¿Fue uno de mis hijos? ¿Uno de tus primos fue el que te hizo parir?

—Ésos son feos. Y malos. Tus hijos todo el día me mandonean y me pegan. Y huelen como vos, huelen a jabón y a lavanda.

—¿No fue ninguno de tus primos entonces?

—Ya te he dicho que era un hombre lindo, con olor a buey.

—¿Y te gustó?

—¡Bah! Para qué te voy a contar. Vos te vas a reír de mí. Si te conozco.

—¿Te dijo que te quería? —preguntó Luciano aguantando la risa.

—No. No me dijo nada. Me montó nomás y pujó y pujó harto. Se movía igualito que los perros y los potros. Y después se fue y no volvió pero me dijo que iba a volver. A lo mejor vuelve algún día.

—¿Pero te gustó? ¿Te gustó que te montaran hasta hacerte berrear?

—Dejame tranquila. No me preguntés cosas feas. Eso es pecado mortal. Eso yo le cuento sólo a los curas. Al padre Francisco. Pero me gustó nomás. Cómo no me iba a gustar. Tan lindo el hombre con olor a buey.

—¿Pero no te dijo nada de nada?

—Bajate los calzones, Luciana —me dijo.

—¿Y?

—Nada más. Bajate los calzones, Luciana. ¿Qué más me iba a decir? Si no era ni mi cortejo siquiera para que me hablara bonito.

—¿Y te los bajaste?

—¡Qué te importa! ¡Esto sí que está bueno! ¿Acaso yo te pregunto lo que hacés con Juana? ¿Y con las otras?

—¿Te los bajaste o no? —insistió Luciano.

—No tengo, le dije. Nunca uso, le dije. Y ahí nomás el hombre me brincó y me dio lindo. Hasta que me ardió ahí abajo. Metió su cabeza entre mis pechos sin respirar siquiera.

—¿Y? —volvió Luciano con curiosidad.

—Me empreñó pues. Si vos sabés. Quedé empreñada y sola. Ni vos ni Juana me ayudaron a parir. Solita dizqué yo pariendo a Santiaguito en un cuarto. Sólo con Castulia que corría de un lado al otro, rezando, sin hacer nada. Y yo grité y grité, sin que nadie más me escuchara.

Luciano la miró y vio que iba a llorar. Estaba recogiendo su delantal para llevárselo a los ojos. Su coto latía con fuerza y brillaba con la transpiración. Un hilo de baba subía y bajaba de su boca, sin caer.

—Ahora andá, traeme naranjas —le dijo Luciano, sacudiendo la lata de alcohol.

—Eso no se toma, hace mal, da diarrea —insistió Luciana y la baba cayó por fin.

—Andá, traeme naranjas más bien y cerrá tu boca.

—Bueno, pero eso no se toma, hace cagar.

—¡Andá de una vez, zonza!

—No seas malo. Vas a cagar verde.

—¿Qué?

—Sos malo. Vas a cagar verde. Te vas a morir.

—Andá, opa intrusa, a traerme naranjas o te pateo el culo.

—No soy tu sirvienta —dijo Luciana.

Salió al rato del comedor y regresó, cansina, pachorrienta, con unas naranjas envueltas en su delantal. Luciano echó aguardiente en una pequeña jarra de loza, partió por la mitad cinco naranjas, las exprimió en la jarrita y puso unas cucharadas de azúcar y una gotas de bíter. Batió el menjunje y lo probó. "¡Puh!", dijo. Echó el trago en un vaso pequeño de vidrio y se lo bebió de un envión. Se estremeció.

–¡Qué porquería! –gritó.

–Eso no se toma, da diarrea –le dijo la opa–. Te vas a morir cagando verde, como papá.

–¿De donde sacás que uno caga verde cuando bebe?

–Papá era borracho como vos y se murió pujando, con diarrea, cagando verde. Y hediondo.

Luciano la agarró de la cabeza, la dio vuelta, y le pegó una patadita en el trasero.

–¡Qué culo más duro! –dijo y saltó en una pata, exagerando, como si se hubiera lastimado el pie–. Pero vos de opa no tenés más que la cara. ¡Y las babas! Si hasta los hombres te gustan. Oíme, Luciana, ¿te confesaste?

–Me confesé.

–¿Y qué te dijo el padre Francisco?

–No me confesé con él. Me dio vergüenza. Me fui a La Capilla y me confesé con otro, uno más joven... no me acuerdo cómo se llamaba.

–¿Y le contaste todo?

–Le conté todo. Y él me preguntó, como vos, si me gustó. Yo le dije que no. Que eso era malo. Pero él me volvió a preguntar si me había gustado porque a las niñas buenas les gustaba a veces, me dijo. Y volvía a preguntarme si lo quería hacer de nuevo. Tanto me preguntó que le dije que sí, que estaba esperando que volviera mi hombre con olor a buey. Entonces me preguntó cuántos años tenía. Yo le dije la verdad: tengo veinte, le dije. "Ven, hija, ven junto a mí, quiero bendecirte", me dijo el cura. Yo me acerqué y me hinqué junto a su sotana, tapada con mi velo largo. Él me puso una mano sobre mi cabeza y con la otra me sobó los cachetes primero y después me amasó mis tetas con sus dos manos. Yo quería huir pero estaba asustada. Además me apretó fuerte con sus rodillas para que no huyera. Me dolieron las costillas del apretón. Sabía que eso era pecado. Me sacó despacito el velo resollándome en la cara. Yo me dije, ahorita me va a besar el cura. Y se quedó mirándome, bizco, sin decir nada. Se echó para atrás. Me miraba fijo, como si yo fuera el diablo.

—¿Y?

—Gritó. Juntó las manos y gritó. Me dijo que me fuera. Que era una pecadora. Que rezara cien padrenuestros y cien avemarías. "Y no vuelvas, diabla", me dijo. Parecía tan bueno el padrecito pícaro. No sé por qué se enojó tanto conmigo. Si yo me dejé tocar nomás. ¡Qué le iba a decir al tata!

Luciano rió a carcajadas. Luego se bebió otro vaso al seco. "Porquería", volvió a decir. Bebió un vasito más y dejó el resto con cara de asco. Finalmente, se tomó lo que quedaba en la jarrita y se estiró de nuevo, cerrando los ojos, con los brazos extendidos hacia el techo y poniéndose en puntillas.

—¡Chau, diablos! —dijo de mejor humor—. ¡Hasta más tarde! ¡Cuando me vuelva la tembladera!

—Te vas a morir seco como un palo —volvió a decirle Luciana.

—Dejate de hablar burreras... Oí, Luciana, ¿ese hombre fue el único que se ha acostado con vos?

—No. Pero no te voy a contar quién fue el primero. ¡Malo sos!

—¿Hubo otro antes?

—Hubo. Pero ya te he dicho que no voy a contarte más.

—¿Y te sobó estas tetitas?

—¡Dejame! ¡Dejame o grito! ¡Tan arrecho que sos! ¡Aguililllo!

3

El olor de la comida llevó a Luciano hasta la cocina en el fondo del patio. Entró a mirar qué había para el almuerzo y se topó con Castulia y con una jovencita preciosa que estaba pelando yucas. Instintivamente, se cubrió sus partes.

–¿Quién sos vos? –le preguntó.
–Anita, Taita –le contestó ella.
–¿Ana es tu nombre?
–Anita me han dicho siempre.
–¿Y cuántos años tenés?
–Doce.
–¿Te quitás la edad?
–Voy a cumplir trece.
–Parecés de dieciséis.

Anita se rió y cortó las yucas en trozos finos para freír. Tenía la naricita respingada y perlada coquetamente de gotitas de sudor. Castulia lo miró seria.

–¿Vos sos mi ahijada?
–Sí, Taita. Yo soy.
–¿Sos hija de Delfino?
–Sí, Taita.
–¿Dizqué se murió el pobre?
–Se ahogó en el río, recién nomás. Con su mujer.
–¿Con tu madre?
–Con su otra mujer, Taita. Una jovencita mala. Endiablada de mala. Cruzaron el río borrachos, después de una fiesta, y no llegaron a la banda. Lo único que apareció fue el tambor de papá enganchado entre unos palos. Se leía clarito en el cuero: "Banda de Delfino". Me lo dieron en el entierro. Es el

único recuerdo que me quedó de él. ¡Imagínese! Es que los parientes de Kity se entraron a vivir en mi casa. Ahí están, son un montón y no hay alma que los mueva.

—¿Y tu madre?

—Se murió antes. No quería comer y lloraba todo el día. Se fue a vivir a la cocina y ahí, junto a las brasas, se murió una noche. Se llevó nada más que su crucifijo y unas estampitas de la Virgen de Cotoca. Mamá era de Cotoca y ahí nací yo también. Yo estaba con ella y hacía la comida para papá y para la otra mujer, que era una ociosa. Cocinaba locro y bifes con arroz, plátano, y huevos fritos. No sabía hacer más, pero eso le gustaba a papá. Mamá no quería cocinarles y tenía razón. Lloraba y lloraba todo el día pero no decía nada, la pobre. Yo sabía por qué sufría. Pero a mí nunca me dijo nada. Sólo lloraba y me abrazaba. La otra, la Kity, era la que la hacía llorar tanto.

—¿Delfino vivía con la otra?

—Vivía con ella. Si hasta la trajo a casa a la Kity. Entonces mamá se fue a dormir a la cocina, porque no tenía dónde irse. Se echó en una estera y no se levantó más. Yo le dije que nos fuéramos a Cotoca pero ella me contestó que no iba a volver nunca más, que le tenía vergüenza a la Virgen por todo lo que había pasado. Es que se había casado con papá en la iglesia de Cotoca. Y la Virgen había sido testigo. Decía que la había traicionado a la Virgencita. Como si ella tuviera la culpa, dizqué. Me dijo que tenía que morirse sufriendo. Hasta que la enterramos a mamita.

Castulia le dijo que se apurara en cocinar y Luciano le dijo que no le hiciera caso, que era una vieja renegona

—Pucha que soy habladora, Taita, en vez de trabajar. Mamita siempre me decía que era muy habladora —dijo risueña Anita.

—Mmmm... Pero vos no tenés doce. Lo menos dieciséis. O quince, digamos.

—Tengo doce, Taita. Y voy a cumplir trece. Lo que pasa es que soy muy piernuda. Desde chica era piernuda. Mamita me decía que era muy culona también. Mire, Taita, no tengo pechos. Nada de pechos. Pero si parezco hombre. No me pregunte más, Taita, porque voy a seguir hablando y lo voy a cansar. Tengo que ayudarla a doña Castulia.

Se rió y echó las yucas cortadas en la sartén con aceite hirviendo. Después destapó una olla con arroz humeante.

—Ya va estar todo, Taita. Falta freír la carne y los huevos, ¿no, doña Castulia?

—Vayan cortando más yucas y más carne y buscando más huevos, porque oigo ya la voz de mi yerno Gustavo —dijo Luciano.

Castulia refunfuñó algo incomprensible.

—Es casado con Clarita —dijo Luciano— y no falla al almuerzo el día que sea. Siempre viene como si trajera alguna noticia que contarnos. Nos hace sentar, pide una cerveza y habla burreras y se sienta él también a la mesa sin que nadie lo invite. Y no sabés cómo traga el condenado. Como muerto de hambre. Y cómo bebe cuando es gratis. Muchas veces me deja sin comer. Trincha un bife y se lo zampa en un santiamén. Y si ve otro cerca de él, si alguien se atrasó en alzarlo, lo trincha y se lo zampa también. "No se debe dejar enfriar la comida", dice. ¡Imaginate! Y cómo le gusta el arroz con queso al tragón este. Los domingos, Juana y esta Castulia le hacen una olla para él solo, y la acaba el desgraciado. Claro que después se queda quieto y callado y le viene un sueño que ni te digo. Se duerme sentado y eructa. Me dan ganas de tumbarlo de la silla de un empujón o de echarle agua fría en la cabeza. Yo insisto en que este Gustavo es el machorro y no mi pobre Clarita, a la que le hacen de todo para parir. Pero si sé que este tragón hasta la pone de cabeza en la cama. Es ofensivo para mi pobre hija. Estoy seguro que de tanto comer y beber el semen debe salirle como arroz con leche y por eso todo se le queda pegado por ahí. Pero para qué te estoy contando estas historias si recién tenés doce. En fin, ahijada, vos qué sabés de partos ni de machorros. Freí más carne y más huevos porque éste se lo come todo ahorita, y yo estoy con un hambre que no le voy a aguantar que me deje mirando. ¿No has visto, Castulia, una botella de trago por ahí?

Castulia volvió a refunfuñar.

—¿No has visto un traguito...?

—¡No! ¡No he visto ningún traguito!

—¡Vieja renegona! —le gritó Luciano y le sacó la lengua.

4

Luciano Salvatierra había conocido a Juana Castro cuando ella tenía catorce años. Él ya tenía veinte, había vuelto de la guerra con el Paraguay, y había probado hembras de toda clase. Había galopado chúcaras y mansas. Juana no sabía ni besar siquiera. El primer beso que le arrancó en la calle casi lo desanima a seguir adelante con ella. Juana dejó de respirar, apretó los dientes, y después huyó. No la volvió a encontrar hasta un mes después. "Nunca más me bese sin que yo quiera", le dijo. Luciano le miró la naricita respingada, los pelos húmedos y encrespados y los ojos brillantes, no sabía si de rabia o deseo. "Nunca más", le dijo Luciano y la atrapó de nuevo, estrechándola con fuerza. "Déjeme", le gritaba Juana, en el atardecer caliente, tratando de zafarse. Luciano la fue soltando poco a poco, sintiendo su fatiga, y Juana no huyó. Le pasó la mano por los cabellos, le sobó la cara, le cerró los ojos, y con un dedo le entreabrió cuidadosamente los labios, los dientes, hasta tocarle la lengua. Se acercó suavemente y la besó.
—Te quiero —le dijo.
—Mentiroso —le contestó Juana.

Se apartó y se fue caminando rápido por el alto corredor de ladrillos desiguales, con la cabeza gacha, como avergonzada. Luciano la vio irse con su andar de hembrita joven y la deseó como a nadie antes. Era bajita y robusta, pero femenina. Le miró las pantorrillas sólidas y las nalgas firmes ceñidas a su vestido floreado. Tenía una trenza que le llegaba hasta media espalda. Sintió que iba a explotar.

A la noche se presentó en la casa de Juana con su guitarra al hombro. Era un atrevimiento, conociendo a su padre y a sus hermanos. Tocó la puerta y le abrió ella. La asustó de veras. Retrocedió con la mano en la boca, incrédula.

–Hola, Juanita –la saludó–. ¿Querés que te cante algo?

–Váyase antes que papá le pegue –contestó ella.

–¿Y por qué me va a pegar?

–Porque es bravo. Dice que todavía soy una pelada como para tener cortejo –dijo susurrando.

–¿Quién es, Juana? –se oyó la voz del padre.

–Nadie, papá –contestó.

–¿Cómo que nadie? ¿Estás hablando sola? –tronó el vozarrón.

–Es Luciano, papá.

–¡Qué Luciano!

–Luciano Salvatierra.

–Que se vaya. No lo conozco. Que ni se asome por aquí.

–¿Viste? Andate –lo tuteó Juana–. Huí, antes que vengan mis hermanos.

–Te espero mañana a las cinco en la plaza –le dijo Luciano.

–En la plaza no. En El Arenal –dijo Juana y cerró la puerta.

No hubo encuentro en El Arenal porque en la esquina lo rodearon los tres hermanos de Juana y le dieron una paliza de aquéllas. Luciano se defendió como pudo, dando y recibiendo, rompiendo su guitarra en mil pedazos, pero todo duró hasta que lo tumbaron. Ahí, en el suelo, lo patearon hasta cansarse. "No volvás más por aquí", le dijo uno de ellos. "Andá nomás con tus putas –oyó mirando su sangre sobre la tierra– y olvidate de Juana porque en la próxima no contás el cuento", dijo otro. Cuando cesaron las patadas, apenas podía ver con un ojo y de manera borrosa, pero lo suficiente como para reconocer al padre de Juana que se detuvo a su lado. "¡Cómo hacen eso muchachos!", les dijo a sus hijos. "¡Váyanse! ¡Háganse humo!" Y después, dirigiéndose a él: "Disculpe, joven, es que estos chicos son muy celosos con su hermanita menor. Ya les han pegado a otros porque no saben tratar bien a la gente. ¡Son cerriles! Lo único que saben es golpear. A ver, lo voy a ayudar a levantarse. ¡Pero mierda que le han dado duro! ¡Qué abusivos! Y su guitarra está hecha polvo. ¿Sabe qué? No vale la pena andar detrás de una peladita tan joven. Al final esto es lo único que se saca. Usted puede tener unas cortejas mayores y pasarla mejor. Vuelva cuando ella sea un poco más grande, cuando esté casadera, cuando yo le dé permiso para recibir visitas. Yo no tengo nada contra usted, pero Juana es todavía muy chica. ¿Puede andar? Mire, no ha sido tanto, puede andar. Es fuerte usted. Yo soy Baldomero Castro, por si acaso. Me dicen don Baldo porque es muy largo mi nombre. Y estoy a la orden. Disculpe la torpeza. ¿No quiere llevarse lo que ha quedado de su guitarra? No. Esto ya no sirve para nada. Pero, de todas maneras, no vale la pena que se arriesgue viniendo por aquí otra vez. Ni la busque más a Juana: total, hay tantas muchachas bonitas para divertirse en este pueblo".

Luciano era realmente fuerte, porque fuera del dolor intenso que tuvo en las costillas durante algunos días, no le pasó nada grave, cuando otro habría ido a parar al hospital. Se quedó con los nudillos de ambas manos pelados, lo que significaba que había acertado algunos puñetazos, aunque no recordaba si en la trifulca desesperada les había dado a sus agresores, a las paredes o a los horcones. Lejos de asustarse, Luciano volvió a merodear por el barrio. Asomaba por ahí, cuidadoso, al anochecer. Su deseo era encontrar a Juana para hablarle o a alguno de sus hermanos para ajustar cuentas. Pero no quería toparse con los tres juntos, por supuesto.

Juana no asomó ni a la puerta. En la segunda noche de vigilia tuvo la primera oportunidad. Vio cómo uno de los hermanos venía de la plaza hacia su casa, pero estaba acompañado de un amigo. Hasta pensó en arriesgarse con los dos. Los siguió y de pronto se separaron. Entonces se le enfrentó al chico Castro. No tenía ni idea de cómo se llamaba. Pero se acordaba muy bien de él, como de los otros dos. Se miraron a los ojos y no hubo que decir nada. Todo estaba decidido. Se trenzaron en un barullo de puñetazos y patadas que duró unos segundos, nada más. El hermano de Juana quedó tirado en la arena echando sangre de la nariz a borbotones y con las manos cubriéndose la cabeza esperando una tunda segura. "No te voy a patear, desgraciado", le dijo Luciano. "Pero deciles a tus hermanos que va a ser peligroso que salgan solos después de las ocho. Los voy a estar esperando. Y otra cosa 'besos para Juanita'." Con el pie le lanzó tierra en la cara y se fue. Unas mujeres que tomaban el fresco en el corredor volaron a socorrer al golpeado. "Traigan agua para lavarlo", decía una mujer con voz de vieja. "¡Pero si es Marito, el pobre querido!" Luciano supo, por lo menos, que ya a Marito le había sentado la mano.

Los Castro fueron a buscarlo a la noche siguiente. Luciano los vio a tiempo desde su ventana. Salió a la puerta y silbó. En un momento silbaron otros y también salieron a la calle. Cuando los Castro se dieron cuenta ya era tarde. Los cercaron. "Quiero a uno", les dijo Luciano. "Al mejor, pero sólo a uno." Los Castro se quedaron callados espalda con espalda para protegerse. "Marito ya llevó su parte, ahora quiero al mejor", volvió a repetir Luciano. Los Castro seguían espalda con espalda con la guardia arriba. "Que se decida uno, o llevan una paliza todos", volvió a hablar Luciano. Entonces ya se habían juntado más de diez de sus amigos. Uno de ellos dijo: "Saquémosles la mierda de una vez". "Uno conmigo", repitió Luciano. "Yo", dijo Daniel, el mayor de los Castro, que también había vuelto hacía poco de la guerra con el Paraguay. "Vos, pero la paramos aquí. No más revanchas. Si después me quieren pegar a la mala, no respondo por lo que les pase a los tres o a cuantos sean." Se hizo un círculo bullicioso en la calle arenosa. "Nadie se mete en este pleito. Esto es entre los dos", dijo, confiado, Luciano. Se quitó la camisa y la lanzó al aire. Daniel hizo lo mismo.

La pelea fue tremenda, cada arremetida estaba seguida por un griterío infernal y por empujones. Los golpes sonaban brutales en los cuerpos sudorosos y el zumbido de las patadas rasgaban el aire. Se abrazaron jadeantes empujándose y haciéndose daño con sus cabezas. Repusieron fuerzas durante unos segundos. Y volvieron las trompadas y patadas hasta que una se estrelló con estrépito en el pecho de Daniel Castro. Cayó sentado. Luciano amagó con patearlo pero se contuvo. "Levantate –le dijo– no te voy a patear en el suelo". Daniel se incorporó a duras penas y Luciano se le fue encima con otra seguidilla de puñetazos y patadas. Siguieron peleando, ya en el corredor, hasta que volvió a tumbarlo contra un horcón. "¿Querés más?", preguntó Luciano con el resuello entrecortado. "Quiero", le contestó Daniel, también asfixiado por el esfuerzo. Volvieron a chocar los puños, las rodillas y los pies y Luciano estuvo a punto de caer pero se rehízo. Un puñetazo de Daniel, que esquivó Luciano, se estrelló contra la pared y se le quebró la mano. El ruido del hueso roto y el grito de dolor fueron simultáneos. Ahí se acabó todo. Daniel sólo podía golpear con una mano y con la otra se cubría ante la avalancha de su adversario que se detuvo al ver que ya no había respuesta. "Acabalo", le gritó uno de sus amigos. "Acabalo de una vez", lo animaban. "Pueden irse", les dijo Luciano levantando los brazos en medio de los aplausos y gritos de sus amigos. "Váyanse antes que me arrepienta y les haga lo que ustedes me hicieron a mí. Saludos a don Baldo, que fue muy amable conmigo cuando me patearon entre los tres. Díganle que peleamos como hombres, uno a uno, y que a lo mejor lo visito un día de éstos, siempre que quiera Juanita." Se acercó a uno de los hermanos Castro. "¿Y vos cómo te llamás?", le preguntó, porque era al único que no había pegado. "Baldomero", contestó sin mirarlo. "¡Ah, como tu papá! ¿Y no querés echarte ahorita un par de golpes conmigo? Podrías aprovechar que estoy cansado", le dijo con tono burlesco. "No. No quiero", dijo el muchacho y se ocupó de atender a su hermano mayor que sangraba y se quejaba de dolor sentado contra un poste de luz. "Tal vez en otra tengás más huevos ¿no?", lo provocó Luciano sobándole la cabeza. "Puede ser", le contestó Baldomero humillado. "Déjenlos ir", dijo Luciano. Alguien le alcanzó su camisa.

5

No fue necesario que Luciano fuera en busca de Juana porque más bien ella lo buscó en su barrio. Lo esperó hasta encontrarlo. Le dijo precipitadamente, como si la persiguieran, que su padre lo iba a matar. Le rogó que no saliera a la calle.
—Te va a ensartar —le dijo.
—No creo que un señor como don Baldo me acuchille —le contestó Luciano.
—No te riás. Te va a ensartar —volvió a decirle Juana.
—Vení a mi casa —la interumpió Luciano.
—Estás loco.
—Vení, estoy solo. Entrá un ratito.
—Ni muerta. Me ven y mis hermanos me ensartan a mí.
—¿Es sólo por miedo de que te vean?
—Y por miedo a vos.
—¿Cuándo podrás venir?
—¿A tu casa? ¡Nunca!
—Pero, si no hay nadie.
Luciano la besó tomándola con fuerza. Esta vez sintió su saliva y su lengua. Sintió su aliento y sus senos. La apretó fuerte de la cintura para que ella lo sintiera a él. Juana retrocedió agitada y huyó por la calle arenosa, camino de su escuela, con su guardapolvo blanco.
Se volvieron a encontrar, pero Juana se daba media vuelta o se cruzaba de vereda para evitarlo. Sin embargo sufría por él y Luciano lo intuía. No insistió demasiado para no asustarla. Luciano sabía que la chica era de una pieza: no se iba a entregar jamás sin un cura de por medio. Pero había que intentarlo. Un domingo, al anochecer, se encontraron en la plaza.

—Vengo del cine pero estoy muy atrasada. Me van a matar en casa —le dijo Juana agitada, sin detener su marcha—. Además mis hermanos deben estar por aquí, con sus amigos y sus cortejas.

Luciano la contempló con una falda ajustada y zapatos con tacos pequeños. Tenía una blusa blanca y el cabello recogido. Se adivinaba un rojo suave en sus labios y se la veía mayor. Su mirada era inquieta y lo rehuía. En realidad no quería marcharse, aunque pareciera decidida. Quería seguir hablando.

—Vamos a tomar un helado —le dijo Luciano.

—No puedo, es tarde —contestó, pero eso era ya casi un sí.

—Un helado y te dejo ir. Te acompaño hasta La Capilla, no más allá para que no me vean.

—Bueno —dijo Juana, nerviosa.

Caminaron hasta la heladería y se sentaron afuera, en una de las tres mesitas que había en el corredor. Los dos pidieron helados de canela. Juana miraba a todos lados. Ninguno hablaba nada. Luciano decía alguna tontería para romper el silencio. Le tomó la mano y ella no la movió. Más bien se rió y lo apretó.

—Sinvergüenza —le dijo—. Ya sabés que te pueden matar por andar conmigo. Te han dicho que no me busqués nunca. Papá es de los que cumple sus amenazas. O te clava un cuchillo o te pega un tiro.

—No importa —le contestó Luciano—. Nada me asusta.

—Hay hartas mujeres, Luciano. ¿Por qué ese capricho conmigo?

—Porque te quiero.

—Mentiroso.

—Nunca miento.

—Cómo me vas a querer sin conocerme. A todas les decís lo mismo. Eso es seguro. Tenés mala fama.

—Te quiero a vos. Y sin conocerte. Sos la mujer de mi vida.

—Lo que querés es hacerme cosas malas, dañineras. Dejarme preñada. Eso quieren conmigo todos los hombres. Y seguro que vos también. Todas por aquí saben que sos un aguilillo.

—¿Qué hombres te persiguen, Juana? —le preguntó Luciano.

—Un montón. Me siguen por la calle como perros con ganas. Me dicen de todo, disparates. Pero no me he acostado con nadie. Ni lo pienso hacer sin casarme.

—Está bien.

—Bueno, tengo que irme. Ya es demasiado tarde. Ojalá que no me estén buscando.

—Quiero verte mañana —le pidió Luciano.

—Es lunes. Salgo a las cinco de la escuela. Si no estoy en casa a las cinco y cuarto me hacen un lío.

—No vayás a la escuela.

—¿Y qué pensás hacer, Luciano?

—Vení a casa. Ya te he dicho que nadie nos va a ver.

—Me van a ver entrar. Lo va a saber todo el mundo. Si querés encontrémonos en el río —le dijo y se arrepintió.

—¿En el río?

—No. Mentira. Ahí es peor. Voy a ir por tu casa pero si hay gente paso de largo. No lo conocés a mi padre.

—Va a estar mi puerta abierta. Es la de mi dormitorio. Nadie entra ahí si yo no abro. Y sólo me llaman dos veces, a la hora de almorzar y para la cena —se aventuró Luciano.

—Bueno, me voy. Chau.

—Hasta mañana a las dos.

—Chau —le dijo Juana y se fue apresurada.

Luciano soñó con Juana esa noche. Soñó con ella toda la noche pero cuando despertó no se acordaba de casi nada. Sólo recordaba haberla visto desnuda, bajita y regordeta, con su cara redonda y linda y sus cabellos caprichosos pegados a la frente. En la mañana, él, en persona, cambió sábanas ante la extrañeza de la criada, Castulia, que era cocinera y además hacía todo el trabajo de la casa. "¡Esto de lavar y planchar todo el día!", se quejó Castulia, porque las sábanas debía usarlas dos días más.

Compró cigarrillos y una botella de cóctel añejado. No

tenía plata para más. Ni que pensar en comprar whisky. Eso sólo lo tomaban los viejos ricachos. Se fijó que estuviera con agua la jarra grande de loza y la puso encima del bañador donde Juana se lavaría.

Almorzó con doña Elisa, su madre, y con Elisita, su hermana, a las doce. Elisita tenía cara de santulona y mirada indiferente, pero con ardores sexuales terribles que su madre ya había advertido con gran preocupación. Su padre no estaba; se pasaba la mitad del año arreando ganado en el campo, en un trabajo sacrificado que le daba nada más que para vivir con sencillez en la ciudad. Elisita tenía que ir a la escuela a las dos. Su madre se iría a ayudar a los enfermos en el hospital después del almuerzo. Sólo él estaba sin hacer nada en esos días, porque esperaba el regreso de su padre, para acompañarlo al Beni a traer novillos.

A las dos no había nadie en la casa que no fuera la criada, que estaba lavando en el fondo del patio, debajo de unos naranjos. Nadie aparecería por ahí hasta las cinco o más, cuando llegara su hermana del colegio. Dejó la puerta abierta y se instaló en la ventana a esperar a Juana. Miraba hacia el lado de la calle por donde debería verla llegar. A las dos y cuarto no había señales de ella. Ni a las dos y media tampoco. Y se había fumado varios cigarrillos. Sentía cómo le latía todo con una sensación extraña y desagradable, mezcla de miedo y de ansiedad. Pensó que tal vez fuera mejor que no viniera. Finalmente era preferible buscar en la noche a Cristina y acostarse con ella sin problemas. Ir por esa preciosura de color canela y pelo negrísimo con cerquillo a la que tanto le gustaba acostarse con él, y que tanto le reclamaba si no la buscaba todas las noches. A Cristina le gustaban sus canciones y cantaba con él bajo los mangales. En eso pensaba, en Cristina, echando humo por la nariz, cuando la vio a Juana a su lado, dentro del cuarto.

—Cerrá la puerta, por favor —le imploró Juana.

Voló Luciano y trancó la puerta con el pestillo.

—¡Qué barbaridad! —dijo Juana—, haberme atrevido a venir.

Ojalá que nadie me haya visto entrar. Por lo menos en la calle no había ni un alma. No sé si del frente me habrá visto alguien, por las ventanas. En este pueblo donde todos nos conocemos es una desgracia hacer esto. Y si se entera mi familia, nos matan a los dos.

Luciano no había abierto la boca. Estaba pasmado con la presencia de Juana y con su coraje. El cuarto había quedado en penumbras cuando cerró la puerta. Sólo entraba un poco de luz por la pequeña ventana cubierta con unos visillos viejos.

—Te esperaba del otro lado —le dijo Luciano.

—Claro, pero preferí dar la vuelta a la manzana y venir del poniente para despistar a mis hermanos si me seguían.

Se sentaron en la cama y se besaron. Juana se acostó y con sus propios pies empujó sus zapatos al piso. Tenía la respiración fatigada y transpiraba. Luciano se echó a su lado y la abrazó besándole los cabellos.

—No quiero hacer cosas feas —le dijo Juana al oído.

—No —fue todo lo que dijo Luciano y le sobó los pechos duros que nunca habían conocido ni sostén ni manos de hombre encima.

—No me toqués ahí. No lo he hecho nunca —le dijo ella.

—Sí, amor. Sólo quiero sobarte. No va a pasar nada si no querés.

Luciano la volvió loca con sus manos y sus besos. Notó cómo la resistencia de Juana iba cediendo y se convertía en deseo. Le sobó todo y se hizo acariciar él también, hasta que quedaron desnudos en la cama. A ella le aparecieron unas lágrimas en los ojos. Era la señal del abandono.

—Tengo miedo de embarazarme —dijo.

—No te va a pasar nada —le contestó Luciano.

—¿Y si me preño?

—No te va a pasar nada, amor.

—Siempre me baja cada fin de mes. Ahora estamos a mediados. Es peligroso, ¿no?

—No pensés en esas cosas. Casi nunca se embarazan las mujeres —dijo él y no la dejó hablar más con sus besos. Se subió encima con la sangre hirviendo y sólo ahí se convenció de que Juana no tenía ni idea de lo que estaba haciendo. Ella deseaba hacerlo pero no sabía cómo.

Se hicieron las cinco de la tarde en un santiamén. Juana se limpió las piernas con las sábanas porque le dio vergüenza ir a ponerse en cuclillas sobre el bañador que había visto junto a la cama. Había sangre. Miraron por la ventana y no vieron a nadie. Luciano abrió la puerta, salió al corredor y sólo pasaban algunas personas y uno que otro carretón. Pasó un hombre montado en un tordillo sillonero. Soplaba un viento con arena que no permitía ver casi nada.

–Podés salir –le dijo.
–¿Me querés? –le preguntó Juana.
–Mucho.
–¿Y te gustó esto? ¿Esto que hicimos?
–Mucho, Juanita.

Juana se sintió mal. Le pareció que, después de hacerlo, Luciano no se había mostrado muy cariñoso. Tuvo la sensación de que eso para Luciano era algo natural. Estaba defraudada porque creía haber dado todo lo mejor de sí sin haber provocado la menor expresión de amor.

Salió apresurada, siempre camino al poniente. De su bulto escolar sacó su guardapolvo blanco y se lo puso sin detenerse pero avanzando apenas por la ventolera. No se encontró con nadie conocido y tampoco hubiera sido posible ver a nadie porque la arena enloquecida le daba de lleno en la cara y se le colaba por la boca y los ojos. Apuró el paso, dio un rodeo hacia el lado de su escuela, hacia La Capilla y todavía se encontró con algunas de sus compañeras que tomaban raspadillo de grosella tapando sus vasos con las manos por la arena y que le preguntaron por qué no había ido a clases. Les dijo cualquier cosa sin importancia y llegó hasta la puerta de su casa acompañada de las chicas reilonas y bulliciosas que se despidieron a gritos. Le abrió su padre y le dijo que barriera la sala en cuanto pasara el viento porque la arena se había filtrado por los resquicios de las puertas. En la noche se arrepintió de lo que había hecho. Pero soñó con él.

Luciano la buscó al día siguiente y volvieron a juntarse en el cuarto. Se amaron como locos, en oleadas de furor, arrebatadamente, hasta que Castulia tocó a la puerta y preguntó qué diablos pasaba. Luego otro día más. Y otro. La inconsciencia era total y la felicidad tan grande que ya nada les importaba, tampoco los reclamos de la criada a la que Luciano callaba de un carajazo.

Juana estaba enamorada hasta los tuétanos y en el colmo de la dicha. Una tarde llegó a su casa sudada de tanto amar y cantando. Su padre la agarró del cuello y así, zamarreándola, la llevó hasta la escuela. La profesora volvió a repetir lo mismo: "Juana se ha faltado cinco veces en las dos últimas semanas. No hace sus deberes ni presta atención en las clases. Sus compañeras se ríen de ella y dicen que está enamorada de un tal Luciano. Es mi obligación decírselo". Una soberana cachetada de don Baldomero la hizo caer de la silla y del piso la levantó tomándola de la trenza y salió bufando a la calle.

—Lo voy matar al hijo de puta —gritó—. ¿Se acuesta con vos?
—¡No!

Otra cachetada se estrelló contra su mejilla que ya estaba inflamada.

—¡Se acuestan o no!
—¡No!

Nuevo golpe en la cabeza y una patada en las nalgas, sujetándola de la trenza. Y todo por media calle y a la vista de la gente y de sus compañeras más rezagadas.

—¡Lo voy a matar al pendejo! —decía loco de ira y echando espumarajos por la boca.

Pero Luciano se enteró de inmediato de lo que había sucedido y huyó al campo, buscando la protección de su padre. Ni siquiera se despidió de su madre. Recién, entonces, Castulia se atrevió a contarle a doña Elisa que en las tardes el joven Luciano hacía cosas malas con una señorita que ella había espiado varias veces cuando salía del cuarto. Que, además, había lavado unas sábanas con sangre. "Creo que es la hijita de Baldomero Castro. Imagínese la desgracia", dijo.

¡Demasiado tarde! Don Baldo y sus hijos aparecieron en la casa esa noche, rompieron la puerta y se encontraron con un cuarto vacío. Ante el alboroto apareció la madre de Luciano y les dijo a los Castro que no sabía qué era de la vida de su hijo. Ella le dijo a don Baldomero que estuviera tranquilo, que su hijo era un buen chico, y que todo se iba a aclarar.

Los Castro, revólver en mano, batieron todos los sitios de la ciudad donde podían encontrar a Luciano y al amanecer se dieron por vencidos. Se había hecho humo. No les quedó otra cosa que esperarlo. Vigilaban el barrio a toda hora, sin soltar los revólveres. Si se juntaban algunos de los amigos de Luciano por ahí, los Castro disparaban al aire para amedrentarlos. El barrio estaba con el Jesús en la boca.

Doña Juana, la madre de Juana, no hacía sino llorar y recibir las reprimendas de don Baldomero, que le echaba a ella todas las culpas. Le decía que había descuidado a su hija. Que no le había enseñado a comportarse como una señorita. Que la chica era una putilla vulgar. "Ya está lista. Ahora vamos a tener una cola de desgraciados en la puerta detrás de su coño."

Los sufrimientos se volvieron insoportables cuando Juana tuvo que confesarle a su madre que no le venía la regla. Esperaron quince días más. Lloraron juntas y, abrazadas, se lamentaron de su desgracia. Ambas Juanas se armaron de valor y se lo dijeron a Baldomero que estaba despertando de su siesta en la hamaca. El hombre se quedó petrificado, con la boca abierta, con los ojos fijos en su hija. No podía articular palabra y sólo temblaba. De pronto lanzó un alarido estremecedor. Juana, la hija, huyó despavorida a la calle. Juana, la madre, se hincó ante él. Recibió un revés que la tumbó. Hizo llamar a sus tres hijos. Pero sólo a la hora de la cena estuvieron todos los hombres juntos.

Las dos Juanas estaban sentadas en la cocina con los ojos en tinta. Tenían prohibido hablar. Ni siquiera entre ellas.

—Hay que matarlo –dijo Baldomero–. Lo hizo a propósito, para ofendernos.

—Lo matamos –secundó Daniel.

—¿Y dónde lo hallamos? ¿Habrá que ir a buscarlo donde su padre?

—Como usted diga, papá –volvió a hablar Daniel.

—Pues vamos los cuatro. Salgamos mañana temprano. Si se quiere casar, lo perdonamos. Pero se casa en el día o le tiramos el cuero. Nada de que el próximo mes ni el próximo año. El chico tendrá apellido o nacerá huérfano. A los Castro no nos meten críos de contrabando. Nosotros siempre hemos sido padrillos. Hacemos parir hembras ajenas pero las Castro paren casadas o hay sangre.

Esa noche, Juana, con la cara amoratada, le avisó a su madre que iba a salir, que se iba a ver a doña Elisa Salvatierra, y no hubo manera de detenerla. "Voy a avisarle a su madre que lo quieren matar", dijo. Oyó cómo guardaban las armas y las balas. Escuchó a su padre dándoles instrucciones a sus hermanos. Había que tener cuidado porque Luciano había manejado armas en la guerra. Era un muchacho, pero ex combatiente del Chaco. Irían en el camión Ford destartalado hasta cerca del establecimiento de los Salvatierra y luego caminarían una hora hasta llegar. Ahí actuarían de acuerdo con lo decidido: lo acribillaban si se negaba a casarse. Y de paso a su padre para que no hubiera venganza.

Cuando todos habían comido y los hombres se acostaban para viajar al amanecer, Juana se escapó saltando por una barda a la casa vecina. Como no la vieron no tuvo inconveniente en escalar otro muro más alto aún y saltar a la calle. Corrió y corrió en la noche oscura. Golpeó a la puerta de los Salvatierra hasta que abrió Castulia con ojos asustados. Entró decidida, atropellando a la criada, en busca de doña Elisa que estaba bordando en la cama. Le hizo pegar un susto terrible y le contó que al día siguiente iban a matar a Luciano. Que su padre y sus hermanos se iban para el campo a buscarlo. Que hasta podrían matar a su propio marido. Finalmente, orgullo a un lado, le confesó que se acostaba con su hijo.

—Pero lo quiero, señora —le dijo.

—¿Por qué te han pegado tanto, hija? —le preguntó ella.

—Porque papá es muy bravo, señora —le contestó.

—¿Sabe que dormís con él?

—Ya sabe.

—¿Se lo contaste vos?

—Tuve que hacerlo —dijo.

—Dios mío.

Juana se quedó mirándola mientras le rodaban lágrimas por las mejillas hinchadas. Quiso irse, muerta de vergüenza, pero se quedó quieta, llorando. Revolvía los labios, como los niños, mientras corrían sus lágrimas y bajaban por su cuello.

—Sabe todo —dijo.

—¿Estás embarazada, hija? —le preguntó.

Juana lanzó un gemido y huyó. Abrió la puerta de un tirón y corrió como loca por la calle, gritando. Estaba a punto de empezar a escalar el muro de los vecinos, cuando la luz de una linterna le dio de lleno en el rostro y la encandiló. Era su padre. La tomó de los cabellos y la arrastró hasta la casa. Allí la arrojó al piso de la sala. Tomó un chicote de cuero trenzado y la empezó a azotar. Con cada azote le saltaba un pedazo de tela y otro de piel. Cada azote provocaba un corte. Juana, la madre, se abalanzó sobre su hija y la cubrió con su cuerpo. Baldomero no dejó de azotar, un chicotazo a la hija y otro a la madre. En ese momento tocaron la puerta y se oyeron súplicas de mujer.

Abrió uno de los hijos y entró desesperada doña Elisa Salvatierra. La fiel Castulia se quedó esperando en la calle. Don Baldomero quedó absorto. Seguía con el chicote en la mano.

—Se van a casar —dijo ella.

Baldomero Castro la miró sin reconocerla.

—¿Quién es usted? ¿Qué hace en mi casa a esta hora? —le preguntó.

—Soy la madre de Luciano Salvatierra. Los chicos se van a casar —repitió.

—Lo vamos a matar —contestó confundido el hombre sin soltar el látigo.

—No hay necesidad de matar a nadie, se van a casar —volvió a hablar doña Elisa.

—No lo creo —respondió Castro.

—Me voy mañana temprano y estaré de vuelta pasado mañana. Con él.

—No va a querer. Si ya se la comió entera a esta burra —volvió a hablar Castro y le dio otro chicotazo a su hija.

—Sí. Va a querer. Me ha dicho que la ama —mintió doña Elisa.

—¡Mentira!

—Verdad, señor. Me ha dicho que la quiere muchísimo.

Juana hija y Juana madre por primera vez levantaron la vista y la miraron desde el suelo.

—¿Y por qué ha huido entonces?

—Porque no sabía... no sabe...

—¡No sabe que la ha empreñado! ¡No sabe que ha ofendido a mi familia, carajo!

—No sé. No quise decir eso...

—¡Claro! ¡La ha empreñado! ¡Y tiene catorce! ¡Catorce años!

—Se van a casar, señor Castro. Voy a buscarlo mañana temprano. Viajaré todo el día y la noche. Volvemos pasado mañana y se casan.

—¡Cuándo! ¡Cuándo se casan!

—Cuando usted quiera. Cuando quiera su esposa.

—¡Ésta no opina!

—Bueno, señor Castro. Cuando usted diga.

—Si no se casa en una semana, no respondo por él. Aquí no va a nacer un bastardo. Nace un huérfano, pero no un bastardo.

—Está bien, señor Castro. Se casarán en una semana.

—Tiene plazo de una semana o le juro, por el honor de los Castro, que lo agujereo a tiros o lo ensarto...

—No diga nada más, señor. Le ruego que me crea. No hable de eso, por favor. Se casarán en una semana.
—Bueno. Hasta luego —dijo Castro y lanzó lejos el chicote.
—Prométame que no les hará más daño, señor Castro. Juana puede perder el chico, puede abortar.
—¡Eso quisiera usted!
—Por favor, no les pegue más.
—Es asunto mío. Yo sé lo que haré con mi mujer y con mi hija, señora. Los pecados de la carne en esta casa no los castiga Dios sino yo. No tengo paciencia para esperar hasta el Juicio Final. ¡Y los que se meten con mi familia sin mi consentimiento, mueren!

Doña Elisa salió al corredor y le vinieron arcadas. Castulia la socorrió diciéndole que jamás había escuchado gritos más salvajes ni conocido hombre más bruto. Lo cierto es que doña Elisa nunca se había encontrado con alguien tan bestial. Regresó a su casa indispuesta pero lista para partir al campo al amanecer. A la madrugada, ya estaba en camino. Después de una terrible discusión con su marido, volvió a la ciudad con él y con Luciano a cuestas. Ambos, marido y mujer, tuvieron que decir amén. Luciano se resistió pero tuvo que ceder. Sólo le preguntó su madre si la chica era virgen cuando fue a su habitación. Él afirmó que sí. "Entonces es tu hijo y te casás sin remedio o te matan", le dijo. En una semana se produjo la boda en la casa de los Castro.

Hubo baile, comida y trago, pese a que las dos Juanas, madre e hija, aún mostraban los rastros de los golpes recibidos. La banda de Los Hermanos Talegas se lució alborotando el barrio con la tronadera. Baldomero Castro la invitó a bailar a doña Elisa y ella le dijo secamente que no bailaba. "¡Pero si ya somos parientes!", le dijo Castro, con la cara congestionada por el trago. "Parientes de mi hijo serán", le contestó y lo dejó parado y sin respuesta. Castro se rió, se rascó la cabeza, y fue en busca de más aguardiente.

Luciano llevó a Juana a vivir con sus padres. Iba a ser por unos meses, pero pasaron los años, nacieron los hijos, crecieron, murieron los padres, y no se movieron más de la casa. Juana y doña Elisa se quisieron siempre y con Elisita se odiaron porque ella se sintió relegada del amor de su madre. Cuando se casó, Elisita se fue para no volver nunca, ni para los cumpleaños. Es que era demasiado engreída para pasar por pariente de los Castro.

6

Anita ayudaba en todos los quehaceres de la casa y atendía la mesa a la hora de comer. Cuando todos estaban servidos se sentaba a la mesa con la familia y comía con ellos. En las tardes iba a la escuela y sacaba buenas calificaciones. A los trece años todavía jugaba con sus compañeras y no tenía interés por los chicos. Algunas de sus amigas, uno o dos años mayores, hablaban de enamorados, de cortejos, pero Anita no les hacía mucho caso porque no tenía interés en hablar de esos temas. Era así, pese a que los muchachos la miraban y la piropeaban en la calle. Era bonita y con un cuerpo que no correspondía a su edad. Piernuda, culona, pero plana de pechos, como ella misma les decía a todos. Además, creció y se convirtió en la chica más alta del curso. Quería a Juana como a su madre y Juana a ella. Y quería a Luciano también, pero le temía. Había algo en él que la asustaba. Era su mirada libidinosa, descarada. Siempre lo sorprendía mirándole las ancas. En cuanto a los hijos de los padrinos, sólo vivían en la casa los solteros, Antonio y Charito. A los otros los echó Luciano en cuanto se casaron, no fuera que le salieran como había sido él, que no se había movido de donde sus padres hasta que se murieron. Sus hijos habían venido al mundo, uno cada año, y los dos menores nacieron el mismo año, con diferencia de once meses. Juana, la mayor, ya tenía dos críos, y luego venían Luciano y Olinfa, casados y con hijos, y Clara, casada pero que parecía machorra porque no paría pese a que se apareaba con su marido con luna llena, cuarto menguante, creciente, en la hamaca, con un pie en el agua, puesta de cabeza para que toda la esperma escurriera, en ayunas, después de comer conejo, y hasta con plegarias antes y después del acto. Nada servía para que se embarazara y no era por falta de entusiasmo de su parte. Luciano, siempre en defensa de su hija preferida, decía a voz en cuello: "Es el tragón incapaz de su marido el que no la puede hacer parir". Con todo, eso no le importaba mucho a Luciano Salvatierra que ya tenía seis nietos y sabía que le llegarían, por lo menos, otros diez. Desde luego Luciano no recordaba ni los nombres de sus nietos, mientras que Juana, su mujer, se acordaba hasta de los cumpleaños de todos.

Curiosamente, Luciano, con los años, se fue pareciendo, cada vez más, a su suegro, don Baldo. Era dueño de vidas y haciendas y el único macho de la casa que podía gritar o pegar. De la ternura juvenil, que tanto añoraba Juana, no quedaba nada. El matrimonio se había ido deteriorando por esos motivos. Los años felices de la casa más o menos acomodada de cuando vivían los padres de Luciano, se acabaron cuando ellos murieron y cuando Elisita, la cuñada de Juana, se casó y se quedó con las propiedades del campo. Les dejó la casa, es cierto, pero la casa no valía nada al lado de lo que ella les había usurpado. La falta de carácter de Luciano para defender lo suyo fue el comienzo de las peleas matrimoniales. No quiso ir a juicio contra su hermana y se quedó sin nada. Todo por flojo, como le decía Juana. Así empezó a evitar a su mujer para no hablar de esas cosas.

Todos los días se iba al café de la plaza y, después, a un billar que estaba a una cuadra, el Panamá. En el Panamá ya había quebrado dos tacos en los espinazos de sus adversarios. Más que jugar al billar, ahí se tomaban cócteles y se piropeaba a las jovencitas que pasaban y a las señoras también, con una irreverencia que ya había provocado líos.

Volvía tarde y sin dinero. Los abusos de Luciano colmaron la paciencia de su mujer. A poco de estar casada, Juana se dio cuenta de que su marido era un mujeriego sin remedio. Se enteró de que tenía amores con algunas de sus propias amigas, además con chiquillas del barrio, y que tampoco tenía empacho en acostarse con sirvientas. "Todo te sirve", le decía ella, llorosa. "No perdonás ni a las guarayas. Es que la guerra te ha hecho mucho mal."

Hasta que lo sorprendió con una empleada de la casa. Entró a buscar un trasto en el cuarto oscuro de los cachivaches y sintió voces y quejidos en el suelo. Pegó un grito furioso y vio cómo salía huyendo la muchacha. "¿Quién anda ahí?", preguntó, sabiendo quién estaba ahí. Se produjo un silencio total. Como nadie respondía empezó a buscar en la oscuridad. De repente, un hombre saltó hasta el patio y desapareció. ¿Era él? ¿Era Luciano? Lo vio a contraluz. No podría jurar que fuera él. Pero ¿quién más podía ser? Lo encontró echado en la hamaca.

—¿Cómo podés andar con la empleada? —le dijo.
—No tengo idea de qué hablás —le contestó.
—De la empleada y de vos. Estabas ahorita, fornicando con ella en el cuarto del patio.
—Te has soñado —le contestó—. No me he movido de aquí. Ahora la que ve visiones sos vos y sin beber.
—Pero si vos no estabas en la hamaca hace dos minutos.
—Dormí mi siesta aquí, sin moverme.
—Pues estoy loca.
—Loquísima.

Juana se fue al cuarto de la sirvienta y la encontró arreglando sus cosas. Era una muchachota morena, de una silueta envidiable. Y jovencísima.

—Me voy —le dijo.
—Pero claro que te vas, descarada. ¿Qué hacías vos con mi marido ahí?
—Jugábamos —le contestó furiosa.
—Pero era con él, ¿no? —le dijo Juana, esperando una respuesta que la hiciera dudar siquiera.
—Y no iba a ser con uno de los pelaos... Ni con un duende... Es que el señor no me deja ni a sol ni a sombra, señora... Me toca los pechos y las nalgas donde me encuentra. Y yo qué voy a hacer. Echarme nomás y aguantarlo. Cualquier ratito

me infla la barriga éste su marido. ¡Qué gustarle acostarse conmigo, caramba! ¡Qué manos más sabidas para tocarle todo a uno! ¡Es un aguilillo el señor!

—¡Mentirosa! ¡Camba sinvergüenza!

—Así nomás, señora, es un aguilillo don Luciano. No se enoje conmigo que no soy ni mala ni puta. No deja de tocar y tocar. Y tras que usted sale, ya se pone en pelotas. Cuando lo ven los chicos, les dice que se está yendo a bañar al patio, dizqué. La que no le cree nada es doña Castulia. Dice que lo conoce desde que era chico. Ahí nomás, rapidito, se entra a mi cuarto y se echa en mi cama a esperarme. Yo estoy barriendo o lavando y él comienza a silbarme. Ya sé que me está esperando. Me silba y me silba hasta que voy. Claro, como no me puede llamar, me silba. Y viera, silba como un tordo hasta que uno le da gusto. ¡Cómo no va a ser aguilillo dizqué!

—¡Mentirosa!

—Sí, lo mejor es que yo me vaya ahorita. No tiene ni que botarme, señora. Me voy ahorita nomás. No sea que luego ande con mi muchacho a cuestas y que don Luciano ni me dé plata para irme al campo con mamita, que no tiene ni un real.

Aunque sorprendido con las manos en la masa, Luciano negó que fuera su amante. Es más, se sintió ofendido de que Juana le dijera que siempre había sido un calentón incorregible. Y también negó toda relación con las otras mujeres de quienes Juana tenía sospechas más que confirmadas.

—Ves cosas raras, rarísimas, negrita —era lo único que le decía.

—Pero si yo no te voy a decir nada —le replicaba Juana—. Así son los hombres y punto. Sólo quiero saber la verdad.

—Jamás, Juana, jamás. ¡Pero cómo se te puede ocurrir que yo me tire a esa camba!

—Pero si todo el mundo lo sabe.

—Chismes, Juanita, disparates.

—Fue él, fue él —interrumpió Luciana.

—¡Callate, cotuda! ¡Intrigante! ¡Qué te metés en lo que no te importa!

—Seguro que fue él. Si a éste le sirve todo. A mí me toca los pechos —insistió Luciana.

—¡Opa mentirosa!

—¡Me tocás, pues, mis tetas!

—No importa, Luciana. Andate nomás. Dejame hablar con él —dijo Juana—. Oíme, Luciano, pero si he leído papelitos olvidados en tus bolsillos. Si te he visto en la calle acompañando fulanas. Si mis amigas me lo cuentan todo. Si todo el barrio sabe que no dejás una empleada tranquila.

—Es el diablo el que te hace ver esas cosas, Juana. Andá y confesate.

—Pero confesate vos, sinvergüenza. Yo qué le voy a decir al cura.

—Que el diablo quiere deshacer nuestro hogar. Buscá un cura, Juanita.

—¡Ya te he dicho que no me gusta que me digás Juanita! ¡Y no llamés nunca al diablo! ¡Te vas a arrepentir! ¿Creés que no te oye?

—Juana, negrita, ¿por qué no me traés un cafecito caliente más bien?

—¿Ya no te gusto, Luciano? ¿No era, hasta hace poco, la pelada más linda de Santa Cruz?

—Seguís siendo la más linda de todas. Mi único amor. ¡Por eso te he llenado de hijos!

Luciano empezó a beber mucho. Claro, bebía porque andaba con mujeres, pensaba Juana. El trago y las putas van juntos. Y luego Luciano resultó hasta jugador. Si ser jugador ya es un peligro para cualquier persona, jugar sin tener un céntimo, era cosa de horror. Luciano se jugaba la plata de la comida y hasta vendía o empeñaba lo poco que quedaba en la casa. Un día desapareció el reloj de pared. "Bueno, hasta el tiempo se fue de aquí", comentó Juana. Soñaba con echar doce suertes al hilo en el crap y hacerse rico en quince minutos en El Trampolín del Pirata. Iba a ganar tierras, ganado, tractores, camiones, todo en una racha de doce suertes. ¡Nada más! Nunca pasó de echar tres o cuatro suertes seguidas y perderlo todo en la siguiente. Eso lo convertía, ante sus amigos tahúres, en un jugador mediocre, yeta. Y cuando perdía y se burlaban de él, las arremetía a golpes con los jugadores, en lo que sí ganaba siempre. Era un peleador nato. Un gallito de riña. Golpe que pegaba era hombre al suelo. La guerra lo había hecho bravo, decían de él. "Donde pega Luciano, no sale pelo", comentaban sus compinches. Y ellos sabían de lo que hablaban, ya que Luciano, desde muchacho, se había convertido en la garantía de sus amigos cuando se trataba de repartir golpes. Por eso lo mimaban pagándole sus juergas.

7

El Orejón era uno de los amigos íntimos de Luciano Salvatierra. Un joven humilde y feo pero sensible y enamoradizo. Era pálido –casi amarillo–, largo, flaco y se le notaba el comienzo de una calvicie segura. Vestía siempre con saco y corbatín. Un anticuado para la época. El pobre quería que se fijaran en su atuendo para que no le vieran las orejas. Sus corbatas de lazo, de las épocas de María Castaña, eran de colores chillones o con dibujos raros. Las encargaba al primero que viajaba al exterior. Es que sus orejas eran feas, fuera de lo común. Y por esas orejas había sufrido en la escuela, en el barrio, con las chicas y hasta en la oficina. Orejón, Orejudo, Orejazas, Murciélago, Drácula, Vampiro, todos sus apodos tenían que ver con sus orejas. Nada se distinguía en él, fuera de sus extrañas orejas. Su familia siempre había vivido cerca de los Salvatierra, así que con Luciano fueron amigos desde que nacieron: gatearon juntos. El Orejón era mayor por un día. Cuando doña Elisa lo vio mamando desesperado a poco de nacer, se asustó tanto que deseó no tener a Luciano. Se indispuso de tal manera que el susto aceleró el parto previsto para dos semanas más tarde. "Parece un murciélago, el chico", le dijo, llorosa, a su marido, cuando le vinieron los primeros dolores. "¿Y si el nuestro sale así?" Rezó y rezó en medio de los alaridos del parto haciendo mandas al Señor y a la Virgen. Todo lo ofreció a cambio de un hijo con cara de cristiano. Por eso, lo primero que hizo doña Elisa fue mirarle las orejas a su hijo, cuando todavía estaba enredado con el cordón umbilical. "El chico es normal", le dijo su marido, ansioso, con lo que demostró que él también estaba preocupado. No fuera, como decían por ahí, que en el barrio hubiera vampiros que poseyeran a las mujeres en las tinieblas, cuando dormían, y que dejaran su horrible marca. Tanto se solía hablar de cosas así que todavía en la época en la que el Orejón era ya todo un jovenzuelo con el bozo negruzco apareciéndole sobre la boca, las comadres seguían diciendo que el padre había sido un vampiro que una noche se aposentó sigilosamente en la entrepierna desnuda de su madre y derramó ahí su semen: una gota negra. Y que cuando la madre del Orejón gritaba en pleno alumbramiento, habían salido volando, a media tarde, todos los vampiros que estaban en las torres de las iglesias de Santa Cruz oscureciendo el cielo.

Luciano y Osvaldo Bazán, el Orejón, fueron juntos a la escuela, pero, después, ninguno de los dos ingresó en la universidad. Luciano, contra la voluntad de sus padres, se fue al pelear al Chaco. Y el Orejón, que en una noche de farra se inscribió en un partido político por hacerle caso a un borracho, resultó beneficiado con un cargo modesto en la Alcaldía de Santa Cruz, cuando el tal partido subió al poder. No quiso soltar el cargo nunca más. En cuanto cayó su partido, que sucedió pronto, se fue inscribiendo en todos los partidos que llegaron al gobierno y alcanzó a tener una verdadera colección de carnés políticos. Como era un pan de Dios nadie tenía intención de echarlo y se convirtió en un funcionario imprescindible en la Alcaldía, donde redactaba la correspondencia y elaboraba, en una vieja máquina Underwood cuyas teclas se quedaban prendidas al papel, las ordenanzas, declaratorias de huéspedes ilustres e hijos predilectos, y hasta algunos discursos mediocres para alcaldes que eran más ignorantes que él.

No había sido jamás un sinvergüenza ni un vividor y su única "debilidad ética", como él mismo la llamaba, era no tener pudor político. "Si todos son la misma cosa", repetía. Más que eso, sabía que sin el cargo en la Alcaldía se iba a morir de hambre irremediablemente. Ahí ganaba poco, pero suficiente. Le alcanzaba para vivir sin apuros. Y para comprarse lo que necesitaba, que eran corbatines de colores, tirantes y guardar lo poquito que ahorraba en el cofre con llave de su madre.

Mientras otros, con avidez inaudita, duplicaban o triplicaban sus sueldos en la Alcaldía, él mantenía el suyo. "No sea que se convierta en un sueldo tentador para alguno", le comentaba a Luciano. Había decidido vivir y morir en su cargo. Se sentía a gusto y hasta importante. Además, se había instalado en la oficina más remota, donde pocos podían encontrarlo y asustarse con su cara vampiresca, y su aspecto calvo, flaco y desgarbado. Consciente de su fealdad, andaba alejado de los corredores concurridos de pedigüeños y de los grandes actos oficiales, y sólo acudía, precipitadamente, para volver de inmediato a su escritorio, cuando lo llamaba el alcalde o el oficial mayor.

Tenía fama de inteligente y de culto aunque no era lo uno ni lo otro, sino tan sólo una persona cumplida y comedida. Un buen tipo, como decían todos. Leía unos pocos libros al año y eso ya lo distinguía de los que no leían ni los periódicos. Andaba con los zapatos brillantes, el traje de lino blanco siempre arrugado, tirantes ingleses, la camisa impecablemente planchada y los estrafalarios corbatines rojo sangre, amarillo patito, o azul cobalto con motas verdes o verde limón con rayas marrones o blanco y celeste, y cuando había luto, negro. Y medio luto, negro con motas blancas. Fue el primero, también, en lucir pañuelos de seda de colores en el traje. Y el último en tener una leontina dorada en un reloj Omega que abría elegantemente cuando alguna mujer le miraba las orejas. "¿Le gusta?", preguntaba. "Bazán, para servirla, señorita". Por lo general las señoritas se hacían humo sin conversar mucho.

Cuando había entierros importantes, novenas a las que llevar a su madre y desfiles cívicos y procesiones de Semana Santa, se enfundaba en un traje de casimir negro que, para esos calores, era una verdadera tortura. El corte se lo había comprado a un turco que le hizo un montón de pruebas con la tela. Le prendió fuego y no ardió, la hizo una pelota con las manos y no se arrugó, le echó tierra y se limpió los zapatos y no se ensució, y, lo más importante, el turco se la dejó en tres pagos mensuales que al final se transformaron en seis. "Esto me va a asar, querido amigo", le decía al turco, cuando estaba todavía indeciso. "En el desierto usamos telas más gruesas, hermano, porque la tela gruesa mantiene un calor estable. Si no fuera así, los beduinos andaríamos desnudos en el desierto, ¿no es verdad, hermano?", le respondía el turco. Y así fue. Cada vez que el Orejón se ponía el traje negro, el calor de su cuerpo se mantenía estable, pero en cuarenta grados. "De sólo verte, transpiro", le decía Luciano en los entierros a media tarde. "Y ese corte es como para ponerse a llorar", lo atormentaba.

El sastre que eligió el Orejón, si bien muy barato, era un perfecto criminal de la tijera. "Maestro en corte y confección. París - Nueva York - Buenos Aires", rezaba un diploma, evidentemente fraguado, colgado en la pared. Le hizo el saco ancho, con las solapas enormes, y el pantalón estrecho como para un torero. "Pero, don, ¿y lo que me mostró en la revista?", le reclamaba, suplicante, el Orejón. "Es tal cual, es tal cual, ¿pero acaso no se ve en el espejo?", le contestaba el farsante. "Eso es lo malo, don, me veo todos los días", contestaba el pobre. Al tercer reclamo del Orejón, el sastre ya fue más franco: "Mire, doctor, por lo que le he cobrado la cosa pudo haber salido mucho peor". "No soy doctor", fue lo único que atinó a responder el Orejón y se resignó a que cuchichearan sus compañeros y sobre todo –lo terrible, lo insoportable–, a que Azucena se pudiera reír de él. Más todavía de lo que ya se reía.

Azucena siempre había estado en su corazón. No era una belleza como había tantas, pero era recatada y de buen porte y además parecía muy decente. Pero, como a todas las jovencitas, a Azucena le gustaban los chicos guapos y nunca se le había ocurrido que el Orejón fuera su pretendiente. En ocasiones conversaba con él y se reía de alguna de sus ocurrencias; alguna vez festejaron juntos, con los compañeros de oficina el cumpleaños del Alcalde, pero eso había sido todo. El Orejón, de sólo estar con ella un momento, de conversar cuatro palabras, de sacarle una sola sonrisa, pensaba que estaba avanzando en su propósito de conquistarla, hasta que infaliblemente aparecía por ahí algún jovencito pintudo y todo se acababa. Azucena, entonces, entraba en éxtasis. El Orejón odiaba encontrar a esos muchachitos, que él consideraba impertinentes, esperándola en la puerta de la Alcaldía o en la plaza. Porque eran las épocas en que Azucena se sentaba a escribir poesías y a hacer corazoncitos atravesados por una flecha y todas esas tonterías de los amores juveniles. En cuanto aparecía el Orejón ella guardaba su cuaderno y le ponía mala cara. "¿No tiene nada qué hacer, don Bazán?", le decía. En un arranque de amor, el Orejón le escribió una poesía y se la puso en su escritorio, sin firma, por supuesto. A la salida del trabajo, cuando todos bajaban las gradas, Azucena, riendo, gritó: "¡Esto ha sido cosa de algún viejo opa!", y lo miró.

8

Osvaldo Bazán, como Luciano Salvatierra, era hijo de una familia honorable pero pobre. Más necesitado que los Salvatierra que tenían algunos campos lejanos y un poquito de ganado como para vivir. Osvaldo, el Orejón, vivía en una tapera grande, cerca de la plaza, con su madre, Zoraida, cuya edad no se mencionaba jamás. El Orejón le calculaba unos ochenta. Él estaba ya cuarentón y era el menor de cuatro hijos. Tuvo tres hermanas mayores que se murieron vírgenes, antes de casarse, sin que se supiera por qué. Su padre, don Mamerto Bazán, tan digno y tan sufrido, murió poco después de la última calamidad, el fallecimiento de Luisa, la menor de las chicas.

La casa era como todas las taperas de Santa Cruz. Techos que amenazaban venirse al suelo, de tejas pobladas por un monte de hierbas y lagartijas, paredes irregulares blanqueadas con cal, corredores de ladrillos gastados por el tiempo, horcones de palo duro hechos sin mayor arte, zaguán oscuro, puertas de trópico que se podían abrir en la parte superior para que circulara aire y no se salieran las gallinas ni entraran perros ajenos, ventanas abalaustradas con barrotes de madera toscamente labrados, patiecito interior con aljibe en el centro, santarritas, chinitos, lloronas, celestinas, laureles y macetas de helechos por doquier, musgo resbaladizo y, detrás de una barda, la cocina a leña y la lavandería con sus pitas y alambres para colgar al sol la ropa mojada. La cocina a leña de doña Zoraida, en la que en una época se había cocinado para muchos, ahora humeaba sólo para hacer el locro y el majadito y para asar las yucas y los plátanos, infaltables para acompañar la comida. En el horno de barro que humeaba por todos lados se horneaba el pan francés, y los horneados de maíz, arroz y yuca. El pozo ciego de las cambas, que antes había servido para toda la familia, ahora era apenas un siniestro foso negro lleno de moscas y un cajón de tablas encima. El Orejón y doña Zoraida compartían un baño recién instalado que había sido pagado con los sueldos municipales. En la sala de visitas, cerrada siempre, había una antigua vitrola, una alfombra con olor a naftalina, muebles oscuros, sillas de esterilla, una mecedora, y cuadros viejos, fotos amarillentas de las tres hermanas muertas en la juventud, fotografías rotas y vueltas a pegar de Josefina, Blanca y Luisa y de su padre, y sólo una de él, que su madre había retocado para achicarle las orejas, daguerrotipos de personajes irreconocibles, verdaderos fantasmas del pasado, a los que sólo reconocía doña Zoraida. "Ésta es mi abuela Josefina, bellísima y sufrida; éste, mi abuelo Pablo. Fue a la Guerra del Pacífico y volvió tuco, sin un brazo. Y sin un brazo montaba a caballo y atendía un trapiche. Y así, tuco, tuvo hartas mujeres y no sé cuántos hijos. Sin el brazo izquierdo comandó una revuelta y ganó. Pero sus partidarios le tenían tanto miedo que cuando todavía celebraban el triunfo y lo tenían abrazado, adulándolo, lo apuñalaron por la espalda", recordaba entre orgullosa y triste.

Doña Zoraida, vieja como estaba, tenía una memoria prodigiosa y en las noches, después de cenar, antes de que Osvaldo saliera a ver amigos, contaba sus recuerdos. Se sentaba en una mecedora a contarle a su hijo cosas del pueblo, en presencia de las dos cambas viejas que, sentadas juntas, con sus mantones negros, y fumando cigarrillos fuertes, asentían: "Así fue señora, igualito, igualito a lo que dice". Osvaldo, el Orejón, sabía, por supuesto, sobre las familias de Santa Cruz y sus venturas y desventuras, más que ninguno de sus amigos, a los que poco o nada les importaba lo que había pasado antes.

"Orejón, solterón, vejancón, cuándo te vas a montar a la Mondragón", era la cantaleta nocturna de los amigos que salían de sus casas a tunar. Y eso por sólo haber dicho en una oportunidad que Lucrecia Mondragón le parecía hermosa.

Iban a dar serenatas a algunas jóvenes tolerantes y a otras no tanto, que acaban mal porque, en vez de encenderse la luz de la alcoba, señal de beneplácito y aceptación, volaba un ladrillo por la ventana o sonaba un tiro al aire del padre indignado o del marido o del amante celoso que había regresado sin avisar al lecho de la homenajeada.

En los boliches de mala muerte como La Pata de la Víbora, La Puñalada o El Trampolín del Pirata, Luciano, acompañado de su guitarra, cantaba versos sobre su amigo el Orejón y sus fracasos amorosos, que provocaban la risa de toda la comparsa. Bondadoso y tolerante, pero cansado de bromas que se pasaban de tono, una noche le dijo a Luciano que no fuera tan cruel. "Ya me quedé solterón, y es suficiente castigo a mi fealdad, de la que no tengo la culpa", se quejó. Luciano le dio una palmada cariñosa, se encogió de hombros como disculpándose y los chistes pesados se acabaron ahí.

Además, lo de la Mondragón no había llegado a nada, aunque el pobre Orejón no había podido disimular su interés por la muchacha mucho menor que él y absolutamente deseable. Las serenatas a Lucrecia Mondragón eran frecuentes pero no las ofrecía él sino los que la buscaban para satisfacer sus fantasías sexuales con la mujer que se suponía era la más experta de la ciudad en cosas de amores bravos y turbulentos. Lo que mortificaba mucho al Orejón era que Luciano, su íntimo amigo, había incursionado por esos trechos, aun cuando él lo consolaba diciéndole que no había llegado a nada con ella, que todo había quedado en promesas y en unos cuantos besos furtivos sin importancia.

9

Siendo niños, Luciano y Osvaldo habían ido juntos a la escuela, al mismo curso. También hicieron juntos la primera comunión. Y ambos se graduaron de bachilleres. Luciano fue, para Osvaldo Bazán, el Orejón, una especie de hermano mayor, de garantía. Era su héroe. Y fue, después, un ex combatiente herido en el campo de batalla. Siendo adolescentes, Osvaldo sufría el día que Luciano no iba a clases –porque se enfermaba o porque se iba al cine sin avisar– porque eso era suficiente para que los compañeros lo mortificaran. Si no estaba Luciano cerca, lo empujaban, le jalaban las orejas, le daban cocachos en la cabeza que lo hacían ver estrellas, o le cantaban canciones y rimas que tenían que ver, siempre, con sus orejas. Las orejas de Osvaldo eran el blanco hasta de los profesores que no dejaban de tironeárselas con el menor pretexto, para gozo de la chiquillada en edad tan cruel. Osvaldo vivía con las orejas coloradas, lo que las hacía parecer más grandes de lo que en realidad eran. A veces se quejaba a su madre y ella le decía: "Aguantá nomás, hijo, hay que ser hombrecito, al final sos mejor que todos ellos". El único que se las tomaba a trompadas por su amigo era Luciano. Pero como todo en la vida tiene un precio, sin que hubieran convenido nada, Luciano aprovechaba para desentenderse de sus estudios y que el Orejón le copiara las tareas, le dibujara sus carátulas y le soplara en los exámenes. Las pocas veces que los profesores los separaban, Luciano calificaba con un rotundo cero, grande como las orejas de su querido compañero.

Los fines de semana, Luciano y el Orejón se iban al campo, a montar a caballo, a cazar pajaritos con honda o a pescar, pero regresaban, sin falta, los domingos en la tarde. Se iban a ver las películas mexicanas del Victoria, donde comenzaron a fumar en la oscuridad. Y en las noches, en el pueblo todavía se exhibían películas al aire libre, en un cine sin techo, el Edison, cine familiar adonde acudían las chicas con sus padres y hermanos y de donde había que salir en estampida con las primeras gotas del aguacero.

Pero el cine Victoria resultó ser el antro donde Luciano y el Orejón, con otros amigos que ingresaban en la pubertad, se divirtieron más. Sobornando con centavos a los boleteros veían algunas películas prohibidas para menores. En la última fila, además de fumar cigarrillos apestosos, se sentaban siete u ocho muchachos, uno al lado del otro, para masturbarse. Conocían al dedillo la película y se preparaban para el momento más erótico –un beso de Jorge Negrete con María Félix– y entraban todos juntos en acción. Y si los sorprendía Jesús, el acomodador, les pegaba con la linterna en las cabezas y los sacaba a patadas del cine. El público protestaba y Jesús gritaba: "Ya está todo bien, es que habían unos cochinos haciéndose la paja y los tuve que botar". Y luego venía lo peor: "Los degenerados son Salvatierra, Bazán, Roca, Subirana, Jiménez, Egüez y Parada". Mucha gente silbaba y protestaba y otros aplaudían.

Todas estas cosas las hacía Osvaldo siempre que estuviera Luciano. Sin él, no iba jamás al cine, no se movía de su casa. Le había entrado pavor por la calle y por los amigos que le tomaban el pelo. Además, la masturbación lo aterrorizaba porque sabía que era pecado mortal. Entonces sólo fingía hacerlo. Su madre ya le había advertido sobre los "pecados de la carne". Pero los compañeros, siempre fastidiosos y desconfiados, lo obligaban a que se masturbara a la luz del día y delante de ellos. Estaban todos curiosos por ver las dimensiones del sexo del Orejón. Luciano se reía a morir y entonces a Osvaldo no le quedaba más remedio que hacerlo, al ver que le fallaba la protección de su amigo. "Tenés ahí un capital", le decía Luciano. Después se confesaba y sufría con las cosas que le decía el cura detrás de la rejilla del confesionario y rezaba con toda devoción sus penitencias, pidiéndole a Dios que lo perdonara por las pajas que tendría que hacerse después. Eso duró hasta que, solo y sin presiones, se satisfacía por puro gusto en su cama. Entonces, hablar con el cura ya era algo francamente atroz, porque no hallaba a quien culpar fuera de sí mismo.

Una de las cosas que más le impresionaron en aquellos años, cuando estaba entre los catorce y los quince, sucedió en el famoso cine Victoria, inicio de tantas travesuras. Allí, en la última fila, en las noches domingueras, en funciones donde los chicos como él no podían ingresar, las empleadas se dejaban bajar los calzones sin muchos problemas por los muchachos que no iban a ver las películas sino a buscar placer, muchas veces a tientas, sin saber con quién. Por hacer travesuras, algunas jovencitas salieron del cine con la panza llena. Y parían hijos de la oscurana, las pobres.

Resultó que un lunes, en la escuela, Luciano le contó muy agitado a su amigo:

—Se lo tiraron al Budín, ayer, en el Victoria. Algún día tenía que pasar.

El Orejón no entendió nada al comienzo.

—El Negro Cabrera se lo montó ayer en la matiné, al Budín. Los pilló Jesús y metió un lío bárbaro —le explicó Luciano.

—¿Pero, cómo? ¿Se lo tiraron?

—¡Pero no entendés! El Negro Cabrera le bajó los pantalones al Budín en la última fila del cine y como si fuera una mujercita se lo montó. ¿Acaso no sabías que el Budín era maricón?

—Sabía. Pero pensaba que era maricón porque siempre llora, no sabe pelear, araña, y porque no le gusta hacerse la paja.

—¡No! ¡Es maricón! ¡Es homosexual! ¡Le gustan los hombres!

—¡No me digás! ¡Pero tan chico!

—Y el Negro Cabrera, que es un degenerado, se lo tiró en el cine. ¿Entendiste?

En la ciudad de entonces, donde los maricas se contaban con los dedos de una mano, se armó un zafarrancho de aquéllos. La sociedad no permitía desvíos de semejante vuelo. O por lo menos, si había maricas, lo tenían bien guardado. Pero, contra lo que se creía, Budín siguió asistiendo a clases sin que le importaran los comentarios y las pullas y siguió de íntimo con el Negro Cabrera. Se iba todos los días a la casa del Negro, que tenía veinte años, que ya era un tipo hecho y derecho, y ahí hacía sus tareas del colegio. Nadie dudaba de que el Negro lo tenía sometido al pobre Budín y hasta el propio Negro empezó a divulgarlo por todos lados. Era tan sinvergüenza que no le importaba nada de lo que dijeran los otros y más bien lo ofrecía al Budín, como a una prostituta, a los que tuvieran interés. "Lo prefiero a cualquier camba virgen", decía. El pobre Budín acabó satisfaciendo a cuanto amigo del Negro Cabrera lo solicitaba y si se negaba lo forzaban como a una chica, haciéndolo llorar. Había dos viejos degenerados, casados y con familia, que diariamente entraban y salían de la casa del Negro Cabrera. Y una tarde se pelearon a puñetazos en su misma puerta. Todos sospechaban que el Negro cobraba por los favores del Budín.

Eso lo preocupó tanto al Orejón que le rogó a Luciano que hiciera algo. "Que lo haga su padre. Son cosas graves de familia. Yo no me meto en cosas de maricas", le contestó Luciano, sin más vueltas. Entonces el Orejón se lo contó a doña Zoraida; en mala hora, porque le prohibió volver al Victoria. "¡Al Palace y sólo a matiné!", fue la orden terminante de la vieja.

Fue tal la impresión del Orejón, que por única vez en su vida escribió un anónimo. Envió una carta a la familia del Budín, en una hoja de cuaderno, con la mano izquierda, para que no lo pudieran reconocer. Y contó todos los detalles del asunto. Pasó una semana y no sucedió nada. Sin embargo, antes de diez días, Luciano le contó alarmado que al Negro Cabrera le habían pegado una tunda de palos y patadas fenomenal, y que le habían roto varios huesos. Al Budín lo habían mandado a un internado en otra ciudad, nadie sabía adónde. El Orejón se sintió culpable por el Negro Cabrera pero aliviado de haber salvado al pobre Budín. Ni siquiera Luciano supo jamás que él había escrito un anónimo con resultados tan contundentes.

Pasado un tiempo, cuando la adolescencia se abría campo atropellando, el Orejón no podía dejar de ir al Victoria, sobre todo en las funciones nocturnas del domingo, porque si tenía suerte, Luciano lo hacía sentar al lado de alguna empleadita y él metía mano como loco. Oscuro como boca de lobo, mirando películas mexicanas en blanco y negro, las muchachas domingueras se sentaban encima de él y el Orejón las hacía chillar hasta que lo echaban del cine. Además, siempre se salía antes del final de la función para que las chicas no le vieran las orejas. "¿Por qué es tan arisco su amigo, ése de los tirantes que anda tan bien armado? ¿Por qué se escapa antes del final de las películas?", le preguntaban las hembritas deseosas a Luciano.

Llegó la edad del carnaval y al Orejón se le complicaron las cosas. Hacía falta dinero para entrar en una comparsa y él no tenía ni un centavo, porque desde la muerte de su padre no había sino lo justo para comer. Pero, además, con eso de los disfraces, se multiplicaron las bromas de los amigos. "Vos podés andar en pelotas con una capa negra y vas a ganarte el primer premio", le decían los carnavaleros. Luego pensaron en llamar a la comparsa "Los Dráculas": llevarían a Osvaldo como símbolo y hasta lo liberarían de gastos. Por eso, el Orejón sólo siguió a su amigo Luciano hasta ahí y no dio ni un paso más. Ya no quiso entrar en la farándula más importante de Santa Cruz. Con esa decisión se apartó del grupo y se aisló. Y, por supuesto, perdió la oportunidad de conocer algunas chicas, aunque ya sabía que sus posibilidades con las mujeres eran nulas.

Un día de carnaval, cuando todavía eran muchachos de quince, Luciano fue a verlo al Orejón a su casa. Entró hasta su cuarto, lo encontró leyendo, le quitó el libro y lo tiró a un lado. Sacó cigarrillos y le invitó uno. "Si nos pilla mamá, nos mata a los dos", le dijo, rechazando el pucho. Entonces, Luciano encendió uno, echó una bocanada inmensa, y le contó que se había acostado con una mujer.

—¿Con quién? —le preguntó Osvaldo.

—Con nuestra vecina, Perla, la pelada de la pulpería.

—Pero si es viejota para vos.

—Tiene como veinte pero le gusto. Y está que es de morirse. Todo el barrio anda detrás de Perla. Y me quiere a mí. Me dijo que era muy lindo, que haría conmigo lo que yo quisiera. Ella me llevó a una maestranza que tiene su padre y ahí no había sino perros bravos y ladradores y nada más. Como todos andan borrachos ahora, nos metimos en el cuarto donde a veces duerme su padre. Se sacó todo en un segundo y me desvistió a mí también. Esta tarde vamos a volver porque la maestranza va a estar cerrada hasta el miércoles. Tengo dos días más para estar con Perla. Tiene una tetas tremendas y es peludísima.

Cuando Luciano tuvo más confianza con Perla, le propuso que lo hiciera con el Orejón también. "Si querés lo hacemos los tres juntos", le dijo para animarla. "Con el Orejón, ni muerta", fue la respuesta terminante. Luciano se lo contó al Orejón y él le dijo: "Para que hacés esas cosas sin preguntarme, si yo ya sé lo que van a contestar".

Mientras Luciano hacía de las suyas, el Orejón iba al Victoria en busca de placeres incompletos o se enamoraba platónicamente de niñas bien y se conformaba con anotar los nombres en su diario y luego hablarle de ellas a su madre. Ya que no podía tener acceso a esas bellezas, por lo menos se enteraba de quiénes eran ellas y sus padres. A veces, en la calle, cuando se daba la oportunidad, el Orejón saludaba a alguna por su nombre y apellidos: "Buenos días, Rosenda Mercado Pinto, hermoso día para pasear, ¿no?", decía con una inclinación y pasaba de largo. La chica se quedaba boquiabierta no sólo por la fealdad del joven sino por sus rarezas de viejo.

10

Cuando egresaron como bachilleres, Luciano le preparó una sorpresa. Lo llevó a un quilombo y lo inició plenamente en el sexo. El Orejón iba a ver a una mujer desnuda en la cama, por primera vez, aunque ya había hecho de las suyas en la oscuridad de los cines. Para evitarse sorpresas y disgustos le advirtió a la mujer que vendría su amigo el Orejón, que era feísimo, pero que no tenía que dar señales de extrañeza. Hecho el pacto, Luciano pagó y se llevó de parranda, con engaños, a su gran amigo. Todo resultó magnífico y el Orejón tuvo un estreno placentero y gratuito y lo agradeció.

Volvió a buscar a la mujer, cada vez que juntaba algún dinero, hasta que se agarró una gonorrea del diablo, dolorosa y rebelde. La gonorrea era plaga por esos años; sus víctimas la llamaban "la bramadora". La curación le duró un mes y le trajo deudas en la farmacia y el médico. Eso lo hizo desistir, por un largo tiempo, de su andanzas con chicas del oficio. Pero, sin poder acceder a las jóvenes guapas, ni siquiera a las criaditas, había momentos en que la única vía para satisfacer sus deseos era el quilombo La Rosa Azul donde ya era conocido y las meretrices lo recibían bien. Hubo una, la Yenny, que no sólo se acostaba con él muy feliz, sino que hasta le daba crédito. "Podés deberme hasta dos veces, pero no más", le decía. Y la verdad es que, en temporadas de total pobreza, llegó a deberle hasta un poquito más.

El Orejón tenía problemas con las prostitutas extranjeras. Había profesionales chilenas, argentinas y brasileñas, todas de buen ver, pero caras y frías. Demasiado duchas para él, que era un romántico lleno de ilusiones y corto de recursos que se quería convencer de que las chicas se acostaban con él porque les gustaba. Pedían la platita por adelantado y luego se acostaban con el cliente corcoveando para que acabara y se fuera. "Rápido, rápido, ¡ay! me duele", era la queja de siempre al arremetedor Orejón. Con ellas no existían los coitos al fiado. La cosa era al contado y sin preámbulos. Además, todas exigían el pago por adelantado que al buen Osvaldito lo inhibía y lo desmoralizaba. Pero, sobre todas las cosas, lo que él odiaba era aquel amor mecánico y acelerado, y el mal humor de las muchachas si uno no acababa la faena pronto. "Tengo un cliente platudo que me espera, así que apurate", y con eso al Orejón se le terminaban los ímpetus. Así es que se aferró a las putitas criollas que eran inocentes y que hacían el amor sin fingir. Yenny, a veces, quedaba incapacitada para acostarse con otro una vez que lo había hecho con el Orejón. Y si había sido una revolcada al fiado la pobre se quedaba sin plata para comer.

Sus colegas de oficio no entendían cómo Yenny, tan bonita, perdía su tiempo con un tipo tan feo y pobre. La mayoría le huía y se decían, entre ellas: "Éste debe tener la verga fría". Y a Yenny le aconsejaban maternalmente que no se agotara con él ni con nadie. "Cada vez que tienes un orgasmo se debilita tu cuerpo, te envejeces y se acaba tu oficio más pronto", le decían. "Es que no lo puedo hacer de otra manera. A mí me gusta hacerlo hasta gozar, así gano el doble: gustito y plata", contestaba la Yenny. Osvaldo Bazán llegaba al atardecer a La Rosa Azul, cuando las chicas estaban todavía en batas o en calzones, con ruleros y pintándose las uñas. Andaba entre ellas, mirándolas, y se pedía un trago infame en el patio. "Ya llegó tu vampiro", le gritaban a la Yenny. Ella, de sólo verle la cara, sabía que estaba sin un centavo en el bolsillo. "Si querés una cerveza te la invito, pero me la pagás con otra cuando tengás plata", le decía ella acariciándole la cabeza y riéndose. "¿Sabés que no sos tan feo Orejoncito? ¿Sabés que sos el hombre más tierno que he conocido en mi vida? Porque, te digo, todos los hombres que han pasado por La Rosa Azul son unos hijos de puta. O te golpean, o te hacen cosas feas, o no te pagan." Osvaldo, sin hablar mucho, amorosamente, la llevaba de la mano al cuarto que estuviera desocupado y luego de una verdadera batalla campal, cabalgando como un tártaro, quedaba listo para volver a su casa y la Yenny lista para dormir hasta el día siguiente. Nunca se quedaba hasta que La Rosa Azul ardía en todo su esplendor con música criolla y mambos, porque su madre lo esperaba para cenar y porque no quería encontrarse con parranderos trasnochadores que se rieran de él. Regresaba a su casa con las manos en los bolsillos, cabizbajo, pateando distraído lo que encontraba en las calles arenosas, y mirando, sin poder evitar, su sombra siniestra que las luces tenues del alumbrado dibujaban contra las paredes blanqueadas de cal.

11

En Santa Cruz las chicas se casaban antes de cumplir los veinte, y Lucrecia Mondragón seguía soltera a los treinta, lista para vestir santos. No tenía una cara bonita, porque era un poco narigona, pero era alta, con un pelo crespo y negro, labios intensamente rojos, un lunar pintado cerca de la boca, y un cuerpazo que se convirtió en el deseo de los viejos verdes que jugaban billar en el café Panamá, y que se pasaban hablando de ella y haciendo apuestas de machos sobre quién la conquistaría primero. Ya era una muchacha con historia cuando la conoció el Orejón, porque cuando era muy joven todavía, un pretendiente la había pedido en matrimonio, gozado, y plantado antes de la boda.

Como no cedía a los ruegos de su enamorado, buen mozo, rico, y mucho mayor que ella, éste no tuvo empacho en pedir su mano, sin intención de cumplir con su palabra, seguro de que una vez otorgada la venia familiar, se le allanaría totalmente el camino al gozo con Lucrecia. "No antes de casarnos, Rosendo", le decía ella, agitada, cuando él empezaba a desabotonarse la bragueta. Rosendo Suárez, entonces, dio un paso más: fijó fecha para el matrimonio y contrató los servicios del Club Social para la recepción que iba a pagar él, contraviniendo viejas costumbres. Y ella dio otro paso: encargó el traje de novia a una costurera cara, y, además, circularon los partes.

De ahí en adelante, las negativas de la muchacha fueron cada vez menos firmes y con pocos argumentos ante la verborrea amorosa de su futuro esposo y sus arremetidas cerriles. A esas alturas del noviazgo ya no existía superficie de piel ni hendidura que Rosendo no hubiera acariciado y de la que ella no hubiera gustado. "¿Qué importaba amarse en el lecho un mes antes o un mes después?", era la pregunta que Lucrecia Mondragón no podía responder ante el novio incapaz de esperar más. Ella misma estaba en una situación tal de ardores que sólo de sentirlo cerca se inundaba sin control.

Una noche, Rosendo la llevó a una casa. Dijo que era de una tía ausente, pero en realidad la había alquilado. Ahí, en una cama grande y con mosquitero, aislados del mundo, consumaron su deseo. Se amaron hasta el amanecer. Lucrecia supo lo que era el amor, pero en una dimensión que no había soñado jamás. Sintió desmayos y sudores una y otra vez hasta que ambos quedaron exhaustos.

Cuando regresó a su casa ya no era señorita y su madre, doña Agustina, que la esperaba despierta, le dijo: "Espero que lo que hiciste esta noche no te traiga problemas". El padre echó el grito al cielo y maldijo a Suárez con amargura, pero no quiso hacerle un escándalo a un novio que parecía tan conveniente. Y Lucrecia no quiso saber de nada que no fuera irse a la casita de la tía inexistente, a amar a su novio tan guapo y tan experimentado. Rosendo, ávido la primera semana, disfrutando de una jovencita enamorada y desprevenida, empezó a poner peros a los encuentros y a esperar los ruegos de ella. Por supuesto que contó su hazaña a sus amigos, quienes lo festejaron con bromas y abrazos. "¡La Mondragón ha caído!", era el comentario del momento. Entre trago y trago, Rosendo alardeaba de su codiciada conquista y les decía a la ronda de amigos: "Hay que preparar a las mujeres en la vida sexual, para que den placer, que es lo único que necesitan saber. ¿Y quién sino un hombre experto como yo puede enseñarles?". Se reía a carcajadas y brindaba cruelmente a la salud de su novia y de la familia Mondragón.

Un día Rosendo le dijo a Lucrecia que la tal tía había regresado y que ya no había dónde ir. Ella, desesperada de amor y deseo, le dijo que hasta el día de la boda, dos semanas más tarde, podía recibirlo en las noches en la casa de una prima que estaba al tanto de todo. Se juntaron ahí algunas veces, con Rosendo en franca retirada pensando cómo zafar del compromiso. En la última de las citas le dijo que había que postergar la boda, sólo por un mes, ya que sus padres, por enfermedad, no podían venir de la estancia en la fecha prevista. La pobre Lucrecia se quedó atónita: "¿Y los partes?", le dijo. "No hay problema, anunciamos en el diario la postergación. Yo me hago cargo de eso", le contestó Rosendo. Y así lo hicieron. El periódico publicó que la boda entre don Rosendo Suárez y la señorita Lucrecia Mondragón se había postergado por un mes. Pero la burla de Rosendo ya era de conocimiento de toda la ciudad y los comentarios crueles llegaron a oídos de la familia de Lucrecia. "Te lo dije, no hay boda", le recordó su madre. Pero ella no tenía la menor duda del amor de Rosendo y de que era un hombre de honor.

Una noche, Rosendo no fue a verla y tampoco se disculpó. La siguiente noche tampoco apareció. Lucrecia llegó a su casa hecha un mar de llanto. El padre, don Peregrino Mondragón, tuvo que ir a buscar a Rosendo a la pensión donde vivía y donde por esos años se alojaban todos los viajeros. "Se ha ido don Rosendo y me ha pagado todo", le dijo doña Castita, la dueña, una vieja habladora, nonagenaria, pero conocida por chismosa. "Se fue a la estancia, donde sus padres, en el Beni, y se llevó sus cosas en tres baúles", le dijo. "¿Pero no le contó nada a usted, señora? ¿No dejó ningún encargo para la señorita Lucrecia Mondragón o para su familia?", dijo, atragantado, don Peregrino. "Nada", fue la respuesta de la vieja que lo miraba con un intenso placer. "¡Ah!, don Rosendo, tan guapo y tan sinvergüenza. Siempre haciendo dañineras. ¡Cómo le gustan las faldas! ¡Casado dos veces y sin divorciarse! Disculpe, señor, ¿ella era la nueva novia, no?", dijo perversamente doña Castita. "¡Es!", le contestó el hombre y se fue apresurado. Era el colmo de la burla. "¡Ja!", gritó la vieja perversa cuando lo vio desaparecer por el portón.

El alboroto fue enorme en el pueblo y se supo por todos lados que Rosendo Suárez era un burlador casado, decían que con una europea, a la que había abandonado después de zurrarla de lo lindo. Y que después se había vuelto a casar en Riberalta con una niña que, cuando la conoció en una barraca gomera, todavía jugaba con muñecas.

El hecho es que el novio aprovechado no apareció más y que Lucrecia se quedó con vestido de boda colgado en el ropero y con partes de matrimonio repartidos por toda la ciudad. Además, apareció una publicación maligna en el diario, de la que el director no pudo dar ninguna explicación, y que, cambiando nombres, contaba, casi al dedillo, la historia desventurada de la pobre Lucrecia. Eso dejó a la familia por los suelos. Don Peregrino quiso retar a duelo al director del diario y ya había elegido padrinos, pero su mujer, inteligente, le aseguró que con eso el escándalo iba a ser más grande aún. "No sea que todavía te mate, encima", le dijo.

Por lo menos, milagrosamente, Lucrecia pasó su turbulento noviazgo sin embarazarse. Durante un tiempo estuvo encerrada en su casa, celosamente cuidada por su padre, como si fuera una monja de claustro. Pero no era mujer para dormir sola después de lo que había vivido con Rosendo, y pasados los meses, ante el acoso diario de quienes sabían que se podía acceder a ella sin compromisos matrimoniales, salió a la calle. No hubo quien la detuviera. Ni don Peregrino ni doña Agustina pudieron hacer nada. Lucrecia los amenazó con irse a vivir a cualquier lado y eso ya significaría el descrédito total. Alguno la tuvo de amante, cuando en el pueblo se hacía difícil conseguir una mujer para esos fines. Luciano Salvatierra, ya casado, y mucho mayor, fue uno de los que más la gozó y la enamoró, hasta que se cansó de ella. Pero pese a su situación tan desventajosa, porque sabía que estaba puesta en una vitrina pública, Lucrecia siempre trató de ser discreta y, sobre todo, evitó los embarazos, lo que no resultaba fácil con machos que se negaban a cuidarse.

Fue por entonces cuando los vejetes del billar empezaron a desesperarse por ella y a apostar sobre quién la ganaba primero. "¡Pero si ya lo hice yo!", se jactaba Luciano. "Sos un mentiroso, hablador. El único que pudo fue Rosendo Suárez", era la respuesta de sus amigos envidiosos. Durante años Lucrecia recibió esquelas, regalos y serenatas anónimas, a los que nunca dio la menor importancia. Sabía que se trataba del acoso de esos señores pasados en años que la habían obligado a evitar la esquina donde se sentaban a mirar mujeres y, en especial, a esperarla a ella para decirle piropos atrevidos a su paso.

Transcurrió el tiempo, se olvidaron un poco de ella, y entonces, una noche templada, apareció Osvaldo Bazán en su portón, con un ramo de flores.

12

El Orejón había sufrido muchos desencantos amorosos antes de animarse a tocar a la puerta de Lucrecia Mondragón. Cuando fue hacia ella ya era casi un solterón, y, como siempre, pobre, dependiendo de un sueldo mezquino y de unos pocos ahorros que había conservado a costa de encerrarse en su casa sin gastar. No tuvo oportunidad de ser amado por ninguna joven, y menos por alguna chica de la sociedad, lo que era el sueño de su madre y el suyo propio también. Doña Zoraida le contaba, desde que era mozo, la vida y milagros de padres y abuelos de las muchachas por las que Osvaldo se interesaba. Y el pobre Osvaldo lo anotaba todo en su diario, que era casi como un registro genealógico.

Supo por su madre de la familia Aguilera, y del drama que vivieron Fabián, Felipe y Carlota, los hijos. Aquella historia seguía siendo la comidilla en el pueblo, muchos años después de haber sucedido. Recordaba, siendo niño, haberlo visto a Fabián Aguilera, tan simpático y chiflado, vestido de lino blanco, con una flor en el ojal, sombrero panamá, lazo, botines, bastón, y bigotes al estilo prusiano. Y supo, por boca de dona Zoraida, de la atroz muerte de Carlota Aguilera, la jovencita hermosa, atacada por la locura, que vivía en la esquina de la plaza, en una casa en la que sólo entraban los parientes muy cercanos o aquellos a los que aceptaba la excéntrica señora Laura, su madre. Sabía del otro hermano, Felipe Aguilera, que se había encerrado en una casona en el campo y que se había casado con una camba muda pero linda. Vivían todavía en La Laguna, el establecimiento, y sus hijos estudiaban en el extranjero. Se conmovió cuando doña Zoraida le contó del amor de Felipe Aguilera por Luisa Paz y de la muerte de la chica, víctima del vómito negro. Y recordaba el gran entierro, no hacía mucho, de doña Antonia Aguilera, la tía, que tenía su mansión en la otra esquina de la plaza y que había marcado época en el pueblo por su belleza, distinción y desenfado, y por sus muchos amantes.

"¡Esos Aguilera!", le decía su madre. "¡Qué no hicieron, hijo!" Y contaba sobre los amores y locuras de la familia, ayudada por las dos sirvientas de mantones negros, Ángela y Facunda, que pitaban tabaco hediondo. "¡Ese Fabián, hijo, tan guapo y calavera!" Y le contaba sobre sus muchas mujeres, sus ocurrencias, sobre la pobre Soledad que se vino detrás de él, en mula, desde la lejana Caimán para volverse desencantada con dos hijos a cuestas. "Una vez huyó en pelotas de la casa de su padre y lo trajeron unos carreteros alzado por media plaza, orinándose encima de todos. Yo lo vi en la plaza. Nadie me lo contó. Les sacó la lengua a los curas de la Catedral que salieron a alejarle el demonio de su cuerpo. Esa noche le mordió la oreja al deán y se la arrancó. Y otra vez violó contra una pared, en una fiesta en casa de su tía Antonia, a una peladita de quince, Delmira, que además era hija de Soledad, su amante. Para colmo, lo hizo matar a tiros al marido de Soledad y padre de Delmira. Era el acabose, hijito."

Y las dos mujeres con sus mantones negros y sus puchos prendidos de la boca asentían. "¿Y no se acuerda, doña Zoraida, que la empreñó a doña Casta Justiniano que después se casó con el primero que pilló y se fue para siempre?", le recordaba una de las viejas con su voz ronca por la fumadera. "¡Pero claro! ¡Cómo no me voy a acordar! Si dizqué hasta se quiso meter en la cama de su tía Antonia el degenerado. Y no me extrañaría que ahí hubieran habido amores. Aunque casi lo matan a palos esa noche por orden de su tía. Y después su padre lo encerró en el campo pero lo dejaron huir al pobre y se lanzó al río con turbión. Nunca lo encontraron, parece que se ahogó, aunque algunos dicen que lo vieron por allá lejos, por Caimán, viviendo en el monte con Soledad

Ortiz, la que fue su mujer. Pero no lo comentés con nadie, Osvaldo, porque viven sus primos y sus sobrinos y te pueden hacer algo. Son gente poderosa. ¡Si doña Delmira, la violada, es dueña de medio pueblo, hombre! Y vos conocés a sus hijos, Osvaldo, que tienen camiones como si valieran lo mismo que carretones."

Y el Orejón anotaba en las noches los nombres y apellidos, paternos y maternos, y leía y releía sobre los Paz y los Roca, los Ortiz y los Justiniano, los Velasco y los Antelo, los Suárez y los Chávez. Y así, cuando alguna muchacha bonita le robaba el corazón, preguntaba por ella y la anotaba en su diario. En la noche, su madre lo ponía al día. "Es buena gente, hijo. Ésa sí que te conviene. Y ojo que vos no sos ningún camba. Ni tu padre ni yo somos cualquier cosa. Pobres nomás, de solemnidad, pero de buena sangre."

Entonces, era inevitable que doña Zoraida le mirara las orejas a su desgraciado hijo y pensara en cortárselas de alguna manera. ¡Cómo había podido nacer así! Era el único de sus hijos que había sobrevivido a un mal que había matado a sus tres hijas y que ningún médico había podido diagnosticar. Simplemente, muerte súbita después de los quince años. Así se le habían ido sus tres encantos desgarrándole el alma. Y por eso, por su infinita tristeza, porque no pudo soportar tanto dolor, se había muerto también su amado marido.

Osvaldo, el menor, sobrevivió pero Dios no le había dado felicidad, le había hecho las orejas como los murciélagos. Y ella sufría y lloraba en las noches, a solas. Porque las peladas no lo miraban a su Osvaldito, tan bueno y tan cariñoso. Y porque sabía que todo el pueblo le decía el Orejón.

—¿Y la Mondragón, mamita?
—Mirá. De ésa ni me hablés. Ésa sí que es una ficha.
—Pero yo creo que es buena y que se burlaron de ella...
—Ni me hablés. Ésa sí que te deshonraría el apellido en el primer carnaval. No se hable más.
—Pobre mujer, mamá. Yo ya estoy viejo, y a ella la perjudicaron muy jovencita. No sabía lo que hacía...

—¡No se hable más! ¿Y Azucena? ¿Por qué no te animás a hablarle a Azucena? Ésa es una chica conocida y buena. No es una peladita pero no tiene más de veinticinco. Justo para vos.

—Pero ni me mira, mamá. Le hago regalos y me los devuelve. Es buena, pero la asusto.

—¡No hablés operías, hombre! ¡Dejate ya de complejos!

—Mis orejas, mamá.

—Son grandes, es cierto, pero ya hemos hablado tanto de eso. Vos tenés otras condiciones que no las tiene ni el tunante de Luciano ni ninguno de tus amigos ociosos que se sientan en el Panamá a tomar cócteles y a hablar burreras y a decirles lisuras a las señoras que pasan. ¡Son unos malcriados y atrevidos! ¡Vos sos decente y bueno! Sos un hombre educado, con trabajo, sin vicios, que harías feliz a la más engreída de las niñas de sociedad.

—Pero mis orejas, mamá...

—No se hable, no se hable, no se hable... Azucena ni se fijaría en eso si vos fueras un poquito más galante con ella. Azucena es una chica buenísima que no sé por qué no se ha casado todavía.

—Es una niña engreída, mamá. Vive enamorada de jovencitos y mejor si son ricos. No hace sino hablar en la Alcaldía de todos los muchachos que están de moda y con los que yo no puedo competir. Me gusta Azucena, mamá, pero ella tiene vergüenza de mí. Cuando la invito me mira como a un bicho raro, como diciendo, "quién se ha creído que es éste". La vez que le regalé bombones, para su cumpleaños, ella a propósito los dejó al sol y se derritieron. Me devolvió la caja escurriendo chocolate y me dijo que no le regalara cosas viejas. Vi cómo sus amigas espiaban muertas de risa desde la puerta de la oficina. Lo mismo me pasó con las flores. Me dijo que seguramente, por su apariencia, las había robado de alguna tumba del cementerio. La quiero, mamita, estuve loco por ella, pero yo soy viejo, pobre y de mala traza.

—Hay que insistir, hijito. En el amor, hay que insistir. Nada es fácil en esas cosas. Yo quiero que esa chica sea tu mujer y que te haga feliz. Pero, la otra, la Mondragón, ¡ah!, la Mondragón. ¡Dios nos libre!

13

Cuando Osvaldo Bazán se presentó con flores en casa de Lucrecia Mondragón, se armó todo un alboroto. Doña Agustina lo hizo pasar a la sala mirándolo absorta. Era la primera visita formal que su hija recibía en años, desde su malaventurada relación con Rosendo Suárez, aquel sinvergüenza de avería. Pero qué feo que era el visitante. "Voy a llamar a Lucrecia", le dijo y lo dejó sentado con el ramo que le temblaba entre las piernas.

–¿Osvaldo Bazán, el Orejón? –preguntó Lucrecia.
–Sí. Ese señor. Está en la sala con un ramo de flores.
–¿Y preguntó por mí? ¿No serán para usted, mamá?
–No te hagás la zonza, hija. Dejate de chistes opas. Viene a visitarte.

Lucrecia se largó a reír sin control. Se llenó de lágrimas. Se dobló riendo. Se lanzó de espaldas en su cama y pataleó de risa hasta que se cayó un vaso con agua que estaba en su velador.

–¡El Orejón! –gritaba–. Justo lo que me faltaba. El Orejón.
–Andá, hijita. Hay que ser educada en la casa.
–Pero si es un murciélago con corbatín, mamá. Si es la risa de todas mis amigas.
–Bueno. No es mi problema. Ahí está el señor, bien sentado, esperándote. Voy a invitarle un refresco y a charlar con él hasta que vayás a la sala.

Lucrecia siguió riéndose a carcajadas mientras le hacía señas a su madre para que fuera a atenderlo.

–Pero es que no lo puedo creer –gritaba inundada de lágrimas–. ¡Qué pretendiente!

—Apurate, hijita.

Doña Agustina se sentó frente a Osvaldo Bazán y le dijo que pronto vendría Lucrecia. Le ofreció un refresco de bíter que él aceptó encantado. Le miró las orejas y Osvaldo se sintió morir. Ella se dio cuenta de su turbación y le sonrió.

—¿A qué se dedica usted, señor...?

—Bazán, señora Mondragón. Osvaldo Bazán Moldes es mi nombre.

—¿Qué hace, señor Bazán?

—Nada en especial. Soy empleado de la Alcaldía desde hace muchos años.

—¡Ah! Está en la Alcaldía. Bien.

—Sí. Ahí estamos. Je. En la Alcaldía estamos. Haciendo cosas. Je.

—Bien. Así que ahí trabaja. ¿Y es soltero usted, señor...?

—Bazán. Osvaldo Bazán Moldes... señora... Agustina, ¿no?

—Sí. Agustina.

—Soy soltero, señora. Je. No me he casado aún porque vivo con mamá que está viejita y que me necesita mucho. Y porque no he encontrado una mujer que quiera de verdad y que me pueda querer a mí.

—¡Ah! Claro, su mamá. Doña Zoraida, ¿no?

—Sí. Se llama Zoraida. ¿La conoce usted?

—Claro. La conozco. Cómo no la voy a conocer. Faltaba más.

—Gracias. Je.

Se produjo un largo silencio.

—Ahí está su bíter, señor Bazán. Yo voy a buscar a Lucrecia que se está arreglando para recibirlo.

—Siga, señora —y se levantó de un salto con sus flores en las manos.

Ése fue el momento más interminable que Osvaldo Bazán recordara. Caminó por la sala, miró fotos, no supo qué hacer con el ramo que se estaba deshaciendo, se volvió a sentar. Sacó su pañuelo del bolsillo y se secó la frente. Y por fin apareció Lucrecia, con su madre, en la sala. Osvaldo Bazán se le acercó, le hizo una inclinación y le entregó las flores. La miró a los ojos sonriente. Ella casi grita de espanto. Sus orejas eran más grandes de lo que recordaba. Se quedó paralizada con el ramo entre las manos. Su madre le pidió las flores y los hizo sentar. Se sentó ella también. Que no dijeran que Lucrecia recibía visitas desconocidas a solas.

—¿A qué debo su visita, señor? —preguntó Lucrecia después de mucho vacilar.

—A un atrevimiento mío —dijo el Orejón.

—No es un atrevimiento, señor Bazán —intervino doña Agustina.

—Gracias, señora. Je.

—¿Viene a visitarme a mí? ¿Desea hablar algo en especial conmigo? —volvió a preguntar Lucrecia.

—Si me permite, Lucrecia, quisiera ser su amigo y verla cuando se pueda, es decir, cuando sus padres y usted lo permitan, cuando... Je.

Osvaldo Bazán se lanzó en una larga perorata aprendida de memoria sobre su concepto de la amistad, del amor, de la familia, de su madre, de su trabajo, de sus intenciones, mientras Lucrecia no oía nada y sólo le miraba las orejas y el atuendo. Hablaba y hablaba y Lucrecia sólo lo observaba. El Orejón estaba con su traje de lino blanco arrugado, tirantes, y con un corbatín color verde limón con rombos cafés. Como siempre, le brillaban los zapatos. Hablaba con las manos, moviéndolas. Y mostraba los dedos, como un mago. Los movía como un acabado prestidigitador para que no le miraran las orejas. En eso pensó Lucrecia, en que estaba en un circo, frente a un mago que sacaría un conejo de alguna parte y lo aplaudirían y que acabaría la función. Pero no era así. Volvía a la realidad y sabía que esa visita era para ella, que el hombre que tenía enfrente, hablando y moviendo las manos y los dedos, tenía intenciones de poner sobre su carne esas manos y esos dedos. Era inevitable que recordara a Rosendo Suárez, el muy bellaco, que se sentó exactamente en ese sillón cuando pidió su mano. Y eran inevitables las comparaciones entre

Rosendo Suárez y Osvaldo Bazán, el Orejón, el Murciélago, el Vampiro.

—¿Y? —dijo el Orejón.

—¿Y qué? —dijo ella.

—¿Qué me responde a lo que le he dicho?

—Muy interesante, señor Bazán.

—¡Nada de eso, por favor, Lucrecia! ¡Nada de señor, por Dios...! ¡Cómo es eso de señor Bazán! ¡Faltaba más! Je.

—Pero es que usted es un señor mayor... viejo.

—Pero, dígame Osvaldo. Osvaldo y punto. Sí, soy mucho mayor que usted, Lucrecia, pero podemos ser amigos. Tal vez, si su señor padre y doña Agustina lo permiten, podemos ir... podemos ir... podemos ir al cine. Je. Sí, al cine. Están dando unas buenas películas en el Palace, en tecnicolor y cinemascope. Imagínese.

—Hace mucho que no voy al cine, don Osvaldo. Pero, mire, no deseo ir.

—Osvaldo, por favor, Lucrecia. Osvaldo, como a un amigo.

—Es que no puedo llamarlo por su nombre.

—Ya va a poder. ¿No, doña Agustina?

—Sí, ya va a poder —decía la madre, tan impresionada como su hija.

—Acepte la invitación, Lucrecia. Por favor. Vemos películas y comemos pororó. Je. ¿Le gusta el pororó, Lucrecia? El pororó o las pipocas. Esas cosas que se hacen de maíz frito. Mire, no sé qué estoy diciendo. Espero que me disculpe por estas tonterías. Bueno, lo importante son las películas y no los disparates que le he dicho. La verdad es que estoy nervioso. Je.

Lucrecia lanzó una carcajada y se tapó la boca. Se notaba cómo se convulsionaba su cuerpo con la risa contenida. Se produjo un silencio embarazoso. Osvaldo Bazán no sabía de qué hablar. Volvió a sacar su pañuelo y a secarse la frente. Pasó un interminable minuto de absoluto silencio. Sólo se miraban. Él a Lucrecia y Lucrecia a su madre.

—Bueno... ejem. Me voy yendo. Sí, me voy. Ha sido un placer.

Lucrecia y dona Agustina se pusieron de pie junto con él. Otro silencio inacabable.

—Por aquí, señor Bazán.

—Gracias. Je. Muchas gracias por recibirme, señora. Muchas gracias, Lucrecia. Fue un verdadero placer. A ver qué le parece mi propuesta de ir al cine. Se divertiría mucho. No sé si puedo llamarla por teléfono o si podré volver. Veo que tiene teléfono. ¿Qué número es?

—Es el doscientos ventidós —dijo Lucrecia, con los hoyuelos hundidos de aguantar la risa.

—Mire qué fácil. Dos, dos, dos. ¿Ése es el número?

—Ése.

—No me olvidaré jamás. Vaya, qué estupidez. Je. Qué talento el mío. Por supuesto que si hubiera sido de cuatro o cinco cifras tampoco me hubiera olvidado. Je.

—Sí. Este... está muy bien.

—¿Qué está muy bien, Lucrecia?

—Nada, señor, es que yo digo esas cosas... bueno, hasta luego.

El Orejón salió a la calle y Lucrecia estalló de risa. Se tapaba la boca con las manos para que él no la oyera desde afuera. Con su madre entraron riendo a la sala y se sentaron juntas a comentar.

—¿Pero ha visto, mamá, la ocurrencia? ¿Qué tal mi galán? Imagínese usted que voy a estar con el Orejón de pierna cruzada visitándome todas las noches aquí. Oyéndole su je, je, je, je. ¡O en el Palace! ¡Donde me va a ver todo el mundo! ¡Comiendo pororó con el viejo! ¡Pipocas, dizqué! ¡Lo que me faltaba! ¡Lucrecia Mondragón con el Orejón! Hasta sale verso.

—Con todo, es un hombre muy divertido, hija. Me gusta por divertido y por caballero. Al final, no importa tanto que sea tan feo. Uno hasta se olvida de eso cuando charla con él.

—Oiga, mamá... no me estará sugiriendo usted que yo y él...

—Nada, nada, nada de eso, hija. No te estoy sugiriendo nada. Simplemente digo que el hombre me parece divertido y simpático. Un poco tímido tal vez.

14

Cuando Rosaura llegó, con cuatro años, a la casa de doña Antonia Aguilera, no tenía apellido. Apenas nombre y ni siquiera tan seguro. La trajeron de Cotoca, donde unos peones de los Aguilera la habían encontrado andando desnuda por la calle y llorando de hambre. Le preguntaron cómo se llamaba y ella dijo que Rosaura. Por lo menos eso le entendieron en su media lengua. Preguntaron a los vecinos si la conocían y nadie dijo haberla visto nunca. Preguntaron si alguien quería criarla y nadie abrió la boca. Entonces, le lavaron el culo, le pusieron encima una camisa de hombre y la subieron al carretón. Viajó envuelta en la camisa sudada hasta Santa Cruz y ahí se la entregaron a doña Antonia.

–¡Por qué me tienen que traer más gente a mi casa! –protestó la bella señora.

–Estaba sola, cagada, y llorando –le contestó uno de los peones–. Nadie quiso quedarse con ella.

–¿Y ahora que hago yo con ésta?

–La podemos llevar al campo de nuevo si usted quiere. Pero nos dio pena, señora –habló otro de los hombres.

–¿Y cómo te llamás? –le preguntó doña Antonia mirándola con sus ojos azules.

Contestó algo parecido a Rosaura o Laura o qué diablos sería. Luego se limpió los mocos con la manga de la camisa. Miró a todos con ira. Tenía la cara barcina de tanta mugre.

–No te entiendo nada pero si no tenés nombre ni apellido te los vamos a poner ahora. Nada de Aguilera porque ya somos muchos y al final todos dicen que son mis parientes. Esto ya es un desprestigio familiar. ¡Hasta me quieren heredar!

Y nada de Antonia tampoco, porque ya he bautizado como a diez con mi nombre. Pero no te voy a poner el nombre de Laura porque vas a ser una amargada toda tu vida como siempre fue mi cuñada, que así se llama. Serás Rosaura... mmmm... Borbón. ¡Borbón! Nombre aristocrático, noble, de vieja alcurnia. Serás Rosaura Borbón... lindo nombre.

–Rosaura Bombón –repitieron los cambas.

–No Bombón. Rosaura Borbón –corrigió doña Antonia.

–Rosaura Bombón –volvieron a repetir.

–Bueno, díganle lo quieran. Pero se llamará Rosaura. Hay que darle de comer bien porque está muy flaca. Esas ojeras son de hambre. Y la barriga hinchada es de comer tierra. Seguro que ahí adentro hay millones de bichos. Ésta se moría en una semana más. Hay que purgarla hoy mismo. Como no quiero ociosas en mi casa hay que enseñarle a barrer y a hacer algunos mandados. Vos, Asunta, la vas a cuidar y vas a enseñarle a que sea aseada y cuidala hasta cuando podás, a cierta edad que el culo se lo cuide solita. Sabemos que cuando la cosa pica no hay ni Dios que lo evite. Ya se le enseñará a leer cuando sea un poco más grande. Aunque estas pobres es mejor que sean analfabetas nomás, porque aprenden a leer a punta de baquetazos, llorando, y después se olvidan de todo. Pero, claro, si ni periódicos hay en este pueblo. Además para majar el charque y parir sin cuento no hay necesidad de saber leer.

Rosaura Bombón creció con la escoba en la mano y correteando de un lado a otro haciendo los mandados. A los diez ya sabía algo de cocina y a los doce ayudaba a servir en la mesa de doña Antonia. Portaba las fuentes humeantes andando en las puntas de los pies, para regocijo de su patrona que la miraba feliz. A veces, ella sola le llevaba el vaso de leche o la gelatina de pata a su lujosa habitación. Una mañana entró al dormitorio oscuro sin tocar la puerta y oyó que su ama se quejaba, como muriéndose. Corrió la cortina, asustada, entró la luz, y un hombre calvo y de bigotes saltó de la cama desnudo, con los ojos crueles y espantados. La quiso agarrar. Rosaura tumbó la leche y huyó gritando. Los empleados y las sirvientas no sabían qué hacer. "Es don Alcides Gutiérrez", comentaban aterradas. Pero Rosaura no sabía quién era don Alcides Gutiérrez y lo único que contaba era que su mamita Antonia se estaba muriendo porque se quejaba mucho. "Creí que le dolía la barriga", fue todo lo que dijo después. "Estaban tirando, burra", le dijo Asunta. "¿Y eso duele tanto?", preguntó Rosaura. Todos se rieron y ella no supo de qué.

En esos meses, poco después del sofocón que le hizo pasar a su patrona, estaba en el cuarto de costura, aprendiendo a bordar. Bordaba unas casitas de colores y unas vacas deformes, cabezonas y con la cola corta, que ella misma había dibujado sobre la tela. Estaba encantada con los hilos de colores y con el mantelito que acomodaba en el bastidor. Asunta les enseñaba a colocar la tela, ensartar el hilo en la aguja y usar el dedal por si acaso.

Era domingo y como doña Antonia se había ido al campo tendrían tiempo de bordar hasta la hora del rosario, cuando todos en la casa le rezaban al Señor. Rosaura estaba con Asunta y con tres chicas más, criadas de la casa y aprendices de bordadoras. Entonces, alguien con cara de señor decente abrió la puerta y entró. Las miró a todas, una por una, y volvió a salir. Rosaura lo había visto en algunas fiestas en la casa y a veces le había servido en la mesa cuando iba a almorzar con la señora. La hacía reír mucho a doña Antonia, hasta que se le caían las lágrimas. Y siempre se emborrachaba. Rosaura lo reconoció pero no se acordaba de su nombre.

El joven salió y desde la puerta la llamó a Asunta. Las tres chicas la miraron a Rosaura. "¿Qué les pasa?", les preguntó ella. "Nada, nada, no pasa nada", dijeron las muchachas. En un segundo volvió Asunta y desde la puerta fue llamando por sus nombres, una por una, a las chicas bordadoras para que fueran saliendo del cuarto de costura. Como no la llamaron, Rosaura se quedó muy feliz, bordando con hilo verde el ramaje de unos árboles. Fue entonces cuando volvió el hombre. Rosaura siguió bordando, sin levantar la cabeza, pero asustada de verlo andar con sus trancos largos y sonoros. Se reía.

Caminó con las manos en los bolsillos mirando las paredes y el suelo. Miró el bordado de una de las chicas. Hizo un gesto de aprobación con la notoria intención de que Rosaura lo viera. De repente se detuvo frente a ella. "Dejá eso", le ordenó. Rosaura dejó a un lado su bordado. El joven, que olía a aguardiente, se sentó frente a ella, se desabrochó los botines y los tiró lejos. Luego se sacó los pantalones. Y después los calzoncillos y la camisa. Desde que vio saltar de la cama, con cara de diablo, a don Alcides Gutiérrez, Rosaura no había visto a un hombre desnudo. Menos con un cuerno grande entre las piernas. Le dio mala espina. "Echate aquí", le dijo y le mostró un sillón desvencijado. Ella fue y se sentó asustada. "Echate", le volvió ordenar. Se echó. El hombre le empezó a sobar las rodillas y las piernas y a sonreírle. Le acarició todo su cuerpo, los pechos que apenas asomaban, hasta las partes todavía lampiñas que doña Antonia le había dicho que nunca se debía dejar tocar. "Rosaura Bombón", fue todo lo que le dijo y se le encaramó. Rosaura lloró, gritó, lo empujó con las manos y los codos, lo quiso morder, y resistió todo lo que pudo pero el hombre la hizo chillar con su cuerno endemoniado. "Voy a volver, Rosaura Bombón, porque me gustás, pero no le contés nada a mi tía Antonia porque me enojo", le dijo al irse. Se vistió, mientras Rosaura lloraba. Se puso los botines marrón y blanco, los ató bien, y le dejó un billete sobre el sillón. "Para tus alfeñiques", le dijo despacio al oído.

Se fue el señor con cara de decente y volvieron a entrar, silenciosas y cabizbajas, Asunta y las tres chicas. Como si nada hubiera pasado retomaron sus labores. Ninguna levantó la cabeza de sus bordados. Rosaura seguía recostada en el sillón sollozando y tomándose el vientre. "Andá, lavate y volvé", le dijo Asunta. "Y mejor que no contés nada a nadie porque don Fabián es muy bravo y se enoja de todo", agregó. ¡Don Fabián! Ése era el nombre que la pobrecita Rosaura no recordaba. Él era el que la hacía reír a carcajadas a la señora Antonia. Era su sobrino.

Fabián Aguilera la siguió buscando en las noches, entrándose, en complicidad con Asunta, hasta los cuartos de la servidumbre. Las otras chicas que dormían con ella se levantaban a la hora que fuese y Fabián se pasaba un rato con Rosaura, fornicando entre sábanas de lienzo que olían a humo de leña y a jabón de lavar. Siempre le hablaba al oído y le dejaba un billete para sus dulces. A los trece años, sin que nadie notara ni por asomo su barriga, parió un varoncito, pero el chico murió al nacer. Entonces Rosaura Bombón tuvo que contarle todo a la señora Antonia. Le dijo quién era el padre y cómo había sido la primera vez. Fabián se perdió durante mucho tiempo porque se fue al campo y Rosaura siguió trabajando, aprendiendo, y durmiendo, de vez en cuando, con algún peón joven.

Una vez que fue a comprar cervezas a la pulpería, el pulpero, hombre viejo, gordo y lascivo, la encerró. "Sé que te gusta", le dijo, con el labio inferior tembloroso, y la agarró, la redujo, y la echó en el suelo, mientras ella gritaba y pataleaba. El gordo casi la ahorca en su desesperación, pero todo fue en vano porque no pudo hacerle nada. No hubo con qué. No apareció el cuerno endiablado. La manoseó de manera brutal, desvestido a medias, con los pantalones enredados entre las rodillas y con la panza gelatinosa, pero eso fue todo. La liberó y le rogó que no le dijera nada a doña Antonia. Le ofreció alfeñiques y pepas de manjar blanco y una botella de soda que Rosaura rechazó. Todo se lo contó de inmediato a su patrona y ella le hizo pasar un mal rato al viejo fofo que fue hasta la Prefectura arrastrado por tres policías. Ahí se quedó un par de días a pan y agua. Sobornó al jefe y lo soltaron, como pasaba siempre.

Una noche Rosaura oyó la voz y las risas de don Fabián que hablaba afuera con Asunta. Hacía como dos años que no lo veía. Se quedó inquieta, nerviosa, esperando que entrara. Pero no la llamó a ella sino a otra muchachita que dormía en su misma cama y la metió al cuarto que estaba al lado. Oyó el griterío de la jovencita que no parecía acabar nunca. Después lo oyó gritar a él y luego se produjo un silencio absoluto. Por primera vez en la vida supo lo que eran los celos. No sabía qué le pasaba, creía que lo odiaba pero sufría. Sólo después, cuando estuvo casada, volvió a experimentar ese horrible sentimiento. A la muchachita la sacaba Fabián del cuarto cada vez que estaba ebrio y siempre se producía el griterío de la chica, que sufría lo indecible y que le imploraba que la dejara. Pero a Rosaura no la buscó más. Sin que nada le preguntara, Asunta se encogió de hombros una noche y le dijo: "Lo que pasa es que vos ya sos parida".

Así pasó el tiempo. Rosaura trabajaba en la casa y se cuidaba de los hombres o dormía con el que le gustaba. Hasta que, ya más grandecita, la enviaron a dormir sola en un catre que estaba en el zaguán, siempre oscuro. Tenía como oficio abrir la puerta a la hora que tocaran. Sabía quiénes visitaban a la señora y la hora en que se retiraban. Abría y cerraba la puerta a los borrachos y músicos que iban invitados a cenar los sábados. Trancaba y destrancaba la aldaba varias veces desde el atardecer hasta la madrugada. Entonces lo que pasó fue que los hombres que entraban o salían se metían en su cama. Algunos hasta se dormían con ella.

Rosaura se defendía, protestaba, pero no se atrevía a contarle nada a doña Antonia. El colmo fue cuando una noche se iba don Alcides Gutiérrez después de visitar a doña Antonia en su dormitorio. Se despidió de ella en las escaleras, le envió besos con las manos y salió por el zaguán dando taconazos que, como siempre, resonaban como pasos de caballo. Abrió el portón y lo volvió a cerrar con estruendo. Pero Rosaura advirtió que no se había ido. Se quedó apoyado en la puerta mirándola en la oscuridad. Después se sentó en el catre de la aterrorizada Rosaura y metió sus manos bajo la manta buscando su vellosidad. "Dámelo", le dijo. "Dámelo rápido", le repitió como susurrando una amenaza. Y Rosaura se lo dio sabiendo que si la pillaba su patrona o miraba alguna de las cambas, la echarían a palos de la casa. Se volvió a embarazar, sin que supiera quién era el padre y nació otro varoncito que se murió a los pocos meses de diarrea.

Fue por ese tiempo que Rosaura Bombón conoció a Delfino, tambor en la banda de Los Hermanos Talegas. Él iba con frecuencia a tocar en las fiestas y ella les servía, a los de la banda, la cerveza fría y los platos de patasca. Rosaura miraba cómo Delfino hacía la introducción en todas las piezas con su solitario redoble de tambor y pensó que era el más importante del conjunto. Delfino la piropeaba y siempre le decía cosas bonitas. Nunca la tocó ni le propuso acostarse, como eran las mañas de todos los otros. Así Rosaura se enamoró del tamborero y empezó a hacerlo entrar en la casa por las noches. Gozó con él como nunca antes con nadie. Hasta que alguien comentó algo y un día la mandaron de nuevo a dormir al tercer patio.

Rosaura y Delfino se amaron de verdad. Ambos eran jóvenes deseosos de vivir y de gozar. Cuando ya no pudieron encontrarse por las noches en el zaguán, se iban al río los domingos en la tarde, se tendían en la arena, a la sombra de un árbol, con una botella de refresco, bizcochos y tortillas, y volvían exhaustos y felices al anochecer. Hacían el amor en el agua, en la arena, y cuando aparecían curiosos se escondían entre unos barbechos tupidos. Rosaura le contaba todo a Delfino. Creía que él tenía que saber lo que le había pasado de principio a fin. Le contó que el joven Fabián la había violado cuando tenía doce y que la había hecho parir a los trece. Y le contó también del viejo malo, con ojos de diablo, que de la cama de la señora se pasaba a su catre, el muy sinvergüenza. Le dijo que había parido otro chico que se había muerto chupado por la cagadera.

Delfino recordó la noche que Fabián había abusado de la señorita Delmira arrinconándola contra la pared y que después intentó meterse en la cama con su tía; y ella, doña Antonia, ofreció dos libras de oro a quienes lo agarraran a golpes.

Él le dio más patadas que todos los demás juntos. Ahora se sentía feliz porque sin querer se había vengado del hombre que violó a su novia.

Al otro, a don Alcides, lo veía seguido en los buris, pero nunca tuvo la oportunidad de ajustarle cuentas. Era demasiado poderoso. Hizo lo único que podía un pobre camba como él: le pidieron que le sirviera un vaso de whisky al señor y se lo escupió. "Se tomó mis babas", le dijo a Rosaura. Y con eso ambos quedaron muy contentos.

Supo que Fabián Aguilera lo iba a buscar en cuanto estuviera recuperado, después de la paliza. Fabián andaba averiguando por un camba tamborero de la banda de Los Hermanos Talegas que había sido el que más moretones le había sacado a punta de patadas. "Lo quiero a ese Delfino. No sé por qué ese camba se ha ensañado tanto conmigo. Me las voy a cobrar", había dicho. Cierto o no, decidió mandarse mudar lo más lejos posible. Además, porque ya estaba aburrido de ser segundón en Santa Cruz. Entonces decidió irse a Cotoca. Iba a armar una banda de música de la que sería el jefe. Vibraba de felicidad. Le propuso a Rosaura que huyeran juntos. "Primero nos casamos", le contestó Rosaura. "En la iglesia de Cotoca, donde la Mamita", le aseguró Delfino. "¿Lo jurás?", le dijo Rosaura. "Lo juro por la Mamita", contestó Delfino. Como no había motivo para huir, Rosaura le dijo a doña Antonia que se iba, que se iba a Cotoca con Delfino y que se casarían. "No le cuente al señor Fabián porque nos va a perseguir", le rogó. "Ya no hablo con él", fue todo lo que respondió en tono agrio doña Antonia y de inmediato fue a su dormitorio y de un cofre sacó unas monedas de oro y le regaló cinco para su viaje al pueblo de donde había llegado, hacía como quince años, hedionda y barcina y con su mirada insolente.

Rosaura Bombón y Delfino se casaron en la iglesia de Cotoca y después hubo una fiesta con la famosa banda de Los Hermanos Talegas, que fueron a la boda a comer chancho con ensalada de palmito y a despedir a su tambor. No pasó mucho tiempo hasta que Rosaura se volvió a embarazar. El 8 de diciembre, día de la Mamita de Cotoca, nació una hermosa niña a la que le pusieron el nombre de Anita.

Diez años después, Delfino, que no hacía otra cosa que ir de casa en casa tocando con su banda, se enamoró de Kity, luego de haber pasado gozando hembras por todos los catres, colchones, esteras y hamacas de la comarca. Rosaura sufrió como una santa todas las infidelidades de Delfino y cuando le contaban de sus andanzas, sólo contestaba: "Ya se va a componer". No compuso nunca el tamborero y la pobre Rosaura acabó sus días enferma, durmiendo en la cocina, en absoluta abstinencia —con ganas de morirse como decía su hija— con la única compañía de las estampitas de la Virgen de Cotoca en las paredes sobre las velitas encendidas, y con el consuelo tierno de su Anita, tan buena.

15

Mientras el Orejón frecuentaba La Rosa Azul en busca de putas lugareñas, comprensivas y valientes, Luciano Salvatierra hacía de las suyas en los buris, que no faltaban, y en unos boliches infames de pésima reputación y de peligro probado, adonde iban sólo hombres a cantar y beber. Casado, con hijos que llegaban cada año, siempre en apuros económicos, Luciano tunaba todas las noches mientras la pobre Juana daba de mamar, limpiaba cacas, cocinaba, y barría la casa. Su suegra, doña Elisa, ayudaba en la cocina a Castulia, la vieja sirvienta de siempre que además lavaba ropa y pañales. Elisita, la cuñada, no hacía nada y reclamaba todo. Y el suegro se las pasaba el tiempo entero en el campo, enviando desde allí, sin faltar, gallinas, huevos, quesillo, azúcar negro, charque, arroz, yucas, guineos y chancaca.

Un día se produjo la primera tragedia familiar para Juana y Luciano. Doña Elisa se murió a la hora de la siesta. Parecía dormida pero estaba muerta. Con la cara bonita todavía, los ojos cerrados, y sin respirar. Estaba echada en su cama como una reina. Se fue del mundo con una elegancia y una paz que a Juana le parecía cosa del Señor. Juana la lloró con todo sentimiento y guardó luto sin saber que lo tendría que guardar bastante más de lo pensado. Llegó del campo don Luciano padre cuando ya su mujer estaba enterrada. "Vayan a verme a la estancia cuando quieran porque ya no tengo a qué volver por aquí", les dijo a sus hijos y no volvió más.

Había acabado recién el novenario por su suegra, cuando una mañana Juana sintió que le tumbaban el portón a golpes. Era Marito, uno de sus hermanos, para avisarle que había amanecido muerto don Baldomero Castro. Pero amaneció muerto en la calle. Con un tiro en la frente y una cara de horror que la pobre Juana revivió en pesadillas durante el resto de su vida. Por su expresión, don Baldo había visto a su asesino y es posible que hasta le hubiera implorado misericordia. Tenía los ojos casi salidos de las órbitas y la boca abierta como en un alarido, con los dientes de oro que brillaban. "Así tenía que morir este viejo pendejo", le confió Luciano, en el entierro, al Orejón, para su espanto. Fue un ajuste de cuentas por una deuda de juego. Eso produjo tiroteos en todo el pueblo porque los hijos de don Baldo dejaron como un colador a don Cósimo Antúnez, el asesino, y los parientes de Antúnez balearon a los Castro aunque sin matar a ninguno. Hasta Luciano fue amenazado de muerte por los Antúnez. "Qué tengo que ver yo con el tramposo de tu padre", le reclamaba a Juana, que estaba deshecha de dolor y de resentimiento con su marido.

Luego, los Castro y los Antúnez hicieron las paces por cansancio, cuando, después de meses de tratar de matarse, unos y otros se dieron por vencidos. No podían salir a la calle sin temor ni menos dormir a pierna suelta pues esperaban un tiro desde cualquier parte. Entonces, como hacen los mafiosos, se juntaron, con todas las precauciones, en una quinta cercana a la ciudad. Era territorio neutral y el dueño de la quinta respondía con su vida y su hacienda por lo que pudiera suceder. Asistieron tres de un lado y tres del otro. Sin armas. "Si muere uno de nosotros, matamos a dos de ustedes", les dijo Daniel Castro a los Antúnez. "Lo mismo corre para ustedes, así que mejor que no haya ningún accidente en nuestra familia porque la pagan", dijo el hermano mayor de don Cósimo, Facundo Antúnez, un viejo ochentón, cotudo, rubicundo y zarco, casi ciego, del que se decía que había degollado por celos a su primera mujer. Zanjaron sus diferencias y se conformaron con un muerto de cada lado.

Volvió la tranquilidad, el pueblo se sosegó, y retornaron las fiestas. El Orejón iba a veces a algún buri acompañando a su amigo Luciano. En los buris se citaban chiquillas de medio pelo y muchachos bien en busca de aventuras. Se bebía cerveza a montones y aguardiente de caña. De acuerdo con las disponibilidades de los fiesteros los saraos se hacían con banda o con tambora. La tambora estaba vista a menos porque era sorda, opaca, floja, al lado de la banda, donde sonaban trompetas y bajos que hacían vibrar hasta el delirio a los bailadores. Entre la transpiración y los apretones se iban decantando los amores que se producirían esa misma noche o que se convertirían en promesas para el día siguiente o para nunca.

El buri era el lugar donde las muchachitas venidas a menos podían conocer a jóvenes mundanos y a veces pudientes. Pero, sin duda, el buri era para que se divirtieran los hombres, más que las mujeres. El macho se hacía dueño del buri y de las mejores hembras. Ahí se lucían los aguilillos. No tenían cabida los cagones, como llamaba Luciano a los tímidos y acobardados. El Orejón se había ubicado, sin dudar, en la categoría de cagón, dentro de la nomenclatura arbitraria de Luciano, y por eso, por cagón, prefería irse a La Rosa Azul y pagar una putita antes de verse avasallado y arrasado por sus rivales machos con quienes jamás podría competir.

Tampoco le gustaba al Orejón irse de parranda a los boliches de mala muerte que abundaban por el barrio de El Arenal. Allí las borracheras, realmente matadoras, eran entre hombres, al son de guitarras. Se bebían cócteles que no eran otra cosa que alcoholes venteados y con algún colorante para engañar a la vista. La cosa era que al alcohol no se lo viera transparente como el agua. Pero se engañaba sólo a la vista porque tomarse unos vasos de coctelitos significaba, horas después, como haber recibido una pedrada en la cabeza.

Tres eran los tugurios de bajos fondos que frecuentaban Luciano y sus amigos, a los que nunca iba el Orejón. Uno se llamaba La Pata de la Víbora, el otro El Trampolín del Pirata y un tercero, peligroso como su nombre: La Puñalada. Ahí no entraban mujeres y si alguna chica incauta se hubiera acercado por esos lugares habría sido despanzurrada como conejo por lobos hambrientos. Que una muchacha entrara a La Pata de la Víbora, era por tanto algo insólito, jamás visto.

La Pata de la Víbora, donde Luciano tenía crédito o pagaba con canciones, era un boliche de dos cuartos, una cocina escondida tras una tela grasosa, y un pozo ciego pestilente en la oscuridad del patio, en donde una vez que sacaron el cajón para repararlo se cayó un forastero ebrio y desapareció para siempre. En una de las habitaciones había una mesa de billar única en el mundo: sin bolas ni tacos. La mesa servía sólo para acostar a los borrachos que estorbaban. Porque muchos se quedaban dormidos en sillas o en el suelo y perjudicaban el negocio. En la mesa podían entrar a veces dos ebrios roncando y cuando la farra estaba al tope, acostaban hasta a tres, lo que ya era como amontonarlos. Se afinaban las guitarras, se fumaba, se contaban chistes, se hablaba de mujeres, y se bebía a lo bestia. Después venían las canciones, casi siempre mexicanas, una tras otra, al comienzo bien ejecutadas y luego destempladas con alaridos y lamentos. De la cocina tapada por una cortina sucia, aparecían de rato en rato unas empanadas pequeñas, que eran una bendición en medio de los tragos, pero que, también, reventaban el estómago. Desde la cortinita mugrienta asomaba, veloz, un brazo moreno con una sartén y volaban las empanaditas antes de que las vaciaran en la fuente. Nadie sabía de qué diablos estaba hecho el jigote ni había para qué preguntar. Al día siguiente se pagarían los excesos, todos juntos: coctelitos y empanaditas de jigote. Decían de Luciano que tenía estómago de piedra porque aguantaba todo, pero su madre y su mujer sabían que no era así, y que cuando regresaba al amanecer de La Pata de la Víbora había vómito seguro.

En La Puñalada las cosas eran similares, sólo que sin la mesa de billar para acostar borrachos. Pero el trago corría como agua y las canciones no cesaban hasta que enronquecían las voces. Los boleros hacían furor y había un petiso crespo y rubio que punteaba la guitarra al estilo de los famosos Panchos y que hizo que La Puñalada se convirtiera, por unas semanas, en uno de los locales más concurridos del barrio. Como al Petiso no le daban crédito y menos invitaban a sus amigos, lo cortejaron los de La Pata de la Víbora y se lo llevaron, mimándolo y dándole trago a pasto y empanaditas mortíferas a montones. Las jovencitas quedaban extasiadas cuando el Petiso y sus acompañantes gorjeaban "El reloj", "Angustia" o "María Bonita". El Petiso, era, por supuesto, íntimo de Luciano Salvatierra, y se acompañaban cantando a dúo en las serenatas, haciendo suspirar a otras menos jovencitas pero más apasionadas, que se enamoraban sin remedio de los guitarristas.

En El Trampolín del Pirata se bebía pero no se cantaba mucho porque había juego. Timbas infernales de crap donde se jugaba sin medida. Los jugadores, supersticiosos como eran, creían que las letras de un bolero u otro les cambiarían la suerte. Al menos así lo decían en cuanto aparecía algún guitarrero, que resultaba siempre inoportuno y echaban con cajas destempladas. No estaban para distraerse con boleros de Los Panchos. Se veían las miradas ansiosas, llenas de tensión, puestas sobre el tapete verde agujereado de quemaduras de cigarrillo, siguiendo los saltos caprichosos de los dados bajo el foco eléctrico o la luz de la lámpara de kerosén. Los fines de mes, cuando los timberos habían cobrado sus magros sueldos de empleados, aparecían unos tramposos conocidos, que jugaban en sociedad, para limpiar al resto. Los borrachos eran las víctimas elegidas por los tahúres. Las apuestas eran mayores y se exigía el pago de las deudas. Los vales firmados bajo palabra, que hacían de pagarés, tenían que ponerse al día o de lo contrario se producían peleas, gritos, renegociaciones, pagos de intereses.

Por uno de esos vales que estaba pasando al olvido con desfachatez, lo cazaron a don Baldomero Castro de un tiro encima de las cejas. Y lo dejaron tirado sobre una bosta de buey sin que nadie avisara a su casa que estaba fiambre. Se quedó tieso, con la boca abierta y con un agujerito limpio, como una moneda de cobre prendida en la frente. Hasta que un camba carretero lo vio y corrió a pedir auxilio. Eso no era una rareza entre los desdichados que perdían todo en El Trampolín del Pirata. Si aparecía alguna mujer por esa cueva de timberos, se daba por descontado que era para pedirle plata al marido o al concubino previendo que en cuestión de minutos no tendría ni un centavo. O iba la hembra enfurecida para sacar a empujones a su macho, armando escándalo. Era preferible el papelón de un momento, hasta los golpes y los insultos, a pasar hambre todo el mes. Ya eran conocidas las mujeres que entraban al tugurio, a veces con sus hijos pequeños de la mano, y sus maridos eran blanco de las burlas del resto de los jugadores. "Cloc, cloc, cloc, cloc", les gritaban los amigos, imitando a las gallinas, a los pobres infelices que tenían que rendir cuentas de sus sueldos en la casa.

Ahí no acudía el Orejón por nada del mundo. Perder plata a los dados era algo que no le cuadraba. No entraba en su lógica. Ésos eran trechos para Luciano, que podía beber coctelitos en La Pata de la Víbora, cantar boleros en La Puñalada y acabar jugando a los dados en El Trampolín del Pirata, todo en una misma y larga noche.

16

A Anita la instalaron, con el correr de los meses, en una habitación independiente al lado del cuarto oscuro, lleno de cachivaches, donde una vez Juana había sorprendido a su marido fornicando con una empleada. En el cuarto oscuro había baúles viejos, de cuero y de madera, que doña Elisa y don Luciano padre habían utilizado en sus largos viajes a Mojos, todos con aldabas para poner candados grandes. Las cachas de cuero tenían todavía ropa de entonces, sombreros raros de señoras, velos, pieles peladas, como mordidas por perros, abrigos ridículos que llegaban hasta los tobillos, guantes largos de noche, calzones también de señoras con elásticos que se ajustaban encima de la rodilla y hasta unas pistolas viejas guardadas en una caja de terciopelo que Luciano decía que valían mucho pero por las que nadie en el pueblo había querido pagar un buen precio. Todo hedía a humedad y tenía el color verduzco de la descomposición. Juana ya no sabía qué hacer con las monturas, riendas y estribos de todas clases, que estaban amontonados en una esquina de la habitación, y que su marido no quería que fueran tocadas.

Y había cuadros, traídos hacía añares desde Europa, con paisajes de bosques que tenían árboles sin hojas y que producían frío, otros de flores amarillas, otros de mesas y sillas toscas con jarras y vasos y panes encima, y dos o tres de castillos oscuros casi sumergidos en los ríos de Francia. Todos los cuadros ya estaban descascarados por la humedad y los marcos comidos por las termitas, y Juana no sabía cómo hacer para tirarlos a la basura. Y libros a montones, algunos con tapas de cuero doradas, sobre temas y autores que Juana no conocía ni Luciano tampoco, que habían pertenecido al padre de doña Elisa, un abogado que había sido ministro de la Corte Suprema en Sucre. Y frascos enormes de porcelana blanca, con pinturas de colores vivos, como recién pintados, y nombres raros escritos dizqué en latín, que habían estado, durante años de años, en la farmacia de don Mateo Salvatierra, abuelo de Luciano. El viejito don Mateo contaba a su hijos cómo había tenido que utilizar el láudano que tenía en uno de esos frascos para curar al general Melgarejo, cuando pasó por Santa Cruz. "Era un colla grandote, jodido y malhablado que me ordenaba qué medicina tenía que darle para sus males", decía. Luciano juraba que ese frasco hermoso, donde se leía "Láudano" con unas letras negras, tenía historia y valía harta plata, tanta que su padre no lo había querido cambiar por un novillo gordo. Y había planchas a carbón que ya no se usaban mucho, braseros de cobre, escupideras enlozadas, orinales, tres platos, una fuente, tasas sin platillos y copas que, según doña Elisa, eran finísimos, franceses y alemanes, pero que no se podían mezclar con la vajilla diaria que ya estaba bien entreverada. Había muebles viejos, acabados de viejos, y una mecedora que Luciano había dicho que sería lo último que botaría porque en ella había muerto su padre, don Luciano, cuando un anochecer, en el campo, se atoró con un hueso de gallina. Eso sucedió un año después de la muerte de su madre y nadie pudo salvarlo. Se levantó de la mesa, ahogado, expulsó el arroz por la boca y la nariz como los perdigones de un escopetazo, se dio golpes en el pecho, echó babas, pero el hueso se quedó atravesado en su garganta. Los mozos le golpearon la espalda, las cambas le trataron de meter los dedos en la boca, pero fue en vano, sólo le produjeron arcadas. Varios minutos bramó y caminó descontrolado a tropezones, hasta que cayó sentado en la mecedora, babeó, se puso morado, los labios negros, estiró una pierna y después la otra, se cagó, y se murió. "Auténticamente estiró la pata", decía Luciano, irreverente hasta con su padre.

El cuarto de Anita estaba al lado, separado del otro por una puerta de doble hoja trancada con una llave inmensa que guardaba Juana. Era una habitación pequeña, como para ella, con una cama, un velador con una lamparita, un ropero, un tocador con espejo alto y dos sillones de madera pintados de verde. Usaba el baño de Charito y de Antonio, para lo que tenía que cruzar el patio. El piso de mosaico siempre estaba mojado por la humedad. Tenía una ventana que se abría hacia el patio, con visillos, a los que Juana les agregó unas cortinas para que nadie espiara a la ahijada. La promesa de un ventilador no se había cumplido todavía, pero a Anita poco le importaba el calor porque no lo sentía. Sobre el velador, había puesto una vieja fotografía de sus padres del día en que se casaron en Cotoca. Estaba su mamá, Rosaura, con un velo blanco, la cara morena sin mucha gracia, abrazada a Delfino, éste con corbata, rostro blancón, el pelo negro peinado con raya a un costado y con unos bigotes bien recortados y una sonrisa al estilo de Jorge Negrete y Pedro Infante. Tenía otra foto, puesta en el tocador, de su madre sentada en un carretón, con una bata sencilla, junto a doña Antonia Aguilera. Se la veía jovencita, risueña, esbelta, pero tosca de cara. A doña Antonia Aguilera se la podía ver con botines altos, falda larga, pañuelo al cuello, sombrero y una sonrisa esplendorosa. Anita pensaba que no había ninguna duda de quién era la patrona y quién la criada. La miraba a su madre, Rosaura Bombón, y se miraba ella en el espejo. "Soy más bonita", pensaba. Y claro, Anita tenía una hermosa cara y un porte envidiable. Por eso la cuidaba Juana y le diría que todas las noches debía trancarse por dentro. "¿Es por los duendes, madrina?", le preguntaba Anita. "Por los duendes, por los muertos y por los vivos, hijita. Nunca vas a abrir la puerta a nadie que tenga voz de macho", le contestaba Juana.

17

Anita hacía sus deberes de la escuela en la gran mesa del comedor y luego guardaba sus cuadernos en su cuarto y se iba a la cocina a ayudar a preparar la cena. Era comedida en todo y nunca Juana tuvo que pedirle nada porque ella corría a hacer lo que podía para aliviar a su madrina. Sabía que ella y él, Luciano, eran sus bienhechores y que sin ellos su vida hubiera sido muy dura porque no le habría quedado más que trabajar de sirvienta y quién sabe dónde. En sus ratos libres aseaba y llevaba a pasear a la calle a Santiaguito, el hijo de Luciana, que era blanquito, de pelo claro, y vivaz. "¿Y su papá?", le preguntó un día a Luciana. "Ya va a volver", le contestó secamente.

    La verdad es que en la casa todos hacían algo, menos Luciano. El señor de la casa no movía un dedo y tenía que ser atendido al pensamiento. Antonio y Charito estudiaban, pero Charito era hacendosa y tenía una mano mágica para cocinar guisos y otros platos que Anita ni sospechaba que existieran. Y el bueno de Antonio no daba afanes para nada. Cuando llegaba tarde a comer, se entraba derecho hasta la cocina y ahí se calentaba su comida sin molestar a nadie. Como andaba enamorado hasta las patas, visitaba a su corteja hasta tarde y a veces salía con ella al cine, así que no lo esperaban a cenar. El fastidioso era Luciano. Llegaba a cualquier hora, de día o de noche y todo lo pedía a gritos. Era cosa de hacerse temer. Le encantaba ver a la gente corriendo ante cualquier deseo suyo. La única que no corría nunca para satisfacer sus caprichos y que lo mandaba al diablo era Luciana.

    –¡Jau! ¡Corré a traerme agua!

—¡Bah! ¿Y para que voy a correr, pues?
—¡Corré, carajo, que tengo sed!
—Que corra tu mujer.
—¡Bajate los calzones, Luciana!
—¡Pa' vos nunca! ¡Aguilillo!
—¿Qué has dicho? —y Luciano se le acercaba amenazándola con pegarle.
—Le voy a contar a Juana que te acostás con hartas —le contestaba, babeando.
—¡Callá, carajo, te van a oír!
—Que me oigan, pues, si es verdad. Sos un malo que te acostás con hartas mujeres. Sos un aguilillo pícaro. Les voy a contar a los curas de San Francisco también.
—¡Opa chismosa!

Luciano se reía de sus peleas infantiles con Luciana. Estaba convencido de que la pobre Luciana hablaba y se movía como una opa pero que, en el fondo, tenía una inteligencia casi normal, que se daba cuenta de las cosas, que era cariñosa con Juana aun cuando se resistía a que la trataran como a una empleada más.

—Bajate los calzones, Luciana —le decía muerto de risa.
—¡Pa' vos ni aunque me maten!
—Contame, pues, de ese hombre que olía a buey.
—¡No me fregués! ¡No me fregués!
—Contame quién fue el primero y no te molesto más. ¿Quién te desvirgó, Luciana? ¿Quién fue el valiente que se atrevió?
—No te voy a contar nada. Nunca te voy a contar del primero. Vos sos muy hablador y malo. Siempre te reís de mí. Más bien le voy a contar a Juana que te acostás con todas las cambas del barrio.

Ahí Luciano dejaba de molestarla y se hamacaba mirando a los maticos y oyendo los tordos que saltaban cerca de él. Luciana barría y lo miraba desde lejos con rencor, hablando sola. Detrás de ella aparecía Santiaguito y si hacía mucha bulla, Luciano lo mandaba al fondo de la casa de un carajazo. Luciana, maldiciéndolo, tomaba de la mano a su hijo y lo llevaba a donde no lo viera. Ya había sufrido mucho en una oportunidad en que el pobre Santiaguito estaba enfermo y llorón y Luciano le pegó palmadas en las nalgas. Ese día quiso arañarlo y lo asustó a Luciano porque, como nunca antes, empezó a gruñir como un animal. Todos salieron corriendo y ella lo persiguió balanceándose y con las uñas de frente, gruñendo como una osa. Babeando. Castulia, la cocinera, la aplacó y la tranquilizó.

Luciana la quería a Anita porque era tierna con Santiaguito, y le hacía sentir su afecto, acariciándola o ayudándola en lo que fuera. "El único peligroso en esta casa es Luciano. ¡Cuidadito con él!", le advertían a Anita, Castulia y la opa Luciana. "No te le acerqués mucho porque te va a pellizcar el culo", le decía Luciana. "Es malo y mujeriego, y le gustan las jovencitas", ratificaba Castulia. Pero Anita no les daba mucha importancia a esas cosas, pese a que nunca le había gustado la forma como su padrino la miraba. Desde la primera vez, en la cocina, cuando Luciano le dijo que no podía tener doce años sino dieciséis, Anita se dio cuenta de que tenía algo raro, muy feo, en su mirada. Pero eso había sido todo y no tenía nada que reprochar a nadie en esa casa buena, de gente humilde y cariñosa que la había acogido. Más bien, en sus rezos a la Mamita de Cotoca, encomendaba a sus padrinos, a sus nuevos hermanos, a Luciana y Santiaguito, y a todos quienes iban por la casa para que estuvieran a salvo del diablo. Y nunca se olvidaba de rezar por el alma de su madre, Rosaura y de su padre, Delfino, aunque había sido muy malo. Hasta por la Kity le pedía a la Mamita, para que no ardiera por toda la eternidad sino hasta que se arrepintiera del daño que hizo en vida.

La comida en casa de los Salvatierra era de lo más sencilla y no pasaba de una sopa, de primer plato, cuando no hacía mucho calor, y siempre ensaladas, bife o gallina, arroz, papas, huevos y yucas. No faltaban una o dos veces por semana el locro y el majadito. Sólo los domingos cambiaba la dieta y se comía chancho, pato asado, pastel de pollo, arroz con menudos, ensalada de palmito, plátanos asados y las infaltables yucas. También se hacía parrillada con carne de res y todas sus entrañas comibles. Los hombres bebían cerveza helada y las mujeres y los chicos sodas de distintos sabores. Al atardecer, los machos estaban ebrios y Luciano los botaba a la calle sin más vueltas y se entraba a dormir a su cuarto o se echaba en la hamaca y roncaba. "¡Se acabó la trulla!", gritaba y todos sabían que Luciano estaba con la cerveza hasta el garguero y que había que levantar vuelo.

Los domingos iban a la casa las hijas, hijos, yernos, nueras y nietos, además de Antonio que llevaba a su enamorada, y Charito que siempre estaba con alguna amiga. También el Orejón era visita frecuente. Nunca había menos de quince personas sentadas a la mesa y los chicos jugaban y fastidiaban por otro lado, lejos de los grandes, porque Luciano les pegaba pellizcos en las nalgas a los que pasaban junto a él, haciéndolos chillar. Hablaban de política hasta que Luciano les decía que eran unos cojudos ignorantes y el tema quedaba agotado. Entonces cada uno contaba sus cosas y la charla se dispersaba entre todos. Las mujeres tomaban el café con horneado y los hombres seguían destapando las botellas de cerveza que estaban sumergidas en un turril con hielo. Todo eso ocurría hasta que se escuchaba el consabido: "¡Se acabó la trulla!".

Jamás fueron invitados a la casa los hermanos de Juana, los Castro y sus mujeres, con quienes únicamente se encontraban en los funerales familiares, y no precisamente para llorar juntos.

18

Un buen día apareció en el diario de la ciudad un anuncio en la página de obituarios que informaba de la muerte en el Beni de Rosendo Suárez Suárez –Q.D.D.G., decía–. Averiguadas las cosas, todo el mundo se enteró de que Rosendo Suárez había muerto martirizado por los Chávez junto al río Mamoré. El asunto había sido consecuencia de un entrevero de faldas. Rosendo Suárez había tenido amores con una bella señora, Dominica Antelo, casada con Nicomedes Chávez, un conocido y rico ganadero, generoso y amiguero. Rosendo Suárez cautivó primero al marido con intenciones aviesas y luego la enloqueció de amor a Dominica. El seductor hacía uno que otro negocio de ganado con Nicomedes Chávez, pero, sobre todo, frecuentaba la casa en Trinidad y la estancia en una inmensa pampa llena de ganado a unas cuantas leguas de ahí. Dominica Antelo había sido la chica más bonita del pueblo y una esposa intachable, de la que su marido jamás hubiera dudado. Hermosa desde los quince años, blanca y de pelo castaño, de formas exuberantes y risa amplia y fácil, hacía suspirar a todos los muchachos de su edad. Ahora, joven abuela, vivía para sus tres hijas, casi tan bellas como ella. La mayor, de ventiuno, casada y con dos hijos; la segunda, de diecinueve, casada también y con otra pareja de niños; y la menor de dieciséis, que acababa de deshacer su compromiso con un joven acaudalado en tierras y reses.

Rosendo llegaba a la casa sin siquiera anunciarse, colmando de regalos a Dominica y a las tres chicas, quienes, aun las casadas, pasaban largas temporadas en la casona de sus padres donde sobraban el espacio y las sirvientas. Llevaba regalos, pero, sobre todo, noticias de lo que pasaba en Bolivia y en el mundo. Nunca le faltaba un diario bajo el brazo, así fuera de un mes atrás. Contaba anécdotas de la guerra con el Paraguay y de sus hazañas en el monte. De cómo en una noche había matado a cuchilladas a un centinela paraguayo a la vera de un camino y cómo el soldado de no más de quince años, en su agonía, imploraba por su madre. Contó cómo una bala le había atravesado la cabeza a su mejor amigo, llenándole de sangre y sesos a él, cuando fumaban desprevenidos en una trinchera. Y cómo se había salvado de la gangrena cuando de un bayonetazo le atravesaron una pierna en un asalto a campo traviesa en Nanawa.

Notaba que Dominica se estremecía con los peligros, ciertos o no, que él había pasado en el Chaco. "A mí también me hirieron en la cabeza y a vos no te conmueve", le decía burlón don Nicomedes a su mujer. Rosendo hablaba sobre su deseo de ir a comerciar en los traicioneros rápidos de los ríos y en las zonas de los bárbaros, lugares aislados y desconocidos. Dominica se inquietaba y preguntaba si era necesario correr tantos riesgos para ganar más, cuando ya se tenía lo suficiente. Y Rosendo les contaba sobre su vida en Europa, sobre su matrimonio allí, sobre su mujer, una gringa llena de manías, bebedora de té y de brandy, devota de la ópera, pero corajuda, que lo había acompañado a caballo por toda la inmensa llanura. "Es una rubia brava, de armas tomar, tanto, tanto, que hasta a mí me domó y me hizo huir", se reía. "Pero no está dicho que cualquier día no me embarque y vuelva a Europa", decía intencionalmente. Y la cara de Dominica se ensombrecía y su bello perfil se ponía agudo y tenso. "Pero ¿y cuándo va a sentar cabeza usted?", le decía Dominica. "Cuando me muera de viejo, Dominica, o cuando me maten", respondía sonriente. "¿Y por qué no se va a Riberalta con su otra mujer?", seguía preguntando Dominica. "Porque me aburro. O será que no la quiero", decía, vislumbrando un disimulado placer en su amiga.

En las noches, Rosendo Suárez cantaba boleros, valses y taquiraris con toda la familia Chávez reunida en su entorno, que lo aplaudía a más no dar. Era su ídolo. Con la música, la charla y los tragos surgió una lógica amistad entre Rosendo y don Nicomedes y con eso, infaliblemente, las confidencias sobre mujeres y las hazañas de uno y otro. Nicomedes, discretamente, hasta avergonzado, le contó de algunas aventuras con cambitas de las comarcas cercanas. Su máxima hazaña había sido volarle la mujer a un viejo y rico comerciante de caucho que le llevaba a ella treinta años, lo que también le avergonzaba. Rosendo Suárez, sin embargo, abrumó a su amigo con sus aventuras. Lo habían llamado a su juego. Daba nombres y apellidos con el mayor desparpajo. Pero lo que más le impactó a Nicomedes, lo que le dejó un sabor amargo, fue cuando Rosendo le contó sobre su noviazgo tramposo con la jovencísima Lucrecia Mondragón y del abuso que había cometido con ella. Pensó en lo que haría con quien hubiera hecho algo parecido con alguna de sus hijas. Nicomedes lo escuchó y no le dijo nada, pero no le gustó que hablara de sus intimidades con la muchacha; de si sus sobacos olían así o asá; de si sus pechos eran grandes pero con un lunar peludo; de si sus piernas eran flacas en la parte de abajo; y sobre todo de sus goces. De sus goces y de sus declaraciones de amor: "loca como una gata en celo", mientras Rosendo planeaba la retirada y la burla más canallesca, don Nicomedes le dijo a su mujer que Rosendo era gracioso y divertido pero un mal tipo. Sin embargo, ella lo defendía. "Si es buenísimo, fantasioso y no hace sino divertirnos", lo tranquilizaba. "Así será entonces", le decía Nicomedes sin mucho convencimiento.

Un día Nicomedes Chávez anunció que se iba a la estancia a marcar ganado y capar toros. Se iba con sus dos yernos. Rosendo dijo que también partía hacia Riberalta porque llegaba una mercadería muy fina y costosa de Europa. No regresaría hasta después de unos meses. Se despidieron con un gran abrazo. La carita de Dominica no pudo mostrar más desencanto y Rosendo lo vio así. Era una belleza marchita de pura decepción. La noche que Nicomedes hubo partido, Rosendo se presentó en la casa.

—Vengo de pasadita nomás, Dominica, a saber cómo está y si no se le ofrece nada. Cuando uno se queda solo siempre hay necesidades. Y para eso están los buenos amigos.

—¿No va a pasar, Rosendo? –le preguntó–. Cuénteme qué noticias hay en ése su periódico. Usted siempre nos pone al día de lo que sucede. ¿Qué haremos ahora que se va tan lejos?

—Entro, me invita un refresco, y me voy, porque ando con el tiempo que me tiene sin vida –le dijo.

—Lo que pasa es que usted viene sólo a ver a su amigo y no sabe que en la casa lo queremos todos.

Rosendo cerró la puerta y cuando ella iba, turbada, en busca del refresco, la retuvo de los hombros. Se quedó quieta, sin volcar la cara. Rosendo le besó el cuello, las orejas y los cabellos. Dominica se volvió y lo abrazó entregada. Como nadie los había visto, entraron en la sala de visitas y él cerró la puerta con llave. Nadie iba por allí y nadie sospecharía que la señora pudiera estar en ese lugar. La hermosa Dominica se tendió en un sillón y mostró sus piernas fantásticas hasta el calzón. Lo demás corrió por cuenta del incorregible seductor. Pero en los amores hubo ayes de Dominica. Intensos e incontrolables gemidos. Y los oyó Laurita, la menor de las chicas Chávez. Y los oyeron las empleadas, porque en el amor todos los susurros son como gritos. Laurita se acercó sigilosamente a la puerta y no pudo ver nada porque la llave estaba puesta en la cerradura. Pero oyó gozar a su madre. La escuchó llorar mientras gozaba. Era un llanto auténtico de felicidad. Y escuchó cómo repetía el nombre de su amante.

Se fue corriendo hasta su habitación. Se encerró y también lloró, pero no todo era por el comportamiento inesperado de su madre, sino porque amaba secretamente a Rosendo Suárez, que le había prometido que huirían juntos a Santa Ana y después a Riberalta. "Todos mis boleros son para vos", le decía al oído a la muchachita que, muy feliz, se lo creía.

Esa noche tuvo una pelea terrible con su madre. "Es usted una inmoral que se las juega a papá. Ya verá cómo me voy a vengar", le dijo Laura. Las súplicas y justificaciones de Dominica no sirvieron de nada y su vergüenza la llevó al peor de los infiernos. Y empezó a dudar de Rosendo, recordando lo que le había dicho su marido: "Es divertido, pero me parece que es un mal tipo". Temprano, al día siguiente, estuvo Laurita en casa de Rosendo Suárez.

–Nos vamos hoy, Rosendo. Me voy con vos.

–Pero, querida, ¿y tu padre? ¿Y tu madre? ¿No será mejor nomás que yo hable con Nicomedes y te pida en matrimonio?

–No te va a aceptar como yerno nunca. Primero se muere.

–¿Por qué?

–Pero ¿cómo? ¿Acaso no sos casado allá en Riberalta y en Europa? Si él lo sabe todo, como todo el mundo por aquí. Yo no pienso casarme con vos. Quiero ser tu amante. Queda bien, ¿no? Quiero ser tu amante.

–Pues nos vamos mañana –le dijo Rosendo, contemplando a la niña que se le entregaba tan inesperadamente.

–¡Uf! ¡Qué irá a decir mamá!

–¿Por qué?

–No te hagás el loco que anoche lo oí todo. La oí llorar de gusto. ¡Qué descarada!

Rosendo se quedó de una pieza. No supo qué decir.

–No fue nada. Somos amigos –mintió burdamente.

–¡Uf! ¡Si lo supiera papá! Si supiera que su muñequita se las hace con su mejor amigo. ¡Chau muñequita y chau amigo!

–¡Vámonos mañana, a las cinco! Vamos a Santa Ana y después, si nos animamos, pasamos a Riberalta. Allá no nos encuentra nadie. No llevés nada de ropa. Yo te voy a dar un caballo sillonero y vamos a llevar unas mulas. Va a ser un viaje duro y cansador pero nos huimos juntos –le dijo, asustado, Rosendo.

–Hasta mañana, mi amor. Sabía que no me ibas a dejar plantada y sin novio después que me hiciste pelear con él.

A las cinco de la mañana partieron Rosendo, Laura y unos peones. Salieron a medio trote del pueblo. Todo el día montaron sin probar bocado, pasando pantanales y atravesando la pampa inacabable. Se detuvieron sólo dos veces para orinar.

En la noche llegaron a un rancho donde Rosendo Suárez fue recibido con grandes muestras de afecto. Una de las cambitas le pidió sus alforjas, le sacó las botas, y las cargó hasta su habitación. Se llamaba Manuela.

—Esa camba es tuya, ¿no? —le dijo Laura.

—Dejate de cosas, Laurita. La única bella y dueña de mi corazón sos vos —cursileó.

—Pero me mira feo la camba.

—No le hagás caso.

—¿Y ése su hijo no es tuyo? ¡Mirá que se te parece!

—¡Laurita, por Dios!

—Oiga —le dijo en un aparte don Estanislao, el dueño del rancho—. ¿Y esa pelada no es muy jovencita para usted?

—Es —le contestó Rosendo—. Pero así son de caprichosas.

—Oiga, pero cuidadito que me traiga problemas, porque la chica parece de casa bien.

—Es. Si viene por acá Nicomedes Chávez, hágase humo. Desaparezca con todos. Nadie sabe nada. ¿Entendido?

—Oiga, que es atrevido usted, don Rosendo. Hacerle esto a don Nicomedes. Lo va a perseguir hasta donde usted vaya.

—Y otra cosa. Dígale a Manuela que esta noche no va a dormir conmigo. Y mejor todavía si la manda a la casa de su madre. ¡Y que no ande con el muchachito de la mano poniéndomelo en las narices! ¡Ya le voy a dejar algo de plata!

Había una capirotada lista para la cena y les supo a gloria. Rosendo y Laurita retozaron de lo lindo en una cama confortable. Laurita se entregó al amor absolutamente feliz y sin ninguna reserva, tanto que sorprendió a Rosendo. Ni el cansancio del día a lomo de caballo los aplacó. Manuela, la camba, se pasó la noche mirando de lejos el dormitorio de su hombre. Vio cómo se apagaba la luz y la señorita se quedaba con él. Se acercó sigilosamente y los oyó reír. Después corrió sin parar hasta la casa de su madre.

Mientras tanto en Trinidad, lo primero que hizo Dominica fue correr en busca de Rosendo Suárez para que la socorriera en encontrar a Laura y contarle que ella lo sabía todo porque los había espiado. Tenía que avisarle que estaban en un peligro mortal. Le dijeron que no estaba. Que se había ido a las volandas esa madrugada a Santa Ana. Que había armado viaje de improviso. "Iba con su hijita, señora", le dijo una vieja que vendía manteca, aguardiente y miel en la puerta del lado. "¿Con la hija de quién?," le preguntó. "Con Laurita, señora, su hijita." Dominica se cayó al suelo. Creyeron que se había muerto. La tuvieron que acompañar hasta su casa.

Envió sobre la marcha unos peones a la estancia de su marido. En la noche, hacia las doce, Nicomedes ya estaba de vuelta, bañado en sudor. Bufaba de ira. Contra sí mismo y contra su mujer. "Me di cuenta de que la miraba a Laurita y seguro que él fue el que la hizo pelear con su novio", repetía. "Pero si sabíamos que era un seductor el mierda ese", decía. "En tres días lo cazo, Dominica. En tres días se lo comen las hormigas del palo santo", amenazó. El campesino bonachón, una vez traicionado, se había convertido en una fiera. Le habían tocado donde más le dolía: la honra.

Partió al amanecer con sus dos yernos y con ocho hombres más. Todos Chávez. La familia íntegra se ofreció a vengar la afrenta, así tuvieran que balearse con los Suárez de Santa Ana y con los de Santa Cruz también. Iban armados con rifles máuser y con munición como para combatir en una guerra. La bella Dominica partió una hora después a caballo, con tres peones, pero hacia el lado contrario, huyó hacia Santa Cruz. Allá tenía familia para que la cobijara y la protegiera. Le dejó una confusa carta a su marido contándole de su infidelidad.

Dominica estaba segura de que él la mataría a tiros tarde o temprano. Lo conocía bien y sabía que no perdonaba esas cosas. Siempre lo había oído hablar de que todo se podía aguantar en esta vida, menos la traición de una esposa.

Pasaron los Chávez por el rancho de don Estanislao y no encontraron alma viviente. Ni ahí ni en las casuchas cercanas. "¡Este Estanislao me las paga! ¡Ya va a ver el cabrón!", sentenció don Nicomedes. Descansaron hasta la primera luz y pensaron en dividirse para la persecución, en vista de que no sabían hacia qué puerto sobre el río habían partido sus perseguidos. Entonces los hombres de Nicomedes vieron que venía una mujer con un crío en brazos. "Alguien se acerca, tío", le dijo uno de los Chávez. Salió a su encuentro a grandes trancos don Nicomedes. La chica le contó que se llamaba Manuela, que el niño era hijo de Rosendo Suárez, que la noche anterior había dormido con una jovencita muy bella, que no le había dejado ni un real para darle de comer a su hijo y que habían partido por el camino a Puerto Palometas. Les llevaban más de un día de ventaja.

Don Nicómedes y sus acompañantes se lanzaron al galope, reventando caballos, con la seguridad de que si los fugitivos pasaban el río sería mucho más difícil capturarlos. A lo largo del camino fueron recibiendo noticias de la marcha de los amantes. Durmieron una noche en la pampa, despertaron con el rocío, y siguieron galopando al alba. Cuando estaban agotados, desmoralizados, deseosos de hacer un alto para comer, un carretero les dijo que hacía una hora que los perseguidos habían pasado a trote rápido. A Nicomedes le brillaron los ojos. Cambiaron monturas y se lanzaron a todo lo que daban las bestias haciendo un rodeo hasta llegar al embarcadero sobre el Mamoré, para sorprender allí a Suárez y evitar que hubiera un tiroteo donde alguno de su familia pudiera morir. Rosendo Suárez no había llegado todavía pero era cuestión de no más de media hora, calculaba don Nicomedes. Y así fue. Apareció dándoles azotes a sus mulas a las seis de la tarde.

Llegó a la orilla y se vio rodeado. No sabía qué sucedía hasta que apareció don Nicomedes. Transpiró frío y en fracción de segundos se dio cuenta de que estaba perdido. Todo daba lo mismo ya. Llevó su mano al revólver con una rapidez increíble y lo tenía desenfundado cuando le pegaron un tiro desde atrás y cayó herido del caballo. A los tres hombres que venían con él los mataron a balazos en un segundo.

—Pensar que hasta ayer éramos amigos, Suárez, y que todo lo echaste a perder —le dijo Nicomedes.

—Rematame —le pidió desde el suelo, herido en un hombro.
—No seas idiota. Esto se paga más caro. Laurita valía mucho para mí —le contestó Nicomedes.
La miró a su hija. Se acercó trotando en el caballo y la tumbó al suelo de un revés. Ni siquiera le dijo nada. Entonces se plantó delante de Rosendo.
—Levántenlo —ordenó.
—Matame ahora y te cuento algo más —le dijo Rosendo Suárez, burlesco.
—¡No! —gritó Laura.
—Trato hecho. Me lo contás ahora y te mato de un tiro en la cabeza —le dijo Nicomedes.
—¡No! —volvió a gritar Laura.
—Me acosté con Dominica —dijo Rosendo Suárez.
—Ésa es una mentira, infeliz. Hablás huevadas para ganar tiempo.
—Tengo testigos.
—¡Quiénes!
—Tu hija.
—¿Cuál?
—Laura.
Nicomedes la miró a Laura que estaba sentada en el suelo, resignada, sobándose la cara.
—Qué decís, Laura —habló su padre.
—No sé nada —le contestó Laura.
—Decí la verdad y me salvás de que me torturen —le dijo Rosendo.
—No sé nada —repitió.
—Decí la verdad porque igual se va a saber. Y contale también lo que hicimos juntos.
—Miente, papá. No es cierto.
—Hablá, Laura —le dijo su padre.
—No sé nada. No he visto nada.
—Decí la verdad. Por lo menos que una verdad te salve del infierno —repitió su padre.
—Es verdad —dijo Laura, luego de dudar unos segundos.

—¿Los viste? —le preguntó su padre con la voz temblorosa.
—Los oí. En la sala. Ahí se encerraron y los oí.
—¡Cuándo!
—El día que usted se fue a la estancia. Esa misma noche.

Rosendo quiso echar mano del revólver que estaba en el suelo a su alcance, pero ya era menos rápido y uno de los yernos de don Nicomedes le dio en la cabeza con su rifle y le abrió una brecha que regó sangre.

—Sos un hijo de puta. El hijo de puta más grande que he conocido —le dijo Nicomedes.
—Soy.
—¡Levántenlo! —ordenó.
—Cumplí con tu palabra y dispará —le dijo Rosendo.
—Eso nunca. A los hijos de puta hay que tratarlos como a tales.

Lo pusieron en pie y lo metieron en el monte. "¡Andando!", dijo don Nicomedes. "Y vos también", le dijo a su hija. "Es bueno que veas esto. ¡Busquen un palo santo!", ordenó. "Y me lo desvisten y lo dejan tal como vino al mundo", dijo. Ataron a Rosendo desnudo a un palo santo que de inmediato se llenó de hormigas que empezaron a picarlo. Él no opuso resistencia porque era un disparate hacerlo. Lo ataron tan fuerte que no podía moverse para ningún lado. Sólo sacudía la cabeza cuando las hormigas se metían en los orificios de su nariz y sus orejas. Nicomedes sacó su cuchillo.

—Sé lo que me vas a hacer, hijo de perra —le dijo Rosendo.
—Exacto. Eso que estás pensando es lo que te voy a hacer. ¿Te molestan las hormigas en las orejas? —le dijo.

Le agarró una oreja y de un tajo se la cortó. Gritó Rosendo y chilló Laura. Un chorro de sangre saltó y le manchó la cara y la camisa a Nicomedes.

—Si te corto la otra te vas a desangrar muy pronto y yo quiero que durés un poquito. Quiero que acaben con vos las hormigas y los cuervos que andan revoloteando. Miralos. Ya saben que tendrán comida fresca muy pronto. Vos y los tres fiambres que han quedado en el camino.

Laura se acercó a su padre a implorarle que no le hiciera más daño y recibió un empujón que la tiró sentada.

—Tenés que ver lo que les pasa a estos violadores y abusadores de mujeres —le dijo.

—Matame, cabrón —le gritó Rosendo.

—Con calma, con calma, todo a su tiempo —dijo Nicomedes.

Le miró el pene.

—De una vez —le dijo Rosendo—. Hacelo de una vez. Me lo merezco por estúpido —y miró hacia arriba, hacia donde volaban los buitres.

—¿Y con esta ridiculez has abusado de mi mujer y de mi hija? Porque te ha abusado, ¿no? —le dijo a Laura, que estaba vomitando.

—¡Ya! —le volvió a gritar Rosendo.

—Bueno, entonces procedemos. Si lo pedís, así se hará. De paso, esto será una venganza que no se esperaba la señorita Mondragón.

Le agarró el pene y mirándole a los ojos se lo cortó. Rosendo pegó un alarido y Nicomedes tiró el miembro cortado a uno de sus sobrinos. "Guardalo en una lata. Es un regalo para la muñequita infiel", dijo. A Rosendo se le cayó la cabeza sobre el pecho. La sangre salía a borbotones enrojeciendo sus piernas desnudas. Laura no dejaba de vomitar.

—Dejo tus huevos para los buitres. Ellos tendrán su festín aparte. Si querés también te suelto. Ya no sos peligroso.

—Hijo... de puta —susurró Rosendo y se desmayó.

—Bueno, vamos —dijo don Nicomedes—. Ahora hay que ajustarle cuentas a la muñequita que me resultó puta. Vos, Laura, andate a Santa Ana, a Riberalta, o donde te dé la gana. Pero no volvás a Trinidad. Ganate la vida en un quilombo si te place. Pero si te veo por ahí te mato. Nunca más volvás por mi casa. Te maldigo a vos y a tus hijos. Uno de tus primos te va a acompañar hasta donde haya gente que te ayude.

Dicho eso, don Nicomedes y sus hombres montaron y salieron hasta la huella. Una bandada de cuervos que picoteaban a los tres muertos aletearon pero siguieron devorándoselos. Otros volaban en derredor del lugar donde había quedado atado Rosendo Suárez. Don Nicomedes salió al galope hacia Trinidad, en busca de su mujer. Al pasar por el rancho de don Estanislao y ver que seguía abandonado, lo asoló, lleno de furia, porque se sentía traicionado. Incendió la casa y mató a balazos el ganado que encontró en su propiedad. Hasta a las gallinas las mataron a tiros y garrotazos. Una vaquilla gorda sirvió para satisfacer el apetito de los Chávez y se comieron todos los huevos que encontraron. Manuela comió con ellos y no quiso preguntar qué había pasado. Se lo imaginaba. Don Nicomedes le dio dinero y ella lo recibió llorando.

Cuando llegó a Trinidad, no había ni rastros de su mujer, salvo la carta mal escrita. Pensó en ir hasta Santa Cruz para ajustar cuentas, pero vio que tenía las de perder. Calculó que era del todo imposible alcanzarla en el camino. Le llevaba mucha ventaja. Creyó que mejor sería vengarse después. Para eso no había ninguna urgencia. Por el contrario, si no actuaba de inmediato, caería sobre ella tomándola desprevenida. Pero no aguantó la tentación de amargarle la vida. Le devolvió en una cajita de terciopelo su anillo de compromiso y, ahí mismo, puso el miembro mutilado de Rosendo Suárez.

Dominica entró en una depresión profunda. Se metió en cama y no quiso moverse de ahí. No hacía sino hablar de su casa en Trinidad y de sus hijas. No podía explicarse cómo, por una debilidad, había acabado con su matrimonio. Se reprochaba su infidelidad y estaba más arrepentida aún porque en Santa Cruz se enteró de lo que era Rosendo Suárez, y de las barbaridades que había cometido en sus andanzas detrás de señoras y jovencitas. Le contaron con pelos y señales lo que le había hecho a la Mondragón, al extremo que Dominica deseó conocerla. Quería oír de sus propios labios qué había encontrado en Rosendo Suárez para haber sucumbido de forma tan desgraciada. En el fondo, era ella misma la que quería saber qué demonios le había pasado para haberse enamorado de un hombre que no podía ofrecerle nada. Y cómo le había caído la desgracia encima con sólo haber estado una vez con él. Pero Lucrecia Mondragón nunca quiso hablar con Dominica.

La infeliz tuvo otra noticia más que la acabó para siempre. Laurita, su hija mimada a quien tan mal ejemplo había dado, se fue acompañada de su primo hasta Santa Ana, pero ya en el camino lo sedujo y se hicieron amantes. El primo dejó en Trinidad a su mujer, con dos hijos, y siguió con Laurita hasta Riberalta, de donde se fugaron al Brasil, suponiendo que la larga mano de Nicomedes Chávez no podría llegar hasta allí. El desesperado Nicomedes, empecinado como siempre y humillado, se puso en camino hacia el Amazonas, para ajustar cuentas con el sobrino desleal que le había jugado tan sucio. Iba con el ánimo ciego de vengar la afrenta con sangre. Meses después le contaron a Dominica que una noche se emborrachó con unos siringueros en una barraca junto al río y que al amanecer, cuando todos dormían, se pegó un tiro. Otras versiones contaron que lo mataron para robarle su dinero, que era oro contante y sonante. Como fuera, Dominica nunca más tuvo tranquila su conciencia y buscó la paz dedicándose a curar y dar de comer a los pobres, y socorriendo a los mutilados que habían vuelto de la guerra. Su belleza se marchitó sin entregarse a ningún otro hombre, y sólo le quedó la hermosa mirada desolada.

19

En el momento menos apropiado el Orejón marcó el 222. Contestó don Peregrino Mondragón.
—Te llama un señor Osvaldo —le dijo a su hija.
—Soy Osvaldo Bazán, Lucrecia. ¿Se acuerda de mí? —le dijo asustado el Orejón.
—No.
—¿Se acuerda que la visité y quedamos de ir al cine? Je.
—Mmmmmmm... ¡ah! Sí.
—¿Quisiera ir al Palace?
—No. No sé.
—¿Está triste usted?
—No. ¿Por qué, señor?
—Pensé que estaba triste y la quería acompañar.
—Pero ¿por qué tendría que estar triste?
—He leído la noticia en el periódico, Lucrecia.
—¿Qué noticia?
—Ésa de Rosendo Suárez. Muy lamentable. Je.
—¿Y qué le importa a usted?
—Pensé que estaba apenada y... Je.
—No sea intruso, señor Bazán. Métase en sus cosas y no me moleste.

Colgó. El Orejón se quedó seco. Se dio cuenta de que había estado totalmente desacertado. Más que eso, que lo suyo había sido de una impertinencia absoluta. Volvió a marcar el 222.
—¿Aló? —oyó la voz de Lucrecia.
—Soy un imbécil, Lucrecia...
—¿Pero otra vez usted? ¿Quién le ha dado permiso para que me llame?

—Discúlpeme, Lucrecia...
—No me moleste más, señor...
—Me voy a cortar las orejas. Je.
—¿Pero qué me importan sus orejas, señor?
—Es que me las voy a operar.
—Usted está chiflado.
—La amo, Lucrecia... Je.
—¿Qué? ¿Pero qué me dice usted? ¿Y qué es eso de je, je, je, a cada rato?

—Estoy loco por usted Lucrecia. Disculpe mi torpeza. Me pongo nervioso y hago papelones. Je.

—Oiga. Óigame. ¿Pero cómo se le ocurre decirme que me ama? ¿Cuándo le he dado la menor confianza para que usted me diga esas cosas?

—Es que la amo, Lucrecia. Para eso no hay remedio. Ni permisos —balbuceó.

Lucrecia colgó. El Orejón temblaba de emoción. Estaba fatigado de nervios. Era la primera vez que le decía semejante cosa a una mujer. Pensó en llamarla al día siguiente. O esperar dos días. O llevarle una serenata esa misma noche. ¡Con banda! ¡Nada de guitarras!

Sin avisarle a Luciano, porque tenía miedo de que se le ocurriera seducir a Lucrecia, contrató a Los Hermanos Talegas, la banda más famosa de Santa Cruz, y enfiló raudo hacia la casa de los Mondragón. Era la medianoche. No había acabado de sonar la primera pieza cuando se prendió una luz. Al Orejón se le hizo un nudo en la garganta. Se adelantó unos pasos, como había visto hacer a sus amigos y a los galanes en el cine. Así lo hacía Jorge Negrete con su sombrero de charro en la mano. Apareció don Peregrino y le gritó: "No sea imbécil. Váyase. Deje dormir a la gente". El Orejón tuvo un impulso de salir huyendo pero se controló. Vio que detrás estaba mirando Lucrecia con su pelo negro alborotado. Le hizo un saludo tímido con la mano, una reverencia, y se fue con la banda a otra parte. Como ya le habían cobrado una hora por adelantado, le envió serenata a Florinda, una jovencita nueva de La Rosa Azul que coquetamente le negaba sus favores, pero lo provocaba. "Pregunten por ella y díganle que van en nombre de don Osvaldo Bazán", le dijo al maestro. Se sintió todo un macho. Así, hecho todo un macho, fue caminando hacia su casa y se metió en la cama. Se durmió convencido de que había tenido otro avance con Lucrecia. La había llamado para decirle que la amaba y le había llevado serenata con banda. La próxima sería con guitarra y asesorado por Luciano, aunque le tuviera celos.

"No debiste decirle imbécil al señor Bazán", le dijo doña Agustina a su marido cuando volvieron a la cama. "Al Orejón", dijo él. "Casi le grito 'Orejón imbécil'", remató rezongando. Se rió doña Agustina pero le volvió a repetir lo que ya don Peregrino había oído bastante en los últimos días. Y era que, por feo que fuese, era buen partido para la chica. "Lucrecia está casi en los treinta y sin casarse, hombre", le decía. Y don Peregrino Mondragón le contestaba a su mujer que hiciera lo que hiciera, si a Lucrecia no le gustaba el Orejón, no habría arreglo posible. Y doña Agustina volvía a insistir en que era cuestión de conocerse para que asomara el amor. El corazón, algo indiferente y frío al comienzo, se iría calentando, como siempre sucedía. "Ayudémoslo, Peregrino. Tiene interés por la chica y la quiere", le decía. Y el padre de Lucrecia se mofaba y le decía que era una locura, que iba directo al fracaso, que Lucrecia era una mujer brava y ardiente y el Orejón, un infeliz. Que todo el mundo se reiría de verlo en la iglesia y después bailando el vals. "Pero si es un murciélago, Agustina", le decía y apagó la luz. "Es que la chica ya no es tan chica y no va a pillar otro, como no sean los que la buscan para divertirse con ella una noche y mandarse mudar", volvía a la carga, a oscuras, la mujer. Y no lo dejaba en paz al marido, convenciéndolo de que las orejas del señor Bazán Moldes eran lo de menos, que lo importante era su familia, su trabajo y su decencia: "Si es hijo de doña Zoraida", le recordaba. Y le decía que en el pueblo todos los muchachos como para ella ya estaban requetecasados y que sólo quedaban los sinvergüenzas al estilo de Rosendo Suárez y Luciano Salvatierra, casadotes y mujeriegos, que habían andado detrás de Lucrecia para disfrutarla y dejarla bien gracias. La mención del finado Rosendo Suárez produjo un gruñido de don Peregrino. Como si no hubiera oído nada, doña Agustina seguía hablando sobre la niña que ya no era tan niña, y sobre los peligros que corría en un pueblo de machos jodidos, que la dejarían para vestir santos, madre soltera, sin fortuna, sola en su vejez, hasta que oía los ronquidos de su marido.

20

Zoraida Moldes se había casado con Mamerto Bazán del Rivero con todas las de la ley, como era bien visto entonces. Hubo declaración de amor formal, noviazgo largo, besitos furtivos sin toqueteos, visitas al atardecer, siempre con presencia de la madre en la sala o cuando menos de alguna criada de confianza. Y después, petición de mano, con reunión familiar, brindis y comida. Todo en regla aunque sin ningún boato. Ellos no eran ricos como los Aguilera para derrochar.

La gente comentaba que Mamerto era un abogado honrado, con futuro, y que los liberales lo podrían llevar a alguna situación importante, quizá hasta la Corte Suprema en Sucre. Pero Mamerto siempre fue un tímido, "metido en sus calzones" como le decía su mujer, y daba pasos muy vacilantes, meditados, cuando algunos tinterillos atropellaban en el pequeño mundo pueblerino haciendo malabares leguleyescos para obtener reputación entre clientes inescrupulosos y ganar dinero.

Cuando todos se habían vuelto liberales a ultranza porque hacía años que nadie les quitaba el gobierno, Mamerto se hizo conservador. Y eso, justamente, cuando los conservadores ya no existían y sólo quedaban en sus filas don César Aguilera, su hermana doña Antonia y algunos señores más, que al morirse no eran reemplazados por nadie. Cada año había más conservadores muertos y más liberales vivos. Vivos de viveza también. Mamerto ni siquiera erró al apartarse del liberalismo porque jamás trataba de acertarle a nada en lo que se refería a ideas. "No le achuntaste, Mamerto", le decían sus amigos, y él les respondía lo mismo que a su mujer: "No le achunto nunca porque no le apunto a nada; sería cosa de oportunistas acertarle a un partido, porque es la idea la que debe convencer, no el azar".

Con esa actitud, en un medio de oportunistas, estaba perdido y así se fue quedando atrás. Los reproches de Zoraida menguaron con el tiempo hasta desvanecerse. Mamerto era terco e incorruptible.

En la casa de los Bazán fueron llegando los hijos a poco de casados. Nació primero Josefina, una criatura gorda y rosada que, según su madre, parecía una salchicha, para disgusto de don Mamerto que odiaba los apodos y se aterrorizaba de que, por un disparate así, a su hija le dijeran la Salchicha Bazán. Prohibió los motes y su mujer lo entendió bien y no volvió a hacer bromas con esa verdadera salchichita que le había nacido. A los doce años, Josefina empezó a afinarse, y siendo muy blanca de piel, su tez perdió ese aspecto rubicundo a pesar de su cabello cobrizo. A sus quince era la mejor alumna del curso, a los dieciséis, la abanderada del colegio en los desfiles cívicos, y a los diecisiete, cuando empezaba a enamorarse y a escribir versos, amaneció muerta. Murió un domingo cuando su madre no pudo despertarla para ir a la misa de San Francisco. Eso les produjo una congoja tan grande que don Mamerto Bazán y Zoraida lloraron hasta que se les acabó la última lágrima. Secos de llorar, Bazán le dijo a su mujer que había dos niñas a quienes cuidar, y que se acabaran los rezos y los llantos, así como las visitas de las comadres de mantones negros que, decía, traían mala suerte.

Linda y graciosa para hablar y contar historias, amiga inseparable de su hermana Josefina, a la que, además, decidió guardarle luto durante un año, Blanquita se murió enlutada en la escuela. Le golpearon las puertas del bufete al doctor Bazán del Rivero y le dijeron que Blanquita estaba desmayada en su pupitre, que al parecer no respiraba. Corrió desesperado el doctor, gimiendo, y en la carrera precipitada se encontró con Zoraida y su hija Luisa que corrían, despavoridas también. Cuando llegaron al colegio, Blanquita estaba acostada en el piso con el rostro azulado. La movieron, la besaron, le gritaron a los oídos y Blanca no se movió más. Iba a cumplir dieciséis. Ni un grito, ni un golpe, ni una sola enfermedad, ni una visita al médico, y la niña estaba muerta. De luto por su hermana mayor y ya difunta.

Las puertas de la casa Bazán se cerraron a cal y canto. Sólo Luisa salía al colegio y regresaba a la casa para no salir hasta el día siguiente. Los domingos todos iban a misa en silencio y volvían a su encierro. Sin embargo, por entonces, Zoraida se volvió a embarazar. Toda una sorpresa ya que ni los amores de entonces eran muy intensos, ni la edad de Zoraida prometía tal fertilidad. Fue cuando nació Osvaldo, el Orejón.

El doctor Bazán había dejado el bufete y vivía de lo poco que tenía ahorrado. Pero en esa casa no se gastaba sino en pan y comida. La ropa no tenía ninguna importancia porque era suficiente un vestido negro para Zoraida, y otro para Luisa, y un traje negro para don Mamerto. Las dos cambas que atendían a la familia se echaron el luto muy jovencitas y siguieron de luto, así que en la casa todo era trapos negros. Una verdadera desolación.

Bazán consultó con los médicos de la ciudad sobre la muerte tan inesperada de sus dos hijas y la respuesta no convencía a nadie: muerte súbita. Muerte súbita y eso era todo. Pero con la muerte súbita se le habían ido sus hijas, y sufría por Luisa y Osvaldo, esperando que sucediera lo mismo en cualquier momento. Quiso viajar a Buenos Aires con los dos, pero los chicos eran sanos, se criaban bien y estudiaban normalmente. Los médicos no encontraban ninguna anomalía y le aseguraban que en Buenos Aires no le dirían nada nuevo. Osvaldo tenía unas orejas raras, feas y grandes, eso era todo. "¿Y si fuera el diablo?", le dijo una vez don Mamerto a su mujer, y Zoraida echó el grito al cielo, lloró y besó a su Osvaldito, casi hasta ahogarlo. Luisa, imaginativa, o porque escuchaba algo entre las dos sirvientas, le decía a su padre que su hermanito era hijo de un vampiro; que la gente decía que había nacido así porque un vampiro era su padre. Que hasta en el colegio la llamaban la hermana del murciélago.

El desconsuelo era total en el hogar de los Bazán. Doña Zoraida no sabía qué hacer para recuperar a sus hijas muertas. Con su marido iban al cementerio todos los atardeceres antes de que cerraran las rejas. En sus visitas al panteón hablaban con las chicas y les contaban las cosas del día. Qué hacían sus amigas, cómo estaban sus hermanos, cuán cuidados estaban sus cuadernos y sus libros, cuán lindas sus muñecas, qué bien pintada la habitación donde nadie entraría hasta que regresaran.

Y una noche regresaron las dos niñas. Regresaron envueltas en unos paños, dentro de un baúl de madera fina. Las trajo Zoraida y el doctor no dijo nada. "¿Están las dos?", le preguntó. "Las dos, hijito. Ya no nos vamos a separar más de ellas", le contestó su mujer. Josefina había muerto hacía tres años y Blanca dos. Cuando se abría el baúl salía un hedor extraño, pero cuando la cacha estaba guardada debajo de la cama matrimonial no se sentía nada. Las dos cambas que servían en la casa, Ángela y Facunda, sabían que en la cacha de madera estaban las dos niñas. Habían acompañado a Zoraida al cementerio en una noche oscura como boca de lobo y la habían ayudado a llevar a las niñas a la casa. Antes le habían dado una botella de aguardiente al panteonero y le habían dicho que se fuera a beberla a otro lado. "¿Y qué van a hacer?", les dijo el panteonero. "Nada malo, nada que te importe. Vos andate a beber por una hora", le contestó Zoraida. "Cuidado que vayan a molestar la paz de los muertos, porque eso trae mala suerte, maldiciones", dijo el cuidador de tumbas. "Ya te he dicho que te vayás a beber", le repitió Zoraida perdiendo la paciencia. Envolvió a su hija Josefina en una franela morada. Estaba su cabeza con algunos cabellos y su dentadura entera. Las costillas y los huesos de los brazos y las piernas se desprendieron suavemente cuando los alzaron. Todo quedó envuelto en el paño morado. La calavera de Blanca también estaba pelada en la cara pero en algunas partes no se veía todavía el hueso. Su cabellera se conservaba bastante mejor que la de su hermana. Aún tenía restos marchitos de la toca de azahares con que la habían enterrado y que con el viento se había hecho polvo. La dentadura no estaba totalmente a la vista aún. Y los huesos no se habían separado. A Blanca la envolvieron en un paño negro, en posición fetal. Josefina pesaba muy poco, Blanca algo más.

Las cargaron al carretón y se las llevaron. Por fin las niñas estaban en casa. Estaban donde debían estar: con sus padres. El doctor hablaba en las noches con las dos, hasta que Zoraida le pedía que las dejara dormir. Nadie podía entrar al cuarto de los señores. Ni siquiera Luisa, que no sabía por qué, de golpe, le habían prohibido meterse en la cama con su padre, al que adoraba. Empezó a tenerle celos y rabia a su hermano Osvaldo y no dejaba de decirle Orejón, Orejeta, Orejazas, Orejudo, siempre que su madre ni su padre la escucharan.

Cada vez que lo deseaban, don Mamerto y Zoraida trancaban la puerta del dormitorio, abrían el baúl de madera, y sacaban a las dos hijas. Desenvolvían, con sumo cuidado, primero a Josefina y la extendían sobre la alfombra, encima de la franela para que ni una sola partícula de su cuerpo se quedara para comida de las cucarachas. Y luego descubrían a Blanca, que estaba como en cuclillas, aún con masa en las cavidades de los ojos, con mucho cabello, y con una especie de charque que le cubría el esqueleto. Esa carne negruzca se iba desprendiendo del hueso cada vez con mayor frecuencia, pero todo se guardaba. Los dos, marido y mujer, se sentaban en la alfombra y las acariciaban, las peinaban, sobre todo a Blanca, les hablaban, las volvían a envolver y con besos las encerraban nuevamente y las metían debajo de la cama. Desde entonces, sentían menos pesar y la sensación de que las chicas no se habían ido del todo. El dolor se les alivió y volvieron a sonreírle un poco a la vida.

Pero estaba visto que el drama no se iba a ir de esa casa que parecía maldita. La profesía del panteonero, a causa de perturbar la paz de los muertos, pareció cumplirse. La bella, la mimada, la única, Luisa, murió a los quince, como su hermana Josefina, durmiendo en su cama. La noche anterior había estado, como era su costumbre, al lado de su padre, meciéndose en la hamaca, y se había ido a dormir a las nueve. "Duerma bien y suéñese conmigo", le dijo a don Mamerto. Él le acarició las manos y la besó en la frente.

Una de las cambas, Ángela, casi tumba la puerta, golpeando ferozmente con las palmas, a las seis y media de la mañana, y don Mamerto gritó: "¡Luisa!". Zoraida abrió y Ángela estaba parada en el umbral, llorando. No dijo nada. Miró hacia el cuarto de la niña.

"Ya no quiero vivir", dijo don Mamerto en el velorio. No había más de diez personas velando a Luisa porque la puerta de calle estaba cerrada y sólo la abría Zoraida, luego de mirar primero quién era la visita. Para llantos y desmayos el matrimonio Bazán ya había tenido suficiente con los dos entierros anteriores. Ya no eran capaces de aguantar más pésames y novenarios. Todos se fueron temprano y la puerta de calle se trancó. Osvaldo se durmió con la impresión que le había causado el dolor de sus padres, aunque sin entender qué estaba sucediendo. Sabía que algo terrible le había ocurrido a Luisa, que se había muerto, pero no sabía qué era la muerte. Para él la muerte era algo que sólo se producía en su familia porque nunca había oído hablar de muertes en otras casas. Don Mamerto Bazán se quedó sentado en una mecedora junto al cadáver de su hija mimada. Zoraida y las cambas trajeron la cacha de madera fina. "Pueden irse a dormir", les dijo Zoraida. Entonces, sacó el envoltorio morado y puso en orden, sobre el piso, cerca del cajón, los restos de Josefina. Luego hizo lo mismo con el envoltorio de Blanquita. Recorrió una silla al lado de la mecedora de su esposo y le dijo: "Bueno, están las tres".

Las sirvientas despertaron al amanecer cuando escucharon ruidos en el patio junto a la cocina. No se atrevieron a salir y miraron desde su ventana cómo el doctor y doña Zoraida cavaron hasta las seis de la mañana. Después, Zoraida las llamó. "Ayúdennos", les dijo. Las tres mujeres sacaron el ataúd de la sala y lo enterraron en el patio. El hombre, pálido como el hielo, se sentó junto al horno, con los ojos humedecidos, hasta que echaron la última palada de tierra. Entonces se fue a acostar. "Ahí, a su lado, me enterrarás a mí", le dijo a Zoraida. "Si es tu voluntad, así será", le contestó. "Y después nos pasarás a todos a la cacha", le dijo. "Así se hará, Mamerto", le respondió Zoraida.

El doctor Mamerto Bazán no vivió mucho, porque había dejado de comer y sólo leía y lloraba. Ni la presencia de Zoraida lo animaba. "Hay que vivir, Mamerto. Así lo quiere el Señor", le decía Zoraida. Y él no le contestaba nada. Le tomaba la mano y la miraba negando con la cabeza. "Está todavía Osvaldito", volvía a decir ella. El hombre no tenía voluntad ni siquiera para hablar.

Antes de que el doctor muriera, aparecieron por la casa de los Bazán unos funcionarios de la Municipalidad. Había denuncias de que se había enterrado un cuerpo en el patio de la casa. Zoraida les contestó que sí, que ahí estaba su hija Luisa, que si querían la podían desenterrar y llevársela. "Es cosa de que entren nomás y caven", les dijo Zoraida con voz de ultratumba y los municipales no volvieron más.

21

La guerra con el Paraguay cambió la vida plácida de Santa Cruz durante tres años. Los jóvenes en edad de combatir se alistaron, entusiasmados algunos, y los que no, a la fuerza. Ser omiso o desertor se podía pagar muy caro. Los muchachos se preparaban para morir en una guerra absurda entre las dos naciones más pobres y atrasadas del continente.

En las primeras levas llamaron a los muchachos de los años 1912, 1913, 1914, 1915 y hasta menores. Luciano se entusiasmó con la idea de la guerra. Le parecía inconcebible que alguien pudiera quedarse en casa cuando se presentaba la oportunidad más maravillosa que un hombre podía tener: matar por la patria. Matar sin ser acusado de asesino. Todo hombre en su vida debía tener alguna guerra, pensaba, no tenerla era una infelicidad, una especie de castración. Creía que el hombre estaba hecho para guerrear y que, por eso, buscaba pretextos para hacer la guerra donde fuera y contra quien fuera. Hasta en la calle. Lo importante era pelear. Y más que eso, matar. Luciano soñaba con la idea de ir a la guerra con el uniforme caqui, gorra, botas y fusil, y volver como un héroe. Siempre había tenido un espíritu aventurero, toda la vida había buscado destacarse en hazañas peligrosas. Ser un héroe de guerra era, para él, lo máximo. Volver victorioso a Santa Cruz, condecorado, ascendido en el campo de batalla, era lo mejor que le podía suceder a alguien. Así que, pese a las protestas y algunos lagrimones de su madre, se alistó de inmediato. "Seguro que te matan, Luciano. Seguro que te hacés pegar un tiro. Pero si lo estoy viendo, como si estuviera escrito", le decía doña Elisa. Su padre lo miraba y movía la cabeza: "Te podemos emboscar. Te escondemos en el campo", le decía, sin el menor convencimiento. Ni modo. En diciembre de 1932, Luciano estaba enrolado en el regimiento Florida.

El Orejón, en cambio, le tenía pavor a la guerra. Le parecía la mayor de las idioteces. "¿Pelear contra los paraguayos, Luciano? ¿Acaso nos han hecho algo? ¿No somos lo mismo que ellos?", le decía a su amigo. "Lo que es yo no voy. No puedo dejar sola a mamá después de todo lo que ha sufrido la pobre. Imaginate que me metan un tiro en la cabeza y que no vuelva. Mamá se muere y no quedaría vivo ninguno de los seis Bazán Moldes." Luciano sonreía y le daba unas palmadas paternales a su amigo: "Mi caso es distinto. Yo quiero ir a meter bala. Voy a volver como capitán. ¡Qué sé yo! No me importa contra quiénes peleemos. ¡Ni sé qué nos han hecho los paraguayos! ¡Pero hay guerra, Osvaldo! ¿Se puede desperdiciar una ocasión de ir a la guerra? ¡Pero si ya se están acabando las guerras en el mundo! ¡Ésta puede ser la última!".

Doña Zoraida hizo que de inmediato su hijo se fuera al monte. "¡A emboscarse! ¡A vos no te llevan!", le ordenó. Y el Orejón se fue al campo y se quedó por ahí, cerca, vagando, entre avergonzado y arrepentido. Inepto para los trabajos de campo, se dedicó a leer y a observar las plantas y las aves. Cuando empezaba a identificar los pájaros según su canto, su madre lo fue a buscar y le dijo que por ser hijo único y sostén de mujer viuda, no era ni omiso ni desertor, y que podría prestar su concurso a la guerra sin moverse de Santa Cruz, sin ir al frente. Entonces lo enviaron a un centro de reclutamiento y se convirtió en uno de los que llevaba los registros de las listas de hombres llamados bajo banderas y de los que auténticamente marchaban a la línea de fuego. Quedó aliviado con su conciencia. Ahí se dio cuenta el Orejón de que no todos pensaban como Luciano, y que habían algunos que hacían alguna trampa o movían influencias para quedarse en la retaguardia. De inmediato entendió que, desde su discreta situación, podría favorecer a algunos, y también cobrar algún dinero a otros por mostrarlos como inhábiles para combatir. Si don Mamerto Bazán había sido un incorruptible toda su vida, Osvaldo Bazán, el hijo, podía dejarse tentar por la plata. Empezó a planificar cómo sacarle beneficio a la guerra sin dejarse sorprender, porque un descuido le significaría de seguro el fusilamiento.

El pueblo se vació y no quedaron jóvenes. Todos partieron en camiones, a pie, montados, cantando marchas a paso rápido, bajo el solazo y el calor. Y algunas madres llegaron hasta el Orejón para pedirle que las ayudara. La cantaleta era siempre la misma: mi hijo es cegatón o es pie plano o tiene escorbuto o paludismo o terror nocturno. Que pase por donde el médico militar, señora. Usted nomás, don Bazán, mire este anillito que le voy a dejar de recuerdo. Tengo unas libras victorianas si usted firma nomás y no vamos donde el doctor del regimiento. Y una vez: si evita que mi hermano vaya a la guerra y me da su exención, podemos ir a bailar una noche entera donde le guste. El Orejón aceptó anillos, libras, pollos, patos, y arrobas de yucas, según la economía de la gente. Durante la primera parte de la contienda el Orejón no sólo se salvó de los sufrimientos en el frente, sino que apercolló bastantes recursos. Tantos que una mañana lo llamó el coronel Camacho y le dijo en voz baja: "Eres un sinvergüenza, Bazán. Un especulador. Y un traidor. Te vamos a llenar de plomo la barriga". El Orejón empalideció y tragó saliva. "Se te han puesto blancas tus orejazas, carajo. Te he pillado negociando con la guerra, ayudando al enemigo para que vayan menos soldados al frente", lo martirizó. El Orejón se paralizó de terror. Pensó en un segundo en un juicio sumario y en que lo acribillara un pelotón de fusilamiento contra una pared. Pero el coronel, gritón y déspota, agregó en tono de complicidad: "Si me das la mitad lo mato de un tiro al denunciante". El Orejón tuvo más miedo que codicia y soltó parte de lo apercollado. Le dio diez libras oro. "Es justo la mitad, coronel. Je", le mintió escandalosamente. "Me mientes, cabroncito, pendejito traidor, pero ya me estarás reintegrando el saldo a mi vuelta del Chaco". A los pocos días el coronel Camacho le dijo: "Al chismocito lo encontraron la otra noche con un tiro en la sien. No me gustaría que tú también termines suicidándote". Y se rió.

El coronel Camacho no volvió de la guerra porque lo emboscaron junto a su patrulla y quedó como un colador. El Orejón llegó al campo de reclutamiento un día de calor y rutina y, con cara compungida, el cuñado de Camacho le contó del gran drama familiar. El Orejón respiró por fin, mientras abrazaba al deudo teatralmente. "Creo que tenías que darle una platita a mi cuñado, amigo Bazán", le dijo. "Sí. Le debía dos libras", le contestó el Orejón imperturbable. Era una cifra ridícula por cierto. "Dámelas a mí para que se las entregue a su viuda", le dijo el cuñado. Ahí acabó el pánico del Orejón, que le había quitado el sueño durante meses. Arregló mejor el negocio, porque dejó de recibir sobornos a troche y moche, y cuando alguien le ofrecía algo lo amenazaba con denunciarlo por traición a la Patria. "¿Sabe usted que lo puedo hacer fusilar?", decía, serio. Sólo si se presentaba alguna operación grande, lejos del cuartel, con alguna familia rica que no quería perder a su vástago, transaba por alguna suma que valiera la pena. Pero nada de sortijas baratas y menos gallinas y chanchos.

Luciano llegó al Chaco recién en marzo de 1933, desmoralizado, aburrido, enfermo y defraudado por la guerra. Hasta ahí, la contienda sólo le había significado privaciones, incomodidades, malos tratos y lo menos heroico que se podía esperar. ¡Si lo hubiera sabido! Pensaba en lo que sería Santa Cruz sin jóvenes, puro viejos y curas. ¡Las señoras y las chicas abandonadas! Durante tres meses estuvo un día de cocinero, de lavandero otro, de mensajero el siguiente, de mula de carga, de enfermero, y finalmente hasta de mozo y peluquero de los oficiales. Cuando lo oyeron cantar mejoró su vida y lo tuvieron arañando la guitarra y gorjeando todas las noches. Hasta le pagaron una puta que, aunque asmática, era el colmo del lujo en esos rancheríos miserables. Se la cedieron por dos noches y la evacuaron a Villamontes porque ya casi no respiraba y hasta se desmayaba en plena faena. Lo que no le dijeron era que, además, tenía una gonorrea fenomenal. La curación fue espantosa. Tenían que meterle una sonda por la uretra y desinfectarlo con azul de metileno. Se quiso negar. Le dijo al enfermero que se iba a quedar así, aunque se le cayera, pero que no aguantaba otra sesión. Entonces el enfermero le contestó que bueno, pero que él tenía que informar a sus superiores. "¿Y qué me pueden hacer?", le preguntó. "Nada. No sé. O te exprimen los huevos a la fuerza o si tienes suerte te dan de baja y te pueden evacuar. Baja por venérea y listo. Te vuelves a tu tierra, ñatito". "¿Y eso va a decir en mi documento de evacuación? ¿Baja por venérea?", preguntó. "¡Claro! ¡No va a decir baja por herida en acción de guerra! ¡Baja por andar con putas nomás!". Volver con tan poco honroso título le pareció humillante. ¡Qué le diría su madre! ¡Ni un sólo tiro contra el enemigo y con gonorrea! ¡Bonita guerra! Optó por someterse a la tortura de la sonda y el azul de metileno con que lo hicieron berrear durante una semana. Juró no encamarse más con ninguna hembra, ni blanca ni india, así fuera gratis.

Pero por fin llegó el momento de subirse al camión para ir a echar tiros y no hubo alma que lo detuviera. Algunos oficiales le dijeron que se quedara y que tendría doble ración de comida y buena cama. Le ofrecieron, burlándose, hasta putas sanas de vez en cuando. No quiso. Se subió a uno de los camiones que iban hacia el centro del Chaco, donde corría la bala, con un fusil pesado y la bayoneta reluciente. Bajo el solazo, dando barquinazos, oliendo el sudor de sus compañeros, empapado él mismo y empezando a conocer los tormentos de la sed, Luciano se adentraba hacia la zona de operaciones. Era una columna de varios camiones, algunos aguateros, que resoplaban en las huellas hondas de los arenales. A cada momento había que bajarse a empujar para que los vehículos siguieran su marcha. Y había que tener los ojos fijos en el camino, alertas para saltar y tenderse a la primera señal. Porque ya se había hecho cosa frecuente que los paraguayos emboscaran los convoyes matando hombres, llevándose armas y provisiones y quemando los camiones.

El día en que se acercaban al fortín boliviano, cuando atardecía, Luciano escuchó, por primera vez, tiros lejanos, ráfagas largas, y la explosión de los morteros. "De aquí en adelante empieza la joda", dijo, serio, un capitán silencioso al que sólo se le habían escuchado breves órdenes precisas en todo el trayecto. "De aquí se sale con suerte, evacuado como yo hace unos meses, con un plomo en el cuerpo, o lo entierran a uno", dijo mirando el monte chato y gris por la polvareda. "El que se pierde en este monte no sale más y después de tomarse sus orines se caga de sed. Esto no es lo mismo que perderse entre los cerros, donde uno por lo menos ve por dónde anda", dijo. Y no volvió a abrir la boca. Era el capitán Rojas. Llegaron los camiones a un fortín que era un rancherío miserable sin defensas de ninguna naturaleza y donde lo único que había era una bandera desteñida. Ni soldados se veían, sólo a unos camilleros que traían heridos. A los muertos los arrastraban de los brazos o de las patas. Bajaron los soldados, los hicieron formar, y los enviaron a la línea de fuego. "Están cansados. No van a aguantar", dijo el capitán Rojas. "No importa, tienen que combatir ahorita o nos arrasan", ordenó un coronel. "Que les den media cantimplora de agua", dijo. Fue suficiente para que los soldados quedaran felices. Por media cantimplora de agua estaban dispuestos a caminar kilómetros. "Entren al monte en columnas y no se separen por nada. Si es necesario abran sendas para que no los maten como a conejos", volvió a ordenar el coronel. "Que vayan los veteranos encabezando la tropa", dijo. "Es que no hay veteranos entre los recién llegados, salvo yo y dos capitanes más", alegó el capitán Rojas. Entonces pidieron voluntarios para encabezar las patrullas que tendrían que atravesar una isla de monte donde había francotiradores enemigos parapetados. "Yo", dijo Luciano. "¡Yo, qué, so carajo!", le gritó el coronel. "Yo, mi coronel", corrigió Luciano. "¡Hable como hombre, cojudo!", le gritó en la cara. "¡Yo, mi coronel!", chilló Luciano. Sin ser veterano, Luciano, por lo menos, conocía el monte, y se lo notaba decidido. Los soldados entraron entre la arboleda espinosa en busca de su bautizo de fuego. "¿Cómo se llama usted?", le preguntó el capitán Rojas. "¡Soldado Salvatierra, mi capitán!", gritó Luciano. "Lo tomaré en cuenta en mi informe", le dijo el oficial, entregándole una pistola como símbolo de mando. "En el monte no grite, Salvatierra, porque nos hace matar a todos. Ahora, en marcha, al trote, ¡arrrrr! ¡Viva Bolivia!"

Tenían una hora para cruzar la isla de monte y reunirse con sus compañeros asediados antes de que oscureciera. Si los sorprendía la noche entre los caraguatales era seguro que se dispersarían y que se perderían para siempre. Luciano avanzó decidido con el machete en la mano derecha y la pistola en la izquierda. Detrás de él venía una veintena de soldaditos encorvados y cautelosos. Los tiros se escuchaban como si estuvieran a cien metros. Y volvieron las ráfagas de ametralladora. Tiros aislados y ráfagas. Luciano palpitaba pensando que en cuestión de minutos entraría en combate. ¡Había valido la pena ir al Chaco! ¡Ya estaba lamiendo las mieles de la gloria! Sonó un tiro seco. Luciano sólo sintió un golpe en el pecho y cayó de espaldas. Luego oyó intenso fuego de armas y gritos de dolor que se fueron apagando poco a poco hasta que no oyó nada.

Despertó cuando alguien lo arrastraba del cuello. No supo si lo estaban auxiliando o ahorcando. Se hundió en las tinieblas. Volvió a recuperar el conocimiento cuando sintió agua en sus labios. Unas gotas frescas, nada más. Vio todo borroso y oscuro y le pareció que estaba adentro de una carpa. Un médico panzón con un delantal ensangrentado y un barbijo, lo miraba moviendo la cabeza. "Te cagaron, mi amigo", le dijo. Quiso hablar y el médico le hizo una seña con la mano: "Ni lo intentes". "Mira, Salvatierra, te han dado un tiro en el pecho, que te ha bandeado el cuerpo, rompiéndote costillas y atravesándote el pulmón. La bala ha pasado a un centímetro del corazón. Tuviste suerte. Así no hay que sacar la bala. Si no hay infección vas a vivir". Luciano quiso preguntar algo.

Nuevamente el médico se llevó el dedo a la boca indicándole que se callara. "Éste que está a tu lado no tuvo la misma misma suerte. Es cruceño como tú." Luciano quiso verle la cara, moviendo desesperadamente los ojos, pero estaba cubierto por una sábana mugrienta. Cuando lo llevaban a enterrar lo pusieron en el suelo. Luciano, haciendo un esfuerzo, vio que cientos de moscas cubrían su rostro. Se pasó unos días sin hablar, mirando y oyendo a médicos, oficiales y heridos. Por lo que escuchó, se había producido una derrota importante y había muchos muertos. Lo que le impresionó fue saber que estaba a más de cincuenta kilómetros del lugar donde lo habían herido. No sabía cómo lo habían llevado hasta allí. No recordaba que lo hubieran subido en un camión. No recordaba nada, salvo que alguien lo arrastraba del cuello por los matorrales para salvarle la vida.

"Vas a vivir", le dijo el médico, que en los últimos cuatro días no se había cambiado el delantal pringado de sangre. "En cuanto vengan los camiones con provisiones y agua, se van a llevar a los heridos hasta Villamontes. Ojalá que te den un campito porque sólo van a Villamontes los que tienen padrinos. De ahí te llevarán a Santa Cruz, no sé cómo, porque no creo que puedas volver a la pelea. ¿Tienes algún padrino aquí?", le preguntó. "No", contestó Luciano suavemente, y luego de pensar, agregó: "Sí, el capitán Rojas". "Mala suerte, amigo Salvatierra, porque al capitán Rojas lo mataron el mismo día que te hirieron. Le cayó un morterazo encima y no quedó mucho de él. Dicen que lo enterraron los paraguayos en forma digna. Porfiado el capitán, ya le habían metido una bala en la barriga y volvió a la pelea. Yo lo operé y no sé cómo se salvó. La segunda vez no contó el cuento. Lo hicieron tortilla." Luciano se sintió afectado porque, además, el capitán Rojas le había dicho que lo tendría en cuenta en su informe, es decir que informaría bien de él. Ya no había quien contara que se había ofrecido como voluntario para encabezar una patrulla y que por eso le habían metido el balazo en el pecho.

Luciano, en cuanto pudo dar un paso, dejó su camastro para otro herido que hacía dos días que estaba tirado en el suelo muriéndose. No hacía otra cosa que gritar de dolor. Le habían atravesado las tripas de un bayonetazo y tenía una infección terrible. "Éste las raspa", le dijo el médico, casi divertido. "Ya no queda ni morfina, así que se va a morir chillando. No hace sino hablar de la Clementina. Todo el día menciona a la Clementina en sus fiebres de moribundo. Debe ser una cholita con un coñazo tremendo, de ésos que aprietan. Así es la guerra, será otro soldadito con más suerte el que la consuele a la Clementina dentro de unos meses." Calor infernal, moscas, mosquitos, piojos a millones, sopa de maíz con gorgojo, charque, chancaca y algún cigarrillo de vez en cuando era todo lo que rodeaba y estaba al alcance del pobre Luciano. También coca, pero como no tenía costumbre de masticarla, la cambiaba por cualquier otra cosa con sus camaradas collas, que no vivían sin ella. Se las pasaba caminando y haciendo algunos ejercicios suaves. Y de pronto se encontraba subiendo precipitadamente a algún camión, porque había retirada. En seis meses ya no sabía cuántas veces lo habían llevado hacia la retaguardia, pero a Villamontes nada.

Estaba cerca diciembre de 1933. Iba a cumplir un año desde que se había enrolado y hacía tiempo que tenía sueños eróticos. Sueños clarísimos con bellas jóvenes que emergían desnudas de unas pozas de aguas frescas y transparentes. Lo único que quería era salir de esa guerra de mierda y volver a la paz de sus hamacas, sus plantas y su comida. ¡Y a sus mujeres! Sufría leyendo las pocas cartas que le llegaban de sus padres y del Orejón. Lo único que le repetía doña Elisa es que daba gracias a Dios porque estaba vivo. Y que rezaba porque nunca más volviera al frente. "Hacé cualquier cosa, hijito, cociná, lustrá botas, planchá, lavales los calzoncillos a los collas, pero que no te metan de nuevo al monte a pelear con esos salvajes que, dizqué, les gusta degollar a la gente." Luciano tranquilizaba a su madre, escribiendo muy de vez en cuando, diciéndole que los paraguayos eran tan pobres que daban pena: "Ni botas tienen, ni zapatos, andan descalzos, con cachucha en vez de gorra, con la ropa hecha jirones, no comen nada, son igualitos de miserables que nosotros, y no piensan sino en volverse a Asunción".

El Orejón le escribía sobre su trabajo en el centro de reclutamiento, sobre los amigos y parientes caídos en combate, sobre los emboscados que salían a tunar en la noche y a esconderse en el día. Y le hacía reflexiones, cojudas según Luciano, sobre la vida y la muerte, sobre la existencia, sobre el amor y la amistad; Luciano estaba seguro de que las copiaba de algún libro.

Antes de la Navidad le avisaron que se iba a Villamontes al día siguiente. "Aliste sus cosas", le ordenó un teniente. Como sus cosas entraban en una mochila, Luciano no alistó nada y esperó que las horas pasaran rápido. No fuera que a los camiones los necesitaran para volver al frente, desde donde las noticias que llegaban eran cada vez más alarmantes. Se acababa de producir otra derrota terrible, así que los vehículos tendrían que ir hasta Villamontes de todas maneras, para traer más tropas bisoñas, alimentos, munición y armamento liviano. Luciano partió a la mañana siguiente y en el camino se cruzó con jóvenes reclutas que iban hacia el frente cantando, que miraban pasar los camiones con heridos y los vitoreaban. ¡Cuán diferente era su idea sobre la guerra después de un año! Se sentía bien pero estaba débil todavía. Iba alegre porque le aseguraron que estaría en Santa Cruz para la Navidad, pero lo entristecía la inocencia de los nuevos soldados que se internaban en el Chaco.

No llegó a Santa Cruz hasta febrero. Pero para entonces ya estaba casi restablecido del todo. En la entrada al pueblo había muchas personas que detuvieron el camión con aplausos. Demasiada gente para sólo una docena de soldados que volvían evacuados por heridas. "Sólo venimos nosotros. Después llegarán más camiones", le dijo Luciano a un señor barrigón de sombrero blanco que tenía pinta de alcalde o algo así. "¡Nuestros héroes!, capitán Luciano Salvatierra", le contestó el otro. "No soy capitán, soy soldado", le dijo Luciano. "Los soldados valientes como usted son todos capitanes, grandes capitanes", dijo el gordito patriotero de sombrero blanco. Una banda de soldados mutilados que parecía de circo pobre, tocó una marcha militar y los doce heridos bajaron del camión y marcharon hasta una tarima que estaba adornada con guirnaldas y con algunas señoras que ayudaban a los heridos en el único hospital que, por entonces, había en la ciudad.

Doña Elisa corrió como una loca y se colgó del cuello de Luciano y se lo comió a besos. Lloraba que daba gusto. Los otros soldados también fueron abrazados por sus padres y novias mientras sonaba la marcha. Luego el gordito con facha de alcalde empezó a hablar sobre el heroísmo y el sacrificio en la defensa de la patria, invitando a los guerreros a subir a la tarima. Aparecieron unas jovencitas muy arregladas con jarras de chicha fresca y comida caliente que pusieron sobre un tablón echado sobre un caballete con un mantel blanco encima. Luciano, abrazado de su madre, pasó de largo disimuladamente y se tendió en el carretón que había traído su padre. "Andá, Luciano, que te van a declarar héroe", le dijo su madre. "Héroes son los que están allá, mamá. Yo qué voy a ser si no he visto a un solo paraguayo en un año", le contestó. "Pero sos héroe. Te han herido. Andá nomás, hijo", le insistió. "¡Qué voy a ser héroe yo! ¡Si el primer tiro que oí en el Chaco fue el que me pegaron a mí!"

Llegó a su casa a caminar por el patio y los corredores. Entró en su cuarto y vio sus libros del colegio sobre la mesa. Miró las fotos de siempre en las paredes y en su velador. Oyó los pájaros, le ladraron dos viejos perros ordinarios y tiñosos que después le lamieron las botas moviendo la cola, vio la santarrita que estaba crecida y recostada sobre el patio derramando pétalos encarnados, entró en la sala y se quedó frente a una fotografía de su madre, joven y bella. Nada había cambiado, ni siquiera se había movido un mueble, ni una silla, desde que partió al Chaco. Después de beber una cerveza fría, la primera en meses, se sentó con placer a la mesa, a tomar un delicioso caldo de gallina gorda y después unos tamales hechos con chicharrón, manteca y queso.

22

Cuando poco después se casaron Luciano y Juana, trabajaron en el campo, y el Orejón se convirtió en socio comercializador de alcohol y azúcar. Si Luciano hubiera producido más y haraganeado menos, habría hecho algún dinero, pero el ambiente social estaba más dispuesto al jolgorio que al trabajo. De lunes a jueves Luciano se las pasaba en el pequeño trapiche de su padre, y la noche del jueves ya estaba en la ciudad dispuesto a gastar plata y buscar placeres. Juana lo acompañaba a veces una semana entera en el campo y dejaba a sus hijos en poder de Castulia. Cuando era necesario, se quedaba el fin de semana en el laboreo de la caña y el maíz, porque Luciano no lo hacía jamás. Su marido terminaba de trabajar el jueves al atardecer y no había alma que lo detuviera los viernes, sábados y domingos.

En el carnaval Luciano estaba casi un mes entero sin aparecer por el trapiche y lo que se acumulaban eran las deudas a socollones. Cuando murió la madre de Juana, aniquilada por el mal de Chagas, Juana heredó unas cabezas de ganado y terrenos próximos al pueblo. La mitad de las vacas y tierras duraron un carnaval y la otra mitad se fue en el intento de Luciano de recuperarlas jugando. Durante dos días con sus noches se encerró con jugadores de agallas, fríos como el hielo, que lo pelaron por completo. Cuando quiso jugar su casa para tratar de recuperar lo irrecuperable, le pidieron los títulos, pero Juana los escondió, aunque recibió de su marido enceguecido de ira un rosario de insultos soeces y la amenaza de una tunda de azotes por su desobediencia. Fue cuando Luciano empezó a jugar fuerte y a hacerse famoso por su riesgo con los dados, su poca fortuna, y su empecinamiento en enriquecerse en una noche.

Pasó, entonces, el mejor carnaval de su vida, gastando a montones y rodeado de mascaritas dadivosas con el amor, pero padeció a la hora de rendirle cuentas a la buena de Juana que no podía creer que las vaquitas se hubieran esfumado sin siquiera verlas. Cuando Luciano le contó que de su pequeña herencia no quedaba nada, absolutamente nada, la relación matrimonial empezó a agriarse. La culpó a ella porque no le había permitido recuperar lo perdido jugando la casa. Juana lo hostilizaba y él estaba iracundo y reaccionaba con furias nunca antes vistas. Juana recibió el primer revés en la cara que la hizo sangrar y a los pocos días la primera paliza que la dejó en cama con magulladuras y los dientes flojos.

Se enteró de que Luciano andaba enamorado de una maestra joven y bonita, corrida en aventuras, y que, por eso, algunas veces no iba al establecimiento sino que se quedaba en el pueblo a escondidas, encerrado en la casa de la profesora, bebiendo todas las noches y cantándole boleros. Cuando oyeron su voz, conocida e inconfundible, las vecinas empezaron a chismear que Luciano estaba metido ahí en la casa y que andaba en amores con la maestra, que se traía de vuelta y media a todo el barrio. Juana sabía que Luciano le había sido infiel pero nunca se enteró de que viviera con alguna mujer. Resultaba que, ahora, de parrandero, estaba pasando a ser un adúltero descarado, "cama adentro", como le dijo una de sus primas.

Desde ese momento se produjo un resentimiento enorme y una infinita decepción, porque Juana se dio cuenta de que ella estaba destinada a ser lo mismo que las otras mujeres del pueblo, y que Luciano era exactamente igual que el resto de los machos, es decir, que su vida actual no se diferenciaba en nada de lo que había tenido que sufrir siendo niña, en su casa, cuando tenía que ver cómo, con el alcohol y la oscuridad actuando como aliados, el finado Baldomero las emprendía a chicotazos con su madre y sus hermanos y con ella misma. Y cómo con la borrachera se tornaba incontrolable y rompía todo lo que encontraba a su paso, hasta salir a la calle en busca de alguien a quien averiarle las costillas.

El Orejón apareció en la vida de Juana como un moderador caído del cielo. De pronto lo sustrajo a Luciano de sus farras y lo encaminó, otra vez, hacia algunos negocios. Se ganaban el sustento diario comprando ganado flaco, engordándolo, y revendiéndolo a mejor precio. O comprando azúcar negro o alcohol ordinario, con baja cotización en el campo, para venderlo a quienes lo mejorarían y lo comercializarían a los collas. Por entonces había que competir con empresas extranjeras que conocían la actividad y que empezaban a monopolizar el negocio.

Algo se ganó en el empeño, además de los pocos centavos que ingresaban en la magra economía de Luciano, quien, si antes no dejaba semana sin despilfarrar y emborracharse, ahora lo hacía con menos frecuencia. En vez de dados, por ejemplo, se aficionó al billar y se pasaba tardes enteras en el café Panamá jugando con sus mayores, que apostaban sólo cafecitos o coctelitos ordinarios de a un peso. Además, al ser menor que los parroquianos habituales del Panamá, Luciano era el personaje festejado por su estilo único de jugar, de tomar el taco, de utilizar términos nunca oídos, por las anécdotas y los cuentos sabrosos sobre aventuras amorosas con jovencitas solteras y con señoras casadas. Todos hablaban, juraban y citaban testigos de sus hazañas, la mitad mentiras y la otra mitad medias verdades. Luciano, irreverente, acababa la charla diciéndoles: "Bueno me voy donde Lucrecia Mondragón". Y con eso dejaba a sus amigos viejos muertos de envidia. Al día siguiente estaban los billaristas esperándolo para saber cómo había resultado la batalla nocturna. Eso de Lucrecia lo sabía el Orejón, que ya tenía interés por la joven, y de ahí nacían los celos con su amigo Luciano. Pensaba que él se divertía perversamente con ella y eso no lo soportaba. Pero, al mismo tiempo, se ilusionaba con que el romance terminara pronto, sabiendo que su amigo era un tarambana incorregible y que iba de cama en cama.

Sin iniciativa ni ganas, Luciano volvió a quedarse en su casa como un mantenido de su mujer. Vendía algún cachivache, como él llamaba, o le caía algún dinero por el favor de alguien y lo gastaba de inmediato. Nunca faltaban los amigos que le invitaban un trago o muchos, si aparecía por el club o el café. Ni los periódicos pasaban por sus manos. Su obsesión eran las mujeres: jóvenes, maduras, cambas, blanconas, señoritas o sabidas. Pero no había fiesta de parroquia, procesión, ni buri, donde Luciano no apareciera bien peinado, con los zapatos lustrados, la camisa limpia y planchada, los pantalones con la línea impecable, perfumado, y sin un real en el bolsillo, en busca de alguna criatura incauta o de alguna muchacha audaz que no sospechaba quién la rondaba. Los años le iban entrando y parecía no importarle. Así se le iba el tiempo.

23

Un anochecer que Luciano estaba necesitado de dinero y había concertado una cita amorosa con una costurera entrada en años pero diestra en la cama, vecina del cementerio, fue con una vela al cuarto oscuro de los cachivaches para buscar el estuche con las pistolas de su abuelo, decidido a venderlas. Pese a que le habían dicho que valían mucho, se convenció al final de que eran unas antiguallas por las que nadie daría nada, pero ahora había aparecido un loco, que decía ser coleccionista, que le daría algo por el par de armas de duelo, lo suficiente para pagar las cervezas y la cena de esa noche que se presentaba tentadora. Buscó las pistolas en las cachas viejas llenas de ropa hedionda a humedad y en la búsqueda se le apagó la vela. Impaciente, buscó fósforos en sus bolsillos sin encontrarlos, y decidió ir hasta la cocina. Entonces vio una línea de luz en la puerta maciza que daba al cuarto de Anita. Se acercó a tropezones y miró hacia el dormitorio iluminado. Sólo pudo ver el borde de la cama y el tocador de la joven. Escuchó que Anita cerraba la puerta del cuarto y que ponía el picaporte. Su silueta pasó fugaz y se le perdió de vista. Luciano se quedó, sin embargo, mirando un momento, y como no volvió a verla decidió ir a la cocina por fósforos, porque se le hacía tarde para conseguir el dinero para su cita. Se iba a retirar cuando vio a Anita desnuda. Sólo llevaba puestas unas alpargatas. Miró cómo ponía su ropa, doblada, encima de la silla frente a su tocador y cómo, luego, se dirigía directamente hacia la puerta donde él estaba. Pensó que lo había visto o que había oído algo y se quedó quieto, sin respirar. Sin embargo, se apagó la luz. Anita no había visto nada y él la había visto desnuda. Sin sus lentes no pudo apreciar el cuerpo de la ahijada, pero le pareció que tenía unas nalgas bellas. Salió del cuarto oscuro, esta vez sin hacer ruido, y volvió con la vela prendida. Encontró las pistolas y fue a venderlas. Volvió al amanecer, a pelear con Juana, agotado, después de una noche de amor salvaje en el lecho concurrido de la diestra costurera del cementerio.

Pasaron los días y una tarde en que él estaba echado en la hamaca, silbando, apareció Anita muy apurada y, sin advertir que Luciano estaba ahí, se agachó para podar unas ramas secas y arrancar algunas hierbas que estaban crecidas. Luciano le observó los muslos, las nalgas, y el calzón. Precipitadamente se puso los lentes, justo en el momento en que ella se daba la vuelta y lo sorprendía mirándola. Se sonrojó Anita pero le sonrió igual, y le dijo que no lo había visto y que estaba deshierbando las plantas. Luciano, que se había quedado con los lentes a medio poner, montados en la punta de su nariz, también se confundió y le contestó que estaba bien, que había que sacar esas malezas de ahí. Ella se fue de inmediato, abochornada, con su naricita perlada de gotitas de transpiración y Luciano la vio alejarse caminando como un animalito silvestre. Entonces se acordó de la puerta del cuarto de los cachivaches y de la noche que había visto a Anita desnuda.

Esa noche, después de cenar, volvió sigilosamente, al cuarto viejo, y se encerró. Estuvo en tinieblas largos minutos sin que Anita apareciera. Se puso los lentes y encendió un cigarrillo tras otro hasta que se prendió la luz del dormitorio. Un haz luminoso le dio en la cara. La ahijada entró pero desapareció de su ángulo de visión. Luciano sintió el ruido del somier y pudo ver las puntas de los pies descalzos de la muchacha. Vio sus brazos y el vestido que se sacaba. Luego la vio a un metro de él, en calzones. Estaba sólo en calzones. Así se sentó en la silla y se quitó unas horquillas que tenía en el pelo. Se desató una cinta colorada que le sujetaba la cola de caballo y luego giró la cabeza de un lado a otro y su cabello se desparramó cayéndole, despeinado, sobre los hombros. Cuando levantó los brazos vio que le asomaba apenas un tono oscuro en las axilas. Sus senos eran minúsculos, casi como los de un jovencito de su edad. Pero tenía unas piernas perfectas y unas ancas preciosas. Anita se levantó, se quitó el calzón, enseñó el pubis oscuro, y desapareció de su vista. Apagó la luz. Luciano se retiró con cuidado pero se tropezó con un bulto. Se quedó quieto, con el corazón que le latía, y no oyó nada al otro lado. Salió en puntillas, observó que el patio estuviera vacío, y se fue hasta la cocina donde lavaba los platos la fiel Castulia y Luciana los secaba. Ambas lo miraron extrañadas. Allí llenó una jarra con agua y caminó, normalmente, silbando, hasta su habitación. Juana estaba tejiendo echada encima de la cama y se extrañó de verlo. "¿Pero que hacés vos aquí a esta hora? ¿Qué bicho te ha picado para quedarte en casa? ¿Estás sin un real?", le dijo sin dejar de tejer. Él no le contestó nada, siguió silbando, se desvistió y se quedó desnudo. Su mujer lo miró con curiosidad. Luciano se le fue encima. "¿Pero qué te ha pasado? ¿Por qué estas calenturas?", le preguntó Juana. "Estoy que ardo", le contestó Luciano. "Ya era hora", le respondió Juana y apagó la luz.

En la tarde del día siguiente, con los cuidados del caso, Luciano entró en el cuarto de los trastos viejos y separó los muebles llenos de polvo, despejando el camino hacia la puerta que daba al dormitorio de Anita. Frente a la puerta entreabierta, por donde espiaba a su ahijada, puso la mecedora en la que había muerto su padre atorado con un hueso de gallina. Recogió unas colillas de cigarrillos que había dejado la noche anterior y salió de regreso sin dejarse ver.

Cenó con Juana, sus dos hijos y Anita y se echó en la hamaca. "¿No vas a salir?", le preguntó Juana. Luciano no le contestó nada y cuando Juana le volvió a preguntar oyó que su marido roncaba. "Éste se está volviendo viejo por fin", se dijo y entró en su habitación. Luciano sintió cómo su hijo Antonio salía de la casa y oyó cómo Charito y Anita se despedían hasta el día siguiente en la puerta del baño. Anita se fue a dormir, pero su hija Charito siguió caminando por el patio, colgando ropa mojada en unos alambres, y hasta se acercó a la hamaca para verlo. Él fingió que dormía y ella se fue a acostar. Entonces Luciano corrió descalzo hasta el cuarto viejo, cerró la puerta con cuidado, y llegó ayudado por un fósforo hasta la mecedora donde se sentó. La luz estaba encendida y Anita estaba, otra vez, sentada en la silla, frente al espejo de su tocador, soltándose el cabello. Con los lentes puestos, sin perder detalle, Luciano la contempló. Anita se miró los minúsculos pezones y los sobó. Más que eso, se dio un masaje. Pero no fue algo erótico en ella, nada que dejara ver sensualidad. "Quiere hacerlos crecer", pensó Luciano. La observó excitado y todo fue como la noche anterior. La chica se puso de pie, se quitó el calzón, y salió del ángulo de observación de Luciano. Apagó la luz. Luciano oyó algo. Algo decía Anita. Afinó el oído y oyó que rezaba. Se levantó con cuidado pero la mecedora crujió. Se retiró, como hacen los ciegos, por el camino que había abierto entre los muebles, aunque ayudado por la débil luz de un fósforo. Pisó un clavo y gritó. Se apagó el fósforo y Luciano se golpeó las canillas con unas mesas, haciendo ruido. Se encendió la luz en el cuarto de Anita cuando Luciano salía al patio. Corrió hasta la cocina, Castulia y Luciana guardaban el servicio limpio.

—Agua —pidió.

—Ya está la jarra en su cuarto —le contestó Castulia.

—Bueno —dijo, y se volvió tratando de no renquear.

—Te has herido tu pata —le dijo Luciana.

—No ha sido nada —contestó él.

—Hay harta sangre. Te has herido tu pata. ¿Y qué hacés descalzo por estos lados? ¿Ya estás borracho a esta hora? —repitió Luciana.

—Bajate los calzones, opa intrusa —le dijo él y desapareció en la oscuridad del patio.

Entró en su dormitorio. Juana tejía.

—Te dormiste en la hamaca —le dijo.

—Apenas una cabeceada. Pero me hinqué una espina en el pie —habló Luciano mirándose la planta.

—¿Te duele? —le preguntó su mujer.

—No es nada. Un poco de alcohol y estará bien.

Pero al día siguiente tuvieron que vendarle el pie. Y hubo que hacerle una limpieza porque se le estaba infectando la planta. Llegó cojo a la hora del almuerzo y se sentó con todos. Había majadito con huevos y plátanos fritos y yucas sancochadas. Luciano tomó chicha fresca en lugar de cerveza porque, a raíz del clavo, le habían prohibido que probara alcohol. Hubo uno de esos silencios embarazosos que a veces se producen en las mesas sin que nadie sepa por qué.

—Creo que hay duendes en el cuarto del lado —dijo Anita.

—¿Qué decís, Anita? —le preguntó Juana.

—Tonterías... —dijo Luciano.

—Pero dejala hablar a la chica...

—Hay bulla algunas noches en el cuarto de al lado de mi dormitorio. Siento como si me espiaran —y se rió.

—¡Qué disparates! —dijo Luciano y se rió fingidamente.

—Bueno, no es nada. Serán las comadrejas —dijo Juana.

—Si no hay comadrejas —intervino Luciana mirándolo a Luciano a los ojos—. Los gatos se las comieron todas.

—Vos te callás. La charla es entre nosotros —le contestó él—. Debe haber comadrejas.

—Nunca ha habido ruidos en ese cuarto desde que yo vivo aquí, hace años —insistió Luciana.

—Bien, se acabó. No hay más que decir. Son operías —concluyó Juana.

Sirvió el arroz humeante con hebras de carne.

—Hoy no encontré charque gordo en el mercado, así que comeremos el majadito con carne fresca nomás —dijo.

—Pero es que yo escucho ruidos. ¿Habrá comadrejas o serán los duendes? —preguntó esta vez con cara de afligida, Anita.

—Pa' mí que esa bulla la hacen los vivos —dijo Luciana y se llevó a la cocina la jarra vacía de chicha.

La noche siguiente, Luciano fue a la cocina, renqueando, en busca de agua. Se encontró con la opa sentada en la puerta del cuarto de los vejestorios, en actitud de celadora. Levantó la cara y lo miró directamente. Luciano pasó hacia la cocina y le pidió agua fría a Castulia. Volvió a pasar de vuelta, cabizbajo, con la jarra de agua mientras Luciana seguía, impávida, sentada en el mismo lugar. Decidió, en ese momento, no volver nunca más al cuarto oscuro a espiar a su ahijada. Se dio cuenta de que era peligroso y, sobre todo, de que Luciana lo había descubierto. Así pasaron las semanas, los meses, y el asunto de los duendes y las comadrejas se olvidó.

24

El Orejón irrumpió un atardecer en la habitación de su madre y se encontró con un espectáculo macabro. Doña Zoraida estaba sentada en una alfombra viejísima, acomodando a sus muertos. El Orejón vio las calaveras y se fue, sin decir palabra, hasta su cuarto. A los pocos minutos apareció Zoraida.

–Son tus hermanas y tu padre, Osvaldito –le dijo.

–Es algo horrible, mamá. Ya lo intuía, pero esto es espeluznante. Cómo una cristiana como usted no va a dejar reposar a los muertos.

–Los muertos están felices, hijito. Hoy las he juntado a Josefina y Blanquita con tu padre y con Luisita. Desde ahora, los cuatro van a estar juntitos en la cacha, acompañados, y cerca de mí. Y de vos, hijo

–No lo acepto, mamá. Me parece una locura.

–Era el deseo de tu padre, Osvaldo. Él me ordenó que cuando muriera lo juntara con sus tres hijas. Vos sabés cómo las amaba, el pobre. No he hecho otra cosa que cumplir su voluntad.

–Pero es que es algo terrible, mamá.

–Vení. Te voy a mostrar todo. Están ahí, muertas mis hijas, pero vivas para mí. Y tu padre está, también, acompañándome. Y acompañado de sus tres tesoros.

–No voy, mamá.

–¡Vamos! ¡He dicho que vamos!

–Tengo escalofríos.

–¡Vamos! ¡Vamos te he dicho!

Obedeció Osvaldo Bazán, sufrido como nadie. Entró en el dormitorio de su madre y percibió un olor a osamenta y a carroña en el aire. Doña Zoraida le indicó que se sentara en una silla.

—Ésta del paño morado es Josefina —le dijo—. La del paño negro es Blanquita. Fijate que las dos ya están casi puro huesos. ¡Es que han pasado tantos años! Ahora he envuelto en un paño blanco a Luisita. Y éste, el del trapo azul, es tu padre. Te los voy a mostrar a todos.

—¡No, mamá! —gritó el Orejón.

—Sí, hijito. Tenés que conocerlas a tus hermanitas y a tu padre, tal como son ahora. Y... ¿sabés por qué? Porque cuando yo me muera me vas a enterrar en el patio y cuando esté ya hecha una calavera, me vas a sacar del suelo y me vas a poner en el baúl, en esta cacha que es el panteón de los Bazán Moldes. Sólo Ángela y Facunda, nuestras cambas tan buenas, lo saben. En eso tenés que cuidarte porque los idiotas de la Municipalidad te pueden quitar la cacha. Cuando vengan los de la Municipalidad no te sintás mal, porque vos sos un chico inteligente y ellos unos animales.

—Esto es horroroso mamá. Ahí ya no va a entrar nadie más.

—Entro yo y creo que vas a entrar vos... no te olvidés que año que pasa, año que los cuerpos se reducen y al final no quedan sino las cabezas y unos cuantos huesos pelados. Mirá a Josefina. ¡Tan bella que era! Ya no pesa ni dos kilos. No le queda ni un pelo de su cabellera tan hermosa. Mamerto está todavía pesado, pero ya va a ir disminuyendo.

—Yo no voy a entrar ahí, mamá...

—Por eso quiero que te casés. Para que tu mujer, como yo con tu papá, cumpla con tu último deseo, que será estar guardado aquí con tus padres y tus hermanas. Imaginate que vamos a pasar juntos el resto de la eternidad. Nadie nos va a profanar ni nos va a perturbar. Y al final, dentro de un siglo, nuestras cenizas se van a mezclar. Los seis vamos a ser una sola cosa.

—Me voy a dar una vuelta, mamá. Esto no lo soporto.

—Esperá, Osvaldito. Quiero que lo veas a tu padre. Y a Luisita. Luisita todavía tiene cabellos.

El Orejón salió a la carrera hasta la calle. Se fue a la plaza y se sentó en un banco para recuperarse de la impresión. Después, para no volver a su casa, se fue a La Rosa Azul en busca de alguna prostituta que lo consolara. Encontró a una de sus amigas buenas y con ella se durmió hasta la mañana siguiente, porque era sábado y no tenía que ir a la Alcaldía. Cuando regresó, hacia las diez de la mañana, su madre estaba en la hamaca, silenciosa.

—Creo que ya me va a tocar el turno, hijito —le dijo—. La Parca ya anda rondándome hace rato. Ya la he sentido cerca, mientras dormía. Pero recién le he visto la cara anoche. Es pálida, casi blanca, y tiene una sonrisa burlona. Su aliento apesta. ¿Sabés qué hice? "¡Fuera de aquí! ¡No me vas a llevar vos! ¡No me voy a ir con vos, maldita!", le grité. Y le tiré un zapato a la cabeza. Se iba, pero se paró en la puerta y me apuntó con el dedo, con su cara de burla. Agarré mi otro zapato para tirárselo y ya no estaba. Éstas no son bromas, hijo. Cualquier día me descuido, me tapa la boca y me asfixia. Como a tus hermanitas.

—¡Pero mamá!

—Así nomás es, hijo. La desgraciada anda nuevamente por aquí. Nunca le había visto la cara. Es horrible de fea.

—Son visiones, mamá. No hay que tomarlas en cuenta.

—Claro. Son visiones que vienen del Más Allá. Son el anuncio de que ya se lo quiere llevar a uno. Yo, donde la vea, le voy a tirar zapatazos. ¡Y escobazos si me apura! ¡No le tengo miedo! ¡Cómo me gustaría acertarle un garrotazo en la cabeza! ¡Tan desgraciada que ha sido conmigo! Pero si me caza ella primero, ya sabés. Me tenés que poner en la cacha.

—¡Otra vez! ¡Ya es el colmo, mamá!

—¡Y me oís, Osvaldito! ¡Oíme bien! Me ponés en la cacha o no voy a descansar nunca. Si después de un año no estoy en la cacha, voy a andar por todos lados y me vas a sentir.

25

Una noche calurosa y húmeda, de aquellas en que transpiran las paredes, estaba el Orejón sentado con su madre en una sala grande, velando a una difunta dama copetuda. El corazón se le paralizó cuando vio entrar a Lucrecia Mondragón acompañada de su madre. Junto a él había dos sillas vacías y doña Agustina fue directo hacia allí. Lucrecia avanzó tranquila con su negra melena ondulada y cuando vio al Orejón quiso cambiar el rumbo, pero su madre la llevó del brazo y la sentó en la silla que estaba al lado de él. El Orejón hizo un ademán de levantarse y una inclinación de cabeza a ambas y siguió rígido, con las manos sobre las rodillas y la barbilla levantada. Sintió que su madre se movía incómoda con la presencia de las dos mujeres. "Qué descaro", le dijo al oído. Él no le contestó nada y siguió tieso, sin respirar. El silencio era insufrible. "Me largo", le dijo Lucrecia a doña Agustina. "Te quedás donde estás", le contestó susurrando la madre y la agarró con fuerza del vestido.

El Orejón empezó a carraspear de una manera horrible. Lo único que hacía era toser para aclarar su garganta. Doña Zoraida le dio un pellizco y él saltó y la hizo saltar a Lucrecia. Ambos se miraron de reojo. El Orejón le hizo otra inclinación de cabeza y luego de unos minutos de entera rigidez, le dijo sin más vueltas.

—¿Cree que podremos ir al cine?
—¿Qué dice?
—Si cree que podremos ir al Palace. Je.
—Schhhhhhh... —hizo doña Zoraida y pellizcó de nuevo a su hijo.

—¡No! —le contestó Lucrecia.

—Vamos al cine, por favor, Lucrecia. La invito a su mamá también.

—¡No puedo, señor!

—Dígame Osvaldo, por favor. Je.

—¡Vamos al cine! —dijo doña Agustina, atenta a la charla.

—No, mamá, yo no quiero ir —protestó Lucrecia.

—¡Vamos! —repitió doña Agustina.

—Schhhhhhhh... —volvió a chistar doña Zoraida, molesta.

—Vamos al cine, Lucrecia. Su mamá quiere ir —imploró el Orejón.

—Pues vaya con ella —le contestó Lucrecia furiosa.

Hubo otro largo silencio. Las gotas de transpiración le caían sobre las solapas al Orejón. Se quedó rígido nuevamente y volvió a hacer sonar su garganta, preparándose para un nuevo ataque.

—¿Le puedo llevar una serenata mañana que es su cumpleaños? —le preguntó.

—¡No! ¿Y cómo sabe usted que es mi cumpleaños?

—Es una fecha importante para mí. Je. Va a cantar Luciano Salvatierra —dijo el Orejón.

—Ése ya es un viejo —le contestó.

—Voy a llevarle al mejor trío de Santa Cruz, entonces.

—No me moleste, por favor.

—Schhhhhhhh... —volvió a hacer doña Zoraida.

—Vamos al cine el domingo —dijo doña Agustina.

—Gracias —le contestó sonriendo el Orejón—. Y también habrá serenata mañana a las diez.

Doña Zoraida se levantó e hizo que se levantara su hijo. Saludó con una reverencia muy fría a las Mondragón y se encaminó hacia la puerta. En medio del salón, el Orejón se detuvo, se dio vuelta, y con todo el tiempo del mundo se inclinó ante Lucrecia y su madre, mientras doña Zoraida lo tironeaba del grueso saco de tela que le había vendido el turco pícaro y que le había confeccionado el peor sastre del pueblo. Sonrió y moviendo los dedos largos se despidió.

—Qué horror, mamá —susurró Lucrecia.
—Vamos a ir el domingo al cine. Y vamos a abrirle las puertas mañana si lleva la serenata.
—¿Y yo? —gritó Lucrecia.
—Schhhhhhhhh... no levantés la voz. Recordá que estás en un velorio —le reprochó su madre.

Esa misma noche el Orejón habló con Luciano pidiéndole consejo sobre un buen trío para llevarle serenata a Lucrecia.
—Voy yo —le dijo Luciano, como haciéndole un supremo favor.
—Dice que sos muy viejo —le contestó, con un placer íntimo, el Orejón.

Luciano se quedó callado. Se encogió de hombros.
—Tal vez tenga razón. Vamos a buscar a algunos muchachos buenos —le prometió.
—A los mejores.
—Pero ésos cuestan plata.
—No importa lo que sea. Pago —dijo el Orejón

Luciano lo miró, pensativo, con una curiosidad grande. Era la primera vez que lo veía decidido y hasta dispuesto a pagar caro por algo.
—¿Estás enamorado de la Mondragón? —le preguntó.
—Totalmente.
—¿Y te da bola?
—No sé. Es un poco caprichosa pero ya veremos si tengo suerte.
—Sabés que ha tenido un pasado difícil...
—Eso ha cambiado. No me importa nada de lo que le pasó antes —lo interrumpió el Orejón.
—Pues buena suerte. ¿Para cuándo querés a los cantores?
—Para mañana a las diez de la noche.
—¿Querés que te acompañe?
—Mejor no.

Luciano se volvió a encoger de hombros. Su amigo nunca había rechazado su compañía. Al contrario, no iba a ningún lugar sin él. Pero, en fin, tendría sus motivos. Celos, pensó.

26

Al día siguiente, arregló con el trío para que estuviera en casa de Lucrecia Mondragón a las diez. A esa hora se reunieron los tres cantores y el Orejón, nadie más. Él venía con su traje de lino blanco, camisa blanca, un corbatín amarillo patito y un pañuelo de seda rojo en el bolsillo. Estaba impecablemente afeitado y perfumado. Le brillaba la calva. Traía en las manos una gran caja de bombones. "¿Boleros?", dijo uno de los jóvenes. "Por supuesto, boleros", contestó el Orejón. "'Angustias', 'Media vuelta', 'Amor de la calle', 'Una copa más', 'El reloj', 'Nosotros'?", preguntó el guitarrista. "'Bésame mucho', para iniciar", dijo el Orejón. Así empezaron.

El Orejón estaba maravillado porque el trío era una acabada imitación de Los Panchos. Tras la tercera canción se abrieron las puertas y aparecieron Lucrecia y doña Agustina. El Orejón avanzó con el trío detrás y con una amplia sonrisa. Hizo una reverencia y entregó la caja de bombones a Lucrecia. "Felicidades", le dijo. Ella, sin ninguna expresión en el rostro, recibió el obsequio y agradeció. Doña Agustina los invitó a pasar. En el patio había puesto unas sillas en torno a una mesa con vasos. En una mecedora estaba sentado don Peregrino, que se puso de pie, saludó muy atento al Orejón y se excusó por lo de la noche de la serenata con banda. "No sabía que era usted, señor Bazán", le dijo. "Mi nombre es Osvaldo, por favor", contestó el Orejón.

Tomaron asiento los cuatro mientras el trío cantaba a cierta distancia. Doña Agustina ofreció coctelitos y cerveza fría, además de refrescos y guarapo. Alabaron a los cantores y los aplaudían después de cada canción. Todos pidieron alguna pieza, menos Lucrecia, que no quería hablar pero que disfrutaba con la música. De repente Lucrecia pidió una canción y la complacieron. El Orejón no cabía en sí de dicha. "Pida todas las que quiera", le dijo y con eso lo que provocó fue que Lucrecia volviera al silencio más absoluto y hasta dejara de aplaudir. Las canciones hicieron que el silencio embarazoso pasara inadvertido. El Orejón acercó su silla a la de don Peregrino.

—Amo a Lucrecia. Je —le dijo de golpe.

—¿Qué? —le preguntó sonriendo don Peregrino.

—Nada, nada.

—Disculpe, pero la música no me deja oír muy bien. Soy un poco sordo.

—Amo a su hija. Je —le repitió.

—¡Ajá! Ya le oí, señor Bazán. Me complace, pero deberá decírselo a ella.

—Claro. Pero yo quisiera que me permitiera venir de visita.

—Claro... bueno... está bien...

Se acabó la pieza y el Orejón corrió su silla al lugar en el que estaba inicialmente. Lucrecia lo miraba con ira y doña Agustina le ofreció otra cerveza. El Orejón aceptó encantado y pidió nuevas canciones. Se acercó entonces, arrastrando la silla, sin levantarse del todo, a doña Agustina.

—Es una noche maravillosa —le dijo—. Estoy muy feliz. Cómo quisiera que Lucrecia se sintiera igual.

—Si está dichosa. ¿No la ve?

—No me parece, señora. Ésa su carita...

—La conozco. Está feliz.

—La amo.

—¿Cómo? ¿A quién? —se sobresaltó la mujer.

—La amo... a su hija. Je. Discúlpeme. Usted ya me conoce. Soy un poco opa.

—Bien, señor Bazán. Pero, escúcheme: tenga prudencia y paciencia con ella. Es caprichosa.

—¡Me voy! —dijo Lucrecia y se levantó de golpe.

—Sentate, hija. Esta serenata es para vos —le dijo su padre.

—¿Pero qué son esos cuchicheos? ¿Hablan de mí? ¿Habla usted de mí, señor Bazán?

—Nadie habla de vos, hija —dijo doña Agustina.

—Sí, Lucrecia. Hablo de usted. Les he dicho a sus padres que la amo. Que quiero que me permitan visitarla. Je.

—¡Es usted un viejo loco! ¡Y feo! —le gritó—. ¡Ni muerta va a ser mi cortejo! ¡Je!, ¡Je!, ¡Je!... es lo único que sabe decir.

Se produjo un silencio absoluto. El Orejón quedó con una sonrisa nerviosa paralizada en el rostro. Su cabeza y su frente se llenaron de gotitas de sudor. Se levantó y se acercó a Lucrecia.

—Es usted la mujer más bella que he conocido —le dijo—. Qué pena que no me pueda querer nunca. No sabe usted cuánto sufro con mi aspecto. Je... perdón.

—¡Pero, don Osvaldo! ¡Faltaba más! —le dijo don Peregrino y lo tomó del brazo.

—No sabe cuánto la quiero, Lucrecia —siguió—. Tal vez algún día tenga la suerte de ver en su rostro una sonrisa para mí. Je... perdón.

—Discúlpeme, señor Bazán. No soy así —dijo ella cabizbaja.

—Sé que usted no es así. Je. Es la criatura más bella que ha nacido por aquí.

—Discúlpela, don Osvaldo... —empezó a decir la madre.

—Todo está bien. Yo estoy muy feliz. Je. He tenido la suerte de conocerlos. Muchas gracias. Vamos, jóvenes, lo han hecho perfectamente —les dijo a los músicos y le extendió la mano a don Peregrino para despedirse.

—Espero volverlo a ver —le dijo el padre.

—Esperamos volverlo a ver —dijo doña Agustina.

—Me encantaría. Sería un honor —dijo él.

Se acercó a Lucrecia, le tomó las manos y le dijo:

—Tiene usted razón en defenderse, Lucrecia. No hay por qué aguantar a un hombre mayor, como yo. Ha sido un atrevimiento que nunca había cometido antes. No estoy ofendido ni quiero que se sienta usted mal. Pero, por lo menos, sepa de mi admiración y de mi afecto.

Retrocedió con la sonrisa nerviosa congelada y la transpiración que le caía por la frente, y se perdió en la oscuridad de las calles mal alumbradas del pueblo grande.

27

Por aquellos días Luciano estaba pasando por una temporada de pánico nocturno. Ya no quería ni recostarse porque si se dormía se le aparecían fantasmas o monstruos. Cada vez que bebía, los sueños eran peores. Simplemente dormitaba, y se levantaba súbitamente, porque oía gritos o creía que lo llevaban hacia no sabía dónde. Una noche sintió que lo arrastraban de los hombros, como cuando fue herido en la guerra. Abrió los ojos y estaba oscuro, pero alguien, con un aliento pestilente, se lo llevaba. Miró hacia atrás y lo vio. Era el diablo. No podía ser nadie más que el diablo. Tenía ojos verdes que brillaban, con la córnea colorada como los borrachos, su cara era pálida y vestía de negro. Lo tenía tomado de los sobacos. Gritó y se defendió, alcanzó a arañarlo y vio su sangre. Lo volvió a arañar porque, por su posición, no podía darle un puñetazo. La sangre que brotaba era casi negra. El diablo se rió y le lanzó el aliento apestoso a la cara. Olía a azufre. Le agarró la mano izquierda y quiso quitarle el anillo de matrimonio. "Esto no te sirve de nada a ti. Dámelo, adúltero", le decía. Luciano cerró el puño y defendió la sortija, pero su fuerza se iba agotando y pese a que gritaba nadie venía en su ayuda. "Está aquí Satanás. Está el diablo en la casa y me quiere llevar", chillaba. Y el hombre pálido, de mirada rojiverde, y de manos frías, forcejeaba con él para quitarle la sortija. Llegaron a quedar abrazados en la lucha. Acezando ambos. Luciano lo mordió en la mejilla. Lo oyó reírse. Pero sus fuerzas ya no daban más y él seguía forzándolo. Tenía ya la mano abierta. Sintió cómo el diablo le quitaba el anillo que iba saliendo de su dedo anular. "Esto no es para ti. No lo mereces", le decía, fatigado. Hasta que el anillo se zafó de su dedo y el diablo saltó de la cama mostrando una larga cola. Luciano se lanzó detrás de él y cayó al suelo. Ahí despertó, con Juana que gritaba a su lado pidiendo socorro. Estaba bañado en sudor y muy agitado. Quedó con un arañazo en la frente.

—¡Se fue el demonio! —le dijo a su mujer.

—Nadie se fue, querido. Son tus sueños —le contestó ella.

—Estaba aquí ahorita. Luchó conmigo. Me quería llevar. Era Mandinga. Era el coludo.

—Estás loco, Luciano. Acostate y tratá de dormir.

Luciano trepó a su cama y se quedó respirando con fatiga. Juana apagó la luz. El sudor le bañaba la cara y el cuerpo. Estaba seguro de que el demonio había estado en su cama y que se lo quería llevar. Que lo estaba arrastrando hacia alguna parte. Pero había algo más. Había algo que quería el diablo con desesperación. Se sentó violentamente y se tocó la mano izquierda. Tocó el dedo anular con su pulgar. El anillo no estaba. Gritó. Encendió la luz de su velador mientras Juana gritaba también y se levantó como un loco a buscar el anillo en la cama. Juana se levantó y lo abrazó de la espalda. Apareció su hijo Antonio a socorrerlo.

—Ayúdenme a buscar el anillo —gritó.

—¿Qué anillo querés? —le dijo Juana.

—Nuestro anillo. Nuestro anillo de matrimonio.

—¿Ya no lo tenés?

—Me lo quitó el diablo. Se lo llevó el hijo de puta.

—¡Lo empeñaste para beber! ¡Desgraciado! ¡Lo vendiste para comprar trago!

—Me lo quitó ahorita Mandinga. El coludo me quitó el anillo y se lo llevó. Me dijo que a mí no me servía. Que me lo iba a quitar. Y me lo quitó el hijo de la grandísima puta.

—Pero, papá... —quiso hablar Antonio.

—¡Buscá el anillo! Encuéntrenlo o me voy a volver loco.

—¡Lo vendiste! ¡Borracho! —insistió Juana.

—¡Me lo quitó el desgraciado! ¡Se lo acaba de llevar! ¡Mi revólver! ¡Mi revólver! Lo voy a encontrar en la calle. ¿Dónde está mi revólver, Juana?

—Creo que está empeñado...

Luciano deshizo la cama entera. Buscó en el piso. Se metió debajo de la cama. Hizo que Antonio trajera una linterna para alumbrar en los rincones oscuros. Huyeron cucarachas por todas partes. Luciano transpiraba a chorros. Sus palpitaciones iban creciendo, sintió que se asfixiaba. Salió al corredor y se tumbó en la hamaca. Le vino un cansancio enorme y se quedó dormido. Llovía y sólo se respiraba agua. La pesadez de la noche era insoportable. Desde las tejas caían chorros que salpicaban la hamaca. Juana no lo quiso tocar, le echó una sábana encima y se sentó a su lado en una silla, oyendo caer la lluvia. Antonio se sentó sobre los ladrillos del corredor y apoyó su espalda en la pared. Vio a Anita, sopada, que espiaba la escena detrás de las macetas. "No pasa nada", le dijo.

Despertó tarde Luciano, a la hora en que todos tomaban el desayuno. La lluvia no había menguado. Estaban, además de Antonio y Charito, sus otros hijos: Juanita, Luciano, Olinfa y Clarita. Apareció sólo con el pantalón del pijama y se sentó a la mesa. Los miró a todos y no dijo ni una sola palabra.

—Te he dicho que no vengás así al comedor. Hay chicas —le dijo Juana.

—Seguro que me creen loco por lo de anoche —respondió sin hacerle caso a Juana.

—Ya te he dicho lo que creo que te pasa —le dijo su mujer.

—Claro. El delirium tremens. Eso, ¿no? El delirium tremens. Estoy con los brazos que no los puedo levantar y con los dedos que no los soporto de dolor. ¡Mirá mi dedo! —y le mostró a Juana su dedo hinchado y amoratado.

—Seguro que te lo machucaste.

—¡Me lo torció el diablo! ¡Cuando me quitó el anillo!

Charito y Anita se levantaron discretamente y salieron del comedor. Charito tenía lágrimas en los ojos. Antonio vio que su padre lo miraba y salió también. Los otros hijos, uno a uno, se levantaron y Clarita le dio un beso y le dijo que no tenía que preocuparse de nada, que para eso estaba ella. "¡Gran consuelo!", pensó Luciano. Los hijos entendieron que lo mejor era que hablara de su problema con Juana.

–Así que ahora son los diablos, ¿no? –volvió a la carga su mujer.

–Es él. Lo sentí y lo olí. Peleé con Mandinga. Tiene una fuerza de mierda. Me quitó mi anillo.

–Esta tarde, vamos a ir a ver a un médico –dijo ella.

–Esta tarde no. Ni mañana, ni pasado. Seguro que me querés llevar donde un médico loquero. Hay médicos loqueros, ¿no? De ésos que tratan a los locos. ¿Cómo se llaman? Tienen un nombre difícil.

–Lo necesitás.

–No estoy loco, Juana. Ha venido anoche el cabrón. El coludo en persona.

–Bueno, qué vamos a hacer. Habrá que esperarlo con un palo junto a la cama para darle en la cabeza, la próxima vez –dijo y salió también.

Luciano dejó de beber. Se empezaron a tranquilizar sus sueños. Dejó de gritar en las noches. Y empezó a llegar más temprano. Pero lo del anillo no le daba reposo. Estaba seguro de que esa noche alguien se lo había quitado. El diablo, un ladrón, la propia Juana, pero alguien lo había hecho. Pasó un mes y se fue olvidando del asunto, aunque se le paraban los pelos cada vez que recordaba la fuerza del diablo y su aliento a infierno.

Una tarde iba por la plaza y se encontró con una procesión de la Virgen María, concurrida como todas en la ciudad, con cánticos de alabanza y rezos. Se quedó observando indiferente la imagen llorosa y bamboleante de la Virgen y el gentío oscuro de las mujeres con velos y mantones. Unas niñas uniformadas de azul y blanco le cantaban a la Virgen y la gente las acompañaba: "Viva María, la Inmaculada, la Vencedora de Satanás".

De pronto, entre la muchedumbre que cantaba y el humo

del incensario, vio al diablo. Movía las manos como un director de coro. Vestía como cualquier persona normal, porque llevaba una camisa de color. Y cantaba con poderosa voz las alabanzas a la Virgen en medio de las niñas. Su rostro se perdió entre las cabezas y en un segundo volvió a aparecer. Seguía cantando con las chicas, dirigiéndolas. Luciano se metió entre el gentío, abriéndose paso a codazos y empujones. Lo perdió de vista. Pensó que podía haber sido alguien parecido y que tal vez estaba demasiado impresionado. Pero esa mirada era de Mandinga, no podía ser de otro. Estaba por ahí el desgraciado, metido en plena procesión, junto a las niñas que cantaban, seguro que queriendo hacerlas pecar. Luciano se paró en puntillas estirando su cuello por encima de las cabezas de la gente y volvió a verlo. Él lo estaba mirando también con sus ojos verdirrojos. Le sonrió, burlesco, y volvió a desaparecer en el tumulto. Luciano ya no tenía ninguna duda de que era él. De pronto apareció casi al alcance de su mano, mirándolo con sorna y mostrándole el anillo en la punta de los dedos. Luciano se lanzó a tomarlo de la ropa y el diablo se escabulló hacia un corredor más libre de personas. Hacia allí corrió a empujones. Alcanzó el corredor y aceleró la carrera detrás de él. "El diablo, el diablo. Agarren al diablo", gritó sin que nadie hiciera nada. Corrió a todo lo que le daban sus piernas, haciendo caer gente, saltando por encima de los caídos, y el diablo corría más veloz que él y saltaba como un cabra, con una agilidad única, luciendo su cola larga. "El diablo, agarren al diablo", gritaba Luciano y la gente se quedaba perpleja mirándolo correr como un loco.

El diablo dobló la esquina y Luciano llegó hasta ahí y al doblar ya no lo vio. Se había esfumado. Siguió corriendo, parando en cada portal y en cada zaguán y mirando hacia adentro. Empezó a perder las esperanzas de encontrarlo. Otra vez se le había esfumado. De pronto, lo vio en el fondo de un zaguán. El diablo se rió, abrió la puerta con vidrios que estaba a su espalda y entró en la casa. Luciano se lanzó veloz a atraparlo pero la puerta había quedado cerrada. Golpeó y gritó, pero la puerta estaba trancada por dentro. De un puñetazo rompió uno de los vidrios y metió su mano hasta quitarle el seguro a la puerta. La sangre le salía a borbotones y le chorreaba por el codo. Entró y se encontró con una familia asustada que lo rodeó, y con un señor que lo sujetó del cuello, con ánimo de ahorcarlo. "Ladrón", le dijo el hombre, que era muy fuerte. "Y con cara de gente", agregó. "El diablo está ahí. Está en su casa, acaba de entrar", gritó. "Déjeme que lo encuentre, por favor", suplicó. "Ladrón, sinvergüenza", volvió a repetirle el hombrón que lo mantenía apretado del cuello.

Luciano fue a la policía a prestar declaración y una vez que lo hizo ante el jefe, decidieron que estaba chiflado. "A éste hay que coserle la mano y mandarlo al manicomio en Sucre", dijo el coronel, mirando la herida que Luciano se había hecho cuando rompió con el puño la puerta de vidrio. Acordaron que no valía la pena encarcelarlo, pero la familia tenía que hacerse responsable de sus actos y firmar un compromiso ahí mismo. "No lo dejen salir solo", aconsejó el jefe de la policía. Fueron a buscarlo, Juana y todos los hijos, hijas, nueras y yernos, además de Anita. El Orejón, que había llegado primero, avisó del suceso a la familia. "Nadie de la procesión ha visto a ningún diablo, él corría solo, aullando, señora", le dijo el jefe a Juana. Rodeado de todo su clan, lo que ya hacía un montón de gente, Luciano Salvatierra salió del local y vio cómo algunos extraños lo señalaban con el dedo desde el frente de la acera y comentaban riendo. "Curiosos de mierda", les gritó Clarita y se enganchó del brazo de su padre. "Bueno, es lo que me faltaba, ahora resulta que estoy loco", les dijo a ella y al Orejón. Se largó a llover a cántaros y cada uno se protegió como pudo para llegar hasta la casa. Las calles se convirtieron en unos ríos turbios y torrentosos.

28

El domingo por la mañana sonó el teléfono en la casa del Orejón y él mismo contestó. Era doña Agustina que le aceptaba, en nombre de Lucrecia, la invitación al Palace para ver la película americana en tecnicolor y cinemascope. ¡Todo un acontecimiento! Le dijo que agradecía la gentileza y que Lucrecita estaría encantada de ir a la función.

—¿Pero cree usted, señora, que ella no se sentirá mal y que no me dejará plantado? —le preguntó.
—Está muy contenta de ir, don Osvaldo —le contestó.
—Osvaldo a secas, doña Agustina, por favor.
—Muy bien, Osvaldo.
—Las espero en la puerta del cine a las siete, siempre que no prefiera usted que pase a buscarlas, lo que haría con todo gusto —dijo el Orejón.
—No se preocupe usted, Osvaldo. Me parece perfecto, a las siete en punto en la puerta del cine, o si no estaremos al frente, en la plaza.

Asustado, el Orejón fue al cuarto de su madre, que la noche anterior se la había pasado acicalando y conversando con sus muertos. Había olor a carroña y a velas apagadas. Aunque doña Zoraida lo negaba, quedaba un olor penetrante después de cada sábado en que los muertos eran sacados del baúl.

—¿Quién llamó por teléfono, hijo? —preguntó doña Zoraida.
—Un amigo, mamá.
—¿Luciano?
—No. Otro.
—¿Quién, hijito?
—Ya le he dicho que un amigo, mamá.

—¡No me mintás!

—Doña Agustina Mondragón —dijo Osvaldo apesadumbrado.

Se produjo un largo silencio. La vieja Zoraida detuvo el movimiento de la mecedora y se incorporó mirándolo. Estuvo quieta un momento con la vista fija en los ojos de su hijo y luego volvió a echarse y a mecerse, suspirando. Con el abanico se venteó la cara sin hablar. El Orejón seguía de pie en el umbral de la puerta. Zoraida detuvo en seco el movimiento de la mecedora.

—¿Y por qué no te llama ella? —le dijo.

—¿Quién?

—No te hagás el opa, Osvaldo. ¡Ella! ¡La Mondragón! ¡Quién más va a ser!

—No sé, mamá.

—Yo sé. Porque no te quiere. Porque cree que sos mayor y que sos feo. Porque tiene vergüenza de que piensen que anda con vos. Y vos, iluso, te querés conquistar a su madre creyendo que con eso ella te va a querer.

—Es verdad, mamá —dijo el Orejón, después de unos instantes.

—¿Y?

—Bueno... espero que cambie. Espero que madure un poco. Sus padres me quieren...

—¡Qué importa eso! ¡Lo que importa es que te quiera ella!

—Tal vez...

—¡Qué tal vez! ¡Si la Mondragón es una mujer hecha y derecha! ¡Y corrida en mil ruedos!

—¡Mamá!

—Bien. Aquí arreglamos el asunto. Estás viejo y no te has casado. Yo estoy viejísima y cualquier rato te dejo. Si creés que ella es la mujer que te va a querer y respetar, la acepto. Pero, hijo, enamorala primero. No hubiera querido decírtelo, pero no me queda más remedio, hijo: acostate con ella antes.

—Mamá...

—Acostate con ella antes y ve si le gustás, porque de lo contrario, si no siente nada con vos, estás perdido en un dos por tres. Ve primero si te va a querer en su cama. ¡Cuidado con que a la semana te bote o diga que anda con dolores de cabeza! Vela si siente, hijo.

—¿Y cómo lo hago, mamá? ¿Cómo hago algo con ella si no quiere?

—Bueno, eso ya no sé. Yo no te puedo enseñar cómo seducirla. Pero si te referís a dónde hacerlo, no hay problema. Invitala acá, a la casa, y avisame para que yo y las cambas nos hagamos humo ese día. Pero te lo advierto, y no sabés cómo me cuesta hablar de estas cosas: si no chilla como gata con vos, no te va a servir. ¿Sabés hacer cosas con mujeres, no?

—¡Pero, mamá!

—¿Sabés dónde tocarlas?

—¡Pero si tengo más de cuarenta años, mamá!

—Porque si a ésta no la sabés tocar no le vas a sacar ni un quío.

—Ya no quiero hablar de esto. Se acabó.

—Lo entiendo, hijito. Tal vez soy demasiado indiscreta. Pero creo que es mi deber hablar con vos ante semejante peligro. ¡La Mondragón! ¡Dios nos libre! Oíme: ¿no querés hacer la prueba, una vez más, con Azucena? ¿No será que Azucena se enamora de vos y ya no pensamos en estas cosas tan feas?

—Va a ser lo mismo, mamá. Azucena también es una mujer hecha y derecha y debe saber algo de hombres. Además, tampoco me quiere y yo he dejado de ilusionarme.

—Pero no es tan corrida como la otra.

—Estoy enamorado de Lucrecia, mamá.

—¡Enamorado! ¡Enamorado! Mirá vos de quién te vas a enamorar, Osvaldito. ¡Y a tu edad!

El Orejón almorzó en silencio con su madre. Hasta el momento de tomar el café no se volvió a tocar el tema. Hablaron de todo y de nada. Ambos sabían que al final lo único que les importaba era hablar de la Mondragón. Pero ninguno se atrevía a romper fuego.

—Y si te acepta el noviazgo y se casan, ¿pensás vivir aquí? —dijo la madre.

—Si usted no se opone, mamá.

—¿Y qué sacaría con oponerme? ¿Comprarías una casa, vos? ¿Alquilarías una casa?

—Sabe que no lo puedo hacer, mamá.

—Entonces, ¿vivirían aquí? Por lo que veo ya es un hecho.

—Pues... supongo que sí.

—¿Y has pensado en mí?

—La verdad es que no, mamá. Pero no nos adelantemos a los acontecimientos. Es la primera vez que voy a salir con ella. De ahí al matrimonio hay un largo trecho y lo más probable es que no pase nada.

—¡Estás loco! ¡Se va a casar de inmediato! ¡Su madre la va a casar en dos meses! ¡Dónde va a encontrar a un hombre como vos! ¡Aunque seas pobre!

—Cómo será...

—¡Así va a ser! ¡Acordate de mí! Lueguito te lo suelta ella y ¡zas! listo el compromiso.

—Puede ser, pero hasta ahora no hay absolutamente nada.

—Nada más que ella necesita casarse y que vos estás enamorado hasta las patas.

Se puso su traje de lino que estaba limpio y planchado, una camisa celeste y un corbatín rojo frutilla con un pañuelo de seda que hacía juego. Se sacrificó con el calor y se chantó un chaleco gris para lucir su leontina de oro. Antes se recortó los pelos de la nariz y su madre se puso lentes y le recortó los de las orejas. ¡Las orejas! Doña Zoraida le había dicho que tenía tantos pelos en las orejas que parecían floreros. La rasurada de la barba fue una acabada obra de arte. Se empapó la cara con loción lavanda argentina. Repartió su plata en los dos bolsillos de su pantalón y otra parte en su billetera. No fuera que le robaran y no tuviera para comprar las entradas. "Todo puede pasar en estas situaciones", se dijo.

Así partió hacia la plaza, rumbo al antiguo cine Palace. Llegó a las siete menos cuarto y compró las entradas y se sentó en una mesita libre en el café de al lado del cine. En una mesa próxima unos jovenzuelos bullangueros hablaban groserías y bebían cervezas. Compró tres bolsitas de pipocas. A las siete menos cinco llegaron doña Agustina y Lucrecia. Los labios pintados resaltaban su palidez habitual. El lunar junto a la boca le quedaba coquetísimo. El Orejón notó que el tamaño de su nariz se había acentuado pero que esto no la afeaba en absoluto. "Será de sufrir por la idea de estar conmigo", pensó. Vestía un pantalón negro, ajustado, que señalaba descaradamente sus hermosas nalgas y una blusa blanca, de seda. Hubo algunos comentarios entre los hombres cuando ella y su madre cruzaron la calle desde la plaza hacia el café. Y un verdadero murmullo cuando el Orejón se levantó y las saludó a ambas, invitándolas a ingresar en el cine. Los jóvenes alborotadores que bebían le silbaron a Lucrecia y gimieron juntos, como moribundos. Él los miro con ira pero los malcriados no dejaron de aullar.

Al momento de sentarse en el cine, doña Agustina comandó todo. "Pase usted, Osvaldo", le dijo al Orejón y luego empujó a su hija. Lucrecia quedó en el medio, fastidiada. Durante la función ninguno de los dos habló. El Orejón no quiso intentar ninguna galantería. Apenas se atrevió a apoyar por unos segundos su codo en el brazo de la butaca y lo retiró de inmediato en cuanto sintió un roce con Lucrecia. En un par de oportunidades Lucrecia se rió y el Orejón le hizo eco. Antes de que acabara la película, doña Agustina le dijo algo al oído a su hija y se levantó. Pero no volvió. "Creo que mamá fue al baño", le dijo Lucrecia al Orejón, cuando se encendieron las luces. La cosa es que ambos estuvieron solos, durante varios minutos, sentados juntos, mientras la gente salía y los observaba. El Orejón se sentía en la gloria y saludaba muy risueño a sus amigos y conocidos. Lucrecia estaba indignada. Cuando apareció su madre, y el cine ya estaba vacío, le dijo algo que el Orejón no entendió pero que no parecía muy amable.

–¿Vamos a casa a comer algo? –dijo doña Agustina.
–Encantado –dijo el Orejón.
–Bueno, pues –asintió secamente Lucrecia.
Caminaron por las calles que, con la última lluvia, se ha-

bían convertido en unos barrizales. Con la oscuridad era más difícil todavía encontrar por dónde pasar de vereda a vereda. En las esquinas había ladrillos y algunas tablas para no embarrarse y el Orejón fue el guía, tomando de la mano a doña Agustina y sólo del codo a Lucrecia que se resistía a darle su mano. El Orejón acabó salpicando de barro su pantalón de lino y metiendo un pie en el fango, pero no le importó.

Don Peregrino, como la vez anterior, estaba en el patio, debajo de un árbol, junto a la mesa rodeada de sillas. Bebía un coctelito. Saludó muy cortésmente al Orejón y le ofreció una cerveza helada que fue aceptada de inmediato. Lucrecia trató de zafarse y escapar hacia adentro pero su padre la retuvo con palabras cariñosas pero que no dejaban la menor duda acerca de su firmeza, según pudo advertir, a cierta distancia, Osvaldo. Ella y su madre tomaron guarapo. Luego de comer unos fritos de arroz y maní tostado, el Orejón creyó que era suficiente y se levantó.

—¿Pero se va usted, Osvaldo? —dijo don Peregrino.

—Quédese un momento más —agregó doña Agustina.

—Es muy tarde y mañana todos trabajamos —dijo el Orejón.

Esta vez Lucrecia salió hasta la puerta muy tranquila con sus padres y ahí le extendió la mano. Su admirador la tomó con ambas manos, la miró a los ojos, y le hizo una inclinación reverente, sin dejar de mirarla. Casi un besamanos. Hizo lo mismo con doña Agustina. "Hasta en otra, Osvaldo", lo despidió don Peregrino. Él le sonrió.

A Lucrecia le vino un nuevo ataque de risa en cuanto cerraron la puerta. Su madre le siguió la corriente y se rió a morir.

—¿De qué se ríen? —preguntó el padre—. ¿Es que no saben lo que son los buenos modales, los modales de un caballero?

—Es un ridículo —dijo llorando de risa Lucrecia—. Pero, por lo menos, hoy no ha dicho tanto "je".

—Eso qué te importa. Es divertido el hombre —agregó su madre.

—Un señor, un señor. No como los patanes que abundan

por estos lados. Cambas malcriados, sin ningún comportamiento —dijo el padre con toda solemnidad.

—Se está aguantando la risa usted, papá —le dijo su hija.

—Nunca me reiría de un caballero a la antigua usanza —dijo don Peregrino demostrando seriedad pero con cara de picardía.

—Se está riendo, papá —volvió a decirle su hija.

—Sí, hija, sí. Pero el hombre me gusta.

—¡No le creo!

—Creeme, porque es verdad. ¿No ves que Osvaldo es medido y prudente en todo? ¿No ves que se trata de una persona con cultura y mundo?

—Quisiera que lo tuvieras de pretendiente —le contestó, riendo a carcajadas Lucrecia, lo que hizo estallar en una risa estrepitosa a su madre.

En la cama, esa noche, don Peregrino, que ya había cambiado de opinión en cuanto al pretendiente, le dijo a su mujer que podría haber boda pronto. Y le recomendó que no presionara a Lucrecia en nada.

—Lo odia, Peregrino —dijo compungida la mujer.

—Ya le va a pasar. Es feo pero gracioso. ¡Qué forma de vestir, por Dios! ¡Pobre mi hija!

—¿Ves? ¿Cómo querés que a la pobre la casemos con ese mamarracho? No sabe otra cosa que decir: "je, je, je". La chica tiene razón de enojarse.

—¿Pero no eras vos la interesada en el noviazgo? ¿Acaso he sido yo el que se lo ha metido a la fuerza?

—Es que no hay hombres para ella, Peregrino. Se va a quedar solterona y bien servida, la pobre.

—Entonces, casémoslos. Para qué discutir más.

—Habrá que hablar con su madre.

—Yo, ni muerto.

—Yo voy a hablar con la vieja pretenciosa esa, que me saluda como si me hiciera un favor.

—¿Te vas a animar?

—¿Y qué más nos queda? Mirá, Peregrino: el zonzo ese no

se le va a declarar nunca a Lucrecia y si lo hace va a tartamudear, va a hacer reverencias, y todo va a salir mal. A ésta tu hija hay que prenderla del cogote y meterla en la cama. Hay que aprovechar que Lucrecia está tranquila y que nadie la tiene alborotada por ahora. Porque, te digo, hijo: el primer camba buen mozo la mira y ésta se encama con él y adiós por harto tiempo.

—¡Pero estás hablando de tu hija!
—Así es, querido. De ella estoy hablando, pero con vos.

29

Luciano quedó perturbado después de su encuentro con el diablo, y sobre todo, luego de que en su casa todos lo miraran como a un bicho raro y le escondieran la bebida. Él no sabía qué hacer, porque no quería hablar de un tema ante el que todos ponían cara de incrédulos o de pena. Se había encontrado con el diablo y el diablo había sido tan pícaro que lo había dejado en ridículo.

Los domingos eran imposibles de tolerar, sin una botella de cerveza siquiera, porque resultó que hasta sus yernos, empedernidos bebedores, se habían vuelto abstemios de la noche a la mañana y comían apresurados para irse temprano a chupar aguardiente lejos de él. Lo miraban como a un loco que podía cometer cualquier barbaridad. Desde luego, guardaron las armas que había en la casa. Luciana encontró una botella en el velador y se lo contó a Juana. Lo primero que hizo Juana fue vaciarla en las canaletas del patio. Sin embargo, la abstinencia y el recato habían provocado en Luciano un renacer de la libido.

Uno de esos domingos en que estaba reunida la familia, Luciano bebió cerveza y después pidió trago fuerte. Como no había, la llamó a Juana y le dijo que mandara a comprar. Fue tanta su insistencia y sus ruegos que Juana la mandó a Luciana a fiarse una botella de cóctel en la pulpería. Entonces sus yernos se quedaron, y unos amigos de Charito, también. Anita atendió a todo el mundo, sirviendo la comida, trayendo y llevando platos y vasos. Clarita le servía los tragos a su padre porque sabía que no le gustaba estar con el vaso vacío. Luciano miraba a su ahijada y no sabía qué le notaba de raro. Gustavo, su yerno, no le quitaba los ojos de encima a la chica, la llamaba y le decía cosas al oído que a ella no le causaban gracia pero que él festejaba. Le pareció que su hijo Antonio también le hacía la corte a la ahijada, porque la llamaba para cualquier cosa. "Esto parece una jauría de perros arrechos", pensó Luciano. De pronto se dio cuenta del cambio en la muchacha. Anita se inclinó para levantar una servilleta de papel que estaba en el suelo junto a su silla y le vio los pechos. Miró la hendidura oscura de los senos en el escote. Y cuando ella se incorporó la vio perfecta. Una mujer absolutamente bella.

A las siete de la tarde todo había concluido y los parientes se habían marchado. El comilón de su yerno, Gustavo, se había quedado hasta el final y había arrasado con todo lo que quedaba de comida y bebida en la mesa. Salió hipando y lanzando unos eructos sonoros que lo sacaron de quicio a Luciano. "Opa tragón", le gritó. "Insolente, bellaco, no volvás más a comer en mi casa", chilló iracundo. "Ya estás borracho", le dijo Juana a Luciano. "¡Qué borracho ni borracho, no le voy a aguantar a este grosero que haga esto delante de mí!", gritó de nuevo. "Perdón, perdón", decía el yerno mientras salía a tropezones del brazo de Clarita, que le gritoneaba a la oreja toda clase de insultos. "No vas a venir nunca más a esta casa, gordo tragón", le dijo, para alegría de su padre que admiraba a Clarita por su personalidad. "Es la única de mis hijos que tiene huevos", decía. Y agregaba con un dejo de maldad: "Tal vez por eso no puede parir la pobre".

Una hora después todos estaban a punto de dormir en casa de los Salvatierra. Luciano oyó que Juana roncaba a placer. Se levantó y salió hasta el patio para echarse en la hamaca. Caminó un poco hacia el fondo del patio y vio el cuarto de Anita con luz. Volvió a su habitación, se aseguró de que Juana durmiera, tomó sus lentes y se puso unas chancletas con suela de goma. Sin hacer el menor ruido se fue hacia el segundo patio y entró en el cuarto de los trastos viejos. Estuvo un momento quieto en la oscuridad mirando hacia la puerta que daba al dormitorio de Anita. Un haz de luz se filtraba desde allí. Sin apuro, se acercó, sorteando bultos y tablas, hasta que llegó a la puerta maciza con la pequeña abertura. Se puso los lentes y miró hacia la luz. Anita estaba sentada frente a su velador, cepillándose el pelo. En cuanto dejó de cepillarse y bajó el brazo, Luciano le vio los senos. Eran unos pechos hermosos que se habían desarrollado en pocos meses, con unos pezones rosados, que habían hecho de Anita una mujer completa. Se levantó de la silla y mostró su porte magnífico. Luciano le vio la negrura del pubis. No hubo tiempo de nada más. Anita salió de su campo de visión. Se apagó la luz. Luciano demoró todo lo que pudo antes de salir. No hizo ni el menor ruido, pese a los tragos. Se detuvo en la puerta que daba al patio y vio cómo Luciana salía de la cocina y entraba al baño. Castulia pasó rezongando junto a la puerta y casi lo descubre.

Luciano volvió la noche siguiente, pero tarde, porque Anita ya había apagado la luz. Regresó una vez más, pero cuando se acercaba a mirar, oyó la voz de Juana que lo llamaba inquieta. Hizo ruido al salir precipitadamente, golpeándose las rodillas, y se fue a la cocina donde tomó un vaso de agua. Así lo encontró Juana. "Pero si tenés agua en el dormitorio", le dijo. Él se dio cuenta de que corría nuevamente el riesgo de que lo sorprendieran espiando a la bella muchacha.

Había una puerta en el cuarto de los cachivaches que daba a una calle lateral, pero que no se había abierto en años, al extremo de que ni él mismo recordaba que la hubieran utilizado nunca. Además del candado oxidado que la cerraba, la puerta estaba trancada por dentro con cachas, mesas, aperos, y cuanta cosa uno se podía imaginar. Lo primero que hizo fue buscar, sin mucha convicción, la llave del candado, a sabiendas de que sería un hallazgo milagroso encontrarla. Recordaba que las llaves estaban guardadas en una tinaja inutilizada desde hacía años y que nunca se usaban porque la casa jamás había quedado deshabitada. No le fue difícil encontrar el manojo de llaves grandes y pesadas, oxidadas todas.

Lo primero que hizo fue probarlas una tarde de solazo inclemente, cuando nadie iba a sacar ni la nariz a la calle. Tomó la primera llave, que calzó exactamente. Quiso girarla pero fue imposible. Entonces se le ocurrió lavarla y limpiarla con aceite. Probó y algo trancaba adentro. Le hizo escurrir aceite al interior del candado y cuando volvió a introducir la llave, la puerta se abrió suavemente, como si el candado fuera nuevo. El siguiente día en que todos se fueron al campo y por lo tanto no hubo el almuerzo familiar que lo tenía harto, Luciano despejó el ingreso por dentro, apartando los trastos viejos de la puerta y dejándola libre. Hecho eso, entró y salió sin ningún problema. Ese mismo domingo, al anochecer, como todos llegaron cansados, le dijo a su mujer que se iba a tomar el fresco a la plaza y luego a jugar una partida de billar. "No vayás a beber", le dijo Juana como una costumbre. Salió muy campante, dio vuelta a la esquina, abrió el candado, y se metió en el cuarto que estaba en tinieblas. Sin necesidad de luz se dirigió a la mecedora que estaba junto al cuarto de Anita y se sentó a esperar. Fumó un cigarrillo y al momento se encendió la luz del dormitorio. Se puso los lentes. Entró Anita y desapareció de su vista porque se sentó en la cama para quitarse el vestido. Luciano oyó los resortes del somier. En pocos segundos Anita estaba sentada frente a su tocador. Por primera vez la veía en calzones y con sostenes. ¿Serían éstos de Juana o de Charito? Se cepilló el pelo con calma y se entretuvo arreglándose las cejas. Luego, con la mano derecha se soltó los sostenes y se quedó con el torso desnudo frente al espejo. Se levantó de la silla y se miró el cuerpo entero. Los pezones apuntaban hacia arriba. Movió su cuerpo y sus senos brincaron. Se dio vuelta hacia él y se miró de perfil en el espejo. Se miraba las nalgas. Sonrió. Entonces, se sacó los calzones y los dejó en la silla Así, desnuda, andando sobre las puntas de sus pies, fue hacia el interruptor que estaba en la pared y apagó la luz. Quedó encendida la lucecita tenue de su velador. Se metió desnuda en la cama. Luciano la oyó murmurar un rezo. Se quedó en la oscuridad, silencioso, y se fue cuando le pareció que Anita dormía. Salió a la calle, ajustó el candado, y caminó directamente al café Panamá donde jugó una partida de billar.

Volvió a entrar desde la calle varias noches y contempló a la chica, admirando cómo cada día se volvía más coqueta frente al espejo y cómo se sobaba los senos, en una especie de masaje diario, sin un afán de buscar placer.

Una noche entró sigilosamente como siempre y se dirigió hacia la mecedora. Anita todavía no había encendido la luz, así que había llegado a tiempo. Se quiso sentar a tientas y con la mano agarró una cabeza. Oyó un grito espantoso y él gritó también, atrozmente. Alguien salió corriendo golpeándose contra los cachivaches, haciendo caer frascos y muebles, aullando despavorido: "¡El diablo! ¡Mandinga!". Era Antonio, su hijo. Luciano abrió, sofocado por el susto, la puerta que daba a la calle y se fue al café. Durante la caminata no hizo otra cosa que reír a carcajadas y en el propio café no quiso jugar y se la pasó riendo hasta que los amigos le preguntaron qué le pasaba: "Lo mejor de los últimos años", contestó.

Regresó temprano a su casa porque no se podía perder el acontecimiento. Como esperaba, a esa hora había luz en su cuarto, y su mujer estaba despierta, haciendo crochet. Su cara era una sola palidez.

–Algo te ha sentado mal, Juana –le dijo–. Es que sos muy tragona.

–El diablo ronda esta casa. Tenías razón.

–¡Tonterías! El diablo anda sólo detrás de mí.

–Y de tu hijo Antonio.

Y le contó una fábula inventada por Antonio. Que el pobrecito estaba buscando en el cuarto de los cachivaches unos aperos para llevar al campo al día siguiente y de pronto sintió un viento helado por detrás que le apagó la vela y alguien le sobó la cabeza. El infeliz había salido huyendo y en la huida se cayó varias veces y ahora estaba con las canillas peladas y con un chichón enorme en la frente, muerto de susto. Al oír los gritos, corrieron todos los que estaban en la casa y entraron con linternas y palos, por si acaso, pero no encontraron a nadie.

—No habrán buscado bien —dijo Luciano, gozando.

—Ladrillo por ladrillo. Abrimos hasta los baúles con un pánico que ni te cuento. Ya pensaba yo encontrar al diablo metido en una de las cachas. Y claro, vos no estabas para ayudar. El hombre de la casa, como de costumbre, estaba ausente. Éramos todas mujeres. Muertas de miedo. Anita, Charito, Luciana, Castulia y yo, socorriendo a mi pobre hijo todo golpeado. Apenas lo supo Clarita, que ve por tus ojos, lo dejó a su marido y se vino a la carrera pensando que eras otra vez vos el que había sido atacado por el diablo.

—Entonces lo mío no es delirium tremens como vos creés. Es nomás el diablo que anda rondando por aquí.

—Claro, el diablo ronda en las casas donde hay malas costumbres.

—Ergo, el diablo, de todos modos, viene por mi culpa. Aunque yo no beba.

—¿Qué es eso de ergo?

—No sé. Así decía mi padre. Pero eso no tiene importancia. Lo importante es que el diablo viene detrás de mí, del pobre borrachito, y se equivoca y va y lo asusta a Antonito. ¡Mirá al hijo de puta! Si el padre no está en la casa, lo jode al hijo. Así de cabrón es el diablo. ¡Qué hijo de su madre!

—...Pero no digás tantas malas palabras contra él, que te puede oír.

—Voy a ver a Antonito.

—Andá a verlo, pero no le digás "Antonito" que no le gusta. Y volvé rápido porque tengo miedo. Anita, pobre chica, se la ha llevado a Castulia a dormir a su cuarto.

—¡Carajo! —se le escapó a Luciano.

—¿Qué?

—Nada, nada....

30

Luciana no sabía qué pensar después de que se le apareció el diablo a Antonio. Había cosas que no cuadraban bien en su pequeño mundo mental. Luciana era excesivamente desconfiada cuando estaba de por medio Luciano Salvatierra. Cualquier cosa podía creer, siempre que Luciano no fuera protagonista. Y esto del diablo, si bien la había aterrado, no dejó de causarle algunas sospechas de fraude. Además, aquella noche del sustazo de Antonio, Luciana recogió del piso de ladrillo varias colillas de cigarrillos marca París, esos tabacos negros que fumaba Luciano.

—¿Vos fumás cigarrillos París? —le preguntó a Antonio.
—A veces. Cuando no hay otros mejores.
—¿Y esa noche del diablo, fumaste?
—¡Qué iba a fumar! ¡Si andaba en otras cosas!
—¿Ni uno solo?
—¡Pero ni uno solo!
—Andabas espiándola a Anita, sinvergüenza.
—¡Callate ya! ¡Salí de aquí!
—Bueno, ¿pero fumaste o no fumaste esa noche?
—¡No fumé!

La cosa era que aquella noche, empavorecidas las mujeres, habían buscado hasta el último rincón sin encontrar nada en el cuarto. Encendieron luces, prendieron linternas para ver debajo de los viejos camastros y movieron hasta el último mueble y nada. "Busquemos con cuidado, veamos detrás de cada cosa, de cada mesa, debajo de cada cama, mirándolo todo", decía, enardecida Luciana. Estaba segura de que por ahí estaba escondido el sinvergüenza de Luciano y que esta vez lo iban a encontrar con las manos en la masa. Como aquella vez que Juana lo pilló, en el mismo cuarto viejo, montado encima de esa guaraya lindota. Luciana miró con detalle la puerta que daba a la calle lateral y estaba trancada con candado desde afuera. Salió de la casa y el candado, grande, firme, estaba allí. Quedó desorientada y eso le produjo un doble efecto: además de su desengaño por la inocencia de Luciano, le entró pánico por el diablo. Tuvo miedo por su hijo Santiaguito, porque se decía que los duendes y los demonios se llevaban a los niños y los seducían, los abusaban en lugares apartados, endiablándolos después.

La única prueba relativa que tenía Luciana contra su tocayo y pariente eran las colillas de los cigarrillos París. Después, nada más. Pero tenía una sospecha clavada en las entrañas de que el asunto de los diablos era cosa de Luciano. Por un lado sus borracheras, que ahora habían menguado, lo hacían ver hasta caimanes y cascabeles; por otro, era un degenerado mirón que la espiaba a Anita cuando se desvestía. De eso estaba segura. Pero ¿qué hacer? ¿Cómo decírselo a Juana sin que se enojara? ¿Porque dónde dormiría Anita más segura que en ese cuarto?

Pasaron unos días y Luciano ya no soportaba la tentación de espiar a Anita. Era un verdadero suplicio saber que se estaba desvistiendo y que no la podía mirar. Nunca había visto a una mujer más perfecta en su vida. Ni la Mondragón, ni Perla, ni Cristina, ni la costurera del barrio del cementerio, ni Juanita en su juventud, ni la maestra, ni las decenas de cambas que habían pasado por debajo de él en la casa, ni ninguna de las putas de La Rosa Azul la igualaban.

La muchachita era bella pero, además, buena de corazón. Inocente y bien portada. Las veces que había querido abrazarla, ella se zafaba con toda delicadeza pero sin dejar la menor duda de que le molestaban los manoseos. Cuando cumplió los quince Luciano la abrazó en la mañana, besándola y apretándola y ella le puso el codo en el pecho y se sonrojó. "Gracias, Taita", le dijo y se chantó su delantal para ir a la cocina.

Luciano le regaló plata, para que ella se pudiera comprar un vestido y zapatos. "No le digás a Juana nada de esto", le dijo, como haciéndola cómplice. Anita volvió a sonrojarse y no aceptó el dinero. "No sé qué hacer con esto", le dijo y se lo devolvió. Finalmente, Luciano decidió arriesgar más todavía y una tarde la esperó a la salida de la escuela fingiendo un encuentro casual. "¿Aprovechamos para dar una vuelta? Te invito un helado y después nos vamos al cine Victoria", le dijo. "Vaya al cine con mamita Juana, a ella le va a gustar", fue la respuesta y se marchó con sus compañeras.

Luciano, pasados los cuarenta, seguía recordando con nostalgia las salidas del colegio de Juana, y no se daba cuenta de que desde esa época habían pasado más de veinte años. Era un hombre en plena madurez que todavía se creía capaz de enamorar a chicas de quince. Le confesó al Orejón su amor por Anita y lo dejó de una pieza. Su amigo se rió, le dio unas palmadas cariñosas, como si el asunto no tuviera ninguna importancia. "Andás mal con el calendario, Luciano", le dijo el Orejón. "Si querés de quince, no te queda sino pagar putas. Y eso que de quince no se encuentran en La Rosa Azul."

Luciano regresó a sus andadas nocturnas. Salía a las ocho y con cautela entraba en el cuarto por la puerta de la calle. Esperaba hasta que Anita se desvistiera, ahora acompañada por Castulia, que estaba acostada en un catre que él no veía, y luego se iba al billar enfermo de calentura. "Más arrecho que un chivo", como él mismo decía. Ninguna mujer le atraía, porque las que estaban a su alcance le parecían unos vejestorios disfrazados. Volvió a beber otra vez y se reanudaron las peleas con Juana. Mientras tanto las pataletas nocturnas, los ruidos a media noche y los silbidos de los duendes se repetían. Sabía que, en cualquier momento, iba a volver a encontrarse con el diablo. Su máximo cuidado era guardar la llave del candado, porque era grande y fácil de encontrar si la dejaba en el bolsillo de su pantalón. Por eso, todas las noches, al entrar en la casa, la ponía encima de una alacena alta que había en la galería del patio.

Una noche que estaba en la hamaca, después de haber espiado a Anita, se quedó dormido en calzoncillos como era su mala costumbre. Despertó porque sintió un viento helado. Se levantó extrañado y lo vio. Era él. Estaba vestido de negro, como la primera vez. Hurgaba en la alacena, mientras su cola se movía como una serpiente, justo donde Luciano guardaba la llave. Vio cómo tomaba la llave y la lamía con lascivia. El diablo lo miró burlesco y se fue. Corrió entonces hasta la alacena, alzó la mano, tomó la llave y lanzó un grito atroz. La llave, caliente como el fuego, se le quedó prendida en la mano, quemándolo. A sus gritos salió Juana, justo en el momento en que él metía el brazo entero en una tinaja con agua.

—¿Qué te ha pasado? —le preguntó.
—Nada, nada —dijo él.
—¿Ha sido el diablo otra vez?
—No. Me soñé algo.
—¿Qué tenés en la mano?
—Nada, nada.
—¡Mostrame!
—No tengo nada. Me he soñado otra vez.
—¡Mostrame!

Luciano abrió su mano y estaba ahí la marca exacta de la llave. Era una llave perfecta marcada a fuego en su palma. Pero Juana no la vio. Era visible sólo para él.

—No tenés nada —le dijo Juana—. ¿Y por qué escondés tu mano, entonces?
—No sé. Te dije que no tenía nada —le dijo.
—Cierto —dijo Juana y se fue a su habitación confundida—. Vamos a dormir, Luciano.

Luciano se quedó un instante esperando que su mujer se fuera al dormitorio. Entonces metió la mano en la tinaja y sacó la llave del fondo. Se fue al baño, vació un frasco oscuro de remedios, y la escondió. Ahí no había forma de que su mujer la encontrara. Cuando se quiso poner alcohol en la quemadura, no había nada, ni la menor señal. "Creo que me he soñado todo", se dijo, para darse valor. Pero él sabía que sí, que era verdad, que había visto otra vez al diablo.

31

Cada vez que los Mondragón invitaban a la casa al Orejón, él iba con algún guitarrista, cuando no con el trío que tanto le gustaba a Lucrecia. Llegaba con flores o con algunos dulces y si la encontraba a Lucrecia con mala cara las atenciones se las hacía a doña Agustina que lo quería de verdad. Uno de los cantores, eximio punteador de guitarra, el Petiso, antiguo amigo de parrandas de Luciano, enamoró a Lucrecia. El Orejón se dio cuenta de inmediato por dónde iba armándose el romance. La vio pidiéndole canciones, sirviéndole cerveza, mirándolo a los ojos, sin ningún disimulo. Y el Petiso sinvergüenza la complacía con lo que ella pedía, sin preguntarle nada al Orejón y cobrándole caro, para colmo. Cobraba y la enamoraba a Lucrecia. Era una inicua tomadura de pelo. Entonces, el Orejón dejó de contratarlo para que cantara en casa de los Mondragón. Creyó que, con eso, se acababa su problema. Así era de inocente Osvaldo Bazán Moldes. Un anochecer llegó de visita a lo de Lucrecia y oyó que el Petiso cantaba en el patio "Cuando tú me quieras". Entró y saludó muy atentamente, notó los nervios de doña Agustina, la cara agria de don Peregrino y el asombro de Lucrecia. El Petiso, sin saludarlo siquiera, siguió cantando el tema de Los Panchos y el Orejón se quedó de pie esperando que acabara.

—Yo no te he contratado hoy –le dijo.

—Qué me importa que me contratés o no –le contestó el Petiso con atrevimiento.

—¡Pero cómo! ¡Cómo te vas a venir sin mí a cantar!

—Porque me da la gana. Lucrecia me ha invitado. Más bien no sé qué es lo que vos hacés aquí.

—Pero esto no puede ser, es el colmo —dijo el pobre Orejón.

—Váyase, por favor, don Osvaldo —le dijo Lucrecia imperturbable—. Petiso es mi cortejo.

—Je —dijo el Orejón y tragó saliva.

—Te vas ahorita o te saco yo de aquí a empujones —lo amenazó el Petiso y se levantó agresivo dejando la guitarra a un lado.

—¡Nada de esas cosas aquí! ¡Qué se ha creído usted! —le gritó don Peregrino al cantor.

—¡Papá! —protestó Lucrecia.

—Sepan que Osvaldo Bazán es mi amigo y que puede venir aquí las veces que quiera. No me importa si eso te gusta o no a vos. El que debe irse de inmediato es este cantorcito atrevido —le dijo a su hija.

—Pero, papá...

—Por favor... no sé ni cómo se llama usted... váyase de aquí —le dijo don Peregrino al Petiso.

El Petiso se fue con desplantes y el Orejón se quedó cinco minutos más y se largó también. No tenía nada más que hacer en la casa de los Mondragón. Pero su tragedia fue muy grande porque Lucrecia, esa noche, dejó su casa y huyó detrás del guitarrista. El Orejón lo supo por Luciano, que lo fue a buscar para contarle que el Petiso le había dicho a todos sus amigos que esa misma noche se llevaba a Lucrecia al Palmar del Oratorio, un pueblito cercano. El Orejón llamó a casa de los Mondragón para disuadir a Lucrecia. Ella ya no estaba. Habló con doña Agustina y la mujer le dijo que se sosegara, que tuviera paciencia, que era cosa de capricho. De la noche a la mañana todo le había quedado claro y Osvaldo Bazán se desmoronó.

Pasaron tres semanas y sonó el teléfono en casa de los Bazán. Contestó doña Zoraida. Era doña Agustina la que preguntaba por Osvaldo. Doña Zoraida le dijo que por favor dejara tranquilo a su hijo y que no lo mezclara en la vida disipada de Lucrecia. "Le está haciendo daño a Osvaldito", le dijo.

No pasó más de un mes cuando el Orejón se encontró en

la calle con don Peregrino Mondragón, que estaba hecho una noche. Sin duda lo había estado esperando.

—¿Podemos tomar un café, Osvaldo, y hablar a solas? —le dijo.

—Claro que podemos. No faltaba más.

—O prefiere que hablemos aquí en la calle. Es muy urgente.

—Hablemos, entonces, aquí. Je —le contestó.

—Voy directo al grano.

—Bien.

—Lucrecia se escapó al Palmar del Oratorio con el hombre ese. No sé qué le pasó.

—Lo supe.

—Es una muchacha caprichosa que, por mortificarnos, a veces es capaz de hacer esas tonterías. No es la primera vez que nos aflije con sus caprichos y que amarga a su madre y a mí. No sabe, Osvaldo, cuánto hemos sufrido estos días y cuánto hemos pensado en usted.

—Lo lamento tanto, don Peregrino. Estoy dispuesto a cualquier cosa si en algo puedo remediar la situación.

Don Peregrino se quedó en silencio. Le asomaron unas lágrimas a los ojos.

—Bueno, él ya la dejó. La maltrató y la abandonó. Pero... la dejó embarazada.

El Orejón se tambaleó, a punto de caerse sobre el corredor. Se agarró de un horcón.

—¡Qué desastre! —dijo.

—He hablado con ella hoy.

—¿Y qué dice la pobre?

—Le he dicho que se case de inmediato.

—¿Y?

—Quiere casarse.

—¿Conmigo? Je —tuvo un temblor el Orejón.

—No sé. Es un atrevimiento mío, Osvaldo. No tengo derecho ni cara para hablarle así. Discúlpeme.

—¿Pero le ha dicho ella que aceptaría casarse conmigo?

—Sí, quiere. Créame que es una buena chica. Es una hija

muy querida, pero a la pobre le ha ido mal. Comenzó mal su vida, desde jovencita. Los hombres se han burlado de ella siempre. La han buscado por su cuerpo, no por lo que vale. Me avergüenza decirlo, pero así ha sido.

—Pues, está bien. Nos casamos. Je. Sé que es una buena chica.

—Estoy seguro de que lo va a querer mucho.

—Yo también. Je –dijo el Orejón, y le temblaban las piernas.

Habló con su madre en una tarde turbulenta que nunca quiso recordar. Se lo dijo todo, tal como había sucedido y notó que ella iba envejeciendo a medida que conversaban. Al finalizar la disputa, doña Zoraida se desplomó sobre la mecedora y entró en un mutismo total. Así se quedó hasta el anochecer, cuando Osvaldo se vistió para ir a formalizar el matrimonio. Doña Zoraida lo vio salir con su horrible traje negro, y un corbatín rosado, y lanzó un grito espantoso, estentóreo. El Orejón se detuvo en la puerta con las lágrimas que le rodaban por las mejillas.

—Es mi única oportunidad, mamá –le dijo.

—No lo hagás, no lo hagás, hijito –le suplicó su madre.

—Si ahora no la tengo, no la tendré nunca. No quiero a ninguna otra mujer que no sea Lucrecia.

—Va a ser tu cruz para toda la vida. ¡Es una loca de atar!

—Alguna cruz hay que tener en la vida, mamá –le contestó para no contradecirla.

—Pero esa mujer te va a deshonrar.

—No, mamá, no va a ser así. Es una mujer inocente y buena.

—¡Hijo! ¡Vas a ser cornudo! ¡Inocente, dizqué! ¿Pero estás ciego vos?

—Ya estoy viejo como para saber lo que debo hacer, mamá.

—Pero ya sabés que no vas a vivir acá. Ya sabés que no voy a asistir a la boda. Ya sabés que no tenés mi bendición. Y sabés, también, que estás traicionando la memoria de tu padre y la estirpe de tu familia. Aquí han vivido y han muerto tres niñas vírgenes y no va a venir una yegua con el culo caliente a deshonrarnos.

—Lo sé todo, mamá —dijo Osvaldo.

Y se fue.

La boda quedó fijada para un mes después. Se acordó hacer circular los partes en cuanto fuera posible y anunciar el compromiso por la prensa el domingo siguiente. Esa noche sólo estuvieron los Mondragón y él. No hubo ni palabras ni pedido de mano ni nada. Comieron pastel de gallina al horno en el comedor de visitas y bebieron moderadamente. Lucrecia estaba demacrada y con una cara de sufrimiento que daba pena. Doña Agustina trataba de ser amable, pero, a cada momento, le saltaban las lagrimas.

—¿Y qué ha dicho doña Zoraida de todo esto? —le preguntó, llorosa.

—Nada. No ha dicho nada —mintió el Orejón.

—Debe haber dicho que soy una perdida. Y tiene razón —interrumpió Lucrecia.

—No ha dicho absolutamente nada —volvió a decir el Orejón.

—¿Así que está contenta? Apuesto a que no asiste al matrimonio —dijo agriamente Lucrecia.

—¡Claro que va a asistir! —contestó el Orejón—. Si soy su único hijo.

—Seguro que sí, seguro que sí —dijo don Peregrino—. No se atormenten en vano.

—Si va a estar de mala cara, mejor es que no vaya a la iglesia —insistió Lucrecia—. Aunque al final, qué me importa lo que piense.

—No es así, Lucrecia, ya verás —dijo el Orejón.

Para colmo, el Petiso vanidoso había empezado a hacer correr el comentario, por toda la ciudad, de que el hijo que llevaba Lucrecia en sus entrañas era suyo. Que la muchacha tenía unos apetitos sexuales insaciables. Luciano lo supo y montó en cólera. Sin decirle nada al Orejón esperó una noche al Petiso en la puerta de La Pata de la Víbora y le dio una paliza fenomenal, como pegaba en sus buenos tiempos. Lo tumbó con una patada en los huevos que lo hizo aullar. Le dijo que se dedicara con el mismo entusiasmo con que se había dedicado a difamar a Lucrecia a desmentir la maldad, aunque fuera cierta. "Ese chico que va a nacer es hijo de Osvaldo Bazán Moldes, ¿oíste? ¡O querés que sea tuyo! ¡Entonces casate con ella!", le gritó, con una rodilla apretándole la cabeza contra el piso. El Petiso, con la boca reventada, los dos ojos en tinta y los testículos hinchados, juró no hablar más del asunto. "Más te vale, porque la próxima vez esto lo voy a arreglar con un revólver", lo amenazó Luciano.

32

La boda fue en la iglesia de San Francisco, parroquia del barrio de los novios. Cuando el Orejón le rogó a su madre que fuera a la iglesia ella no le contestó nada. Lo miró, silenciosa, y suspiró.

—Ya que no ha ido al matrimonio civil, vaya a la iglesia —le pidió.

—No me has hecho caso, Osvaldo. Has ignorado todo lo que te dije. Pero he cumplido con mi deber de madre. Ojalá que esté equivocada.

—Pero ¿va a ir mamá?

—Que más puedo hacer —le contestó—. También podrán vivir aquí... si quieren.

Él la abrazó y la besó mientras ella lo esquivaba escondiendo la cara.

Cuando Lucrecia Mondragón y sus padres llegaron a la iglesia, se encontraron con Osvaldo Bazán radiante, del brazo de su madre en el portón de San Francisco. Ella, la madre, estaba de negro riguroso, flaca como un clavo, con un velo que le cubría la cara y un sombrerito que a Lucrecia le pareció ridículo. El atuendo era más propicio para un entierro que para una boda. Él vestía un traje oscuro, mucho mejor cortado que aquel casimir negro payasesco que usó durante años. Estrenó unos tirantes ingleses. Estaba con su corbatín negro con motas blancas y con su leontina de oro que le cruzaba de un bolsillo a otro el chaleco. Lucrecia llegó con un inmaculado vestido blanco, ése que había quedado colgado durante años cuando la plantó Rosendo Suárez y que había tenido que ser arreglado, sobre todo en las caderas, que habían crecido.

Asistieron los pocos parientes de los novios y los amigos, pocos también. Hubo una copa y pavo frío en la casa de los Mondragón, pero no se bailó. A las once todo había concluido. Partieron los invitados luego de que doña Zoraida se retiró, silenciosa, como estuvo durante toda la noche. Luciano y Juana, testigos del novio en el matrimonio civil, se fueron al final.

Cuando se quedaron sólo los novios y los padres de Lucrecia, se produjo un silencio embarazoso, que rompió don Peregrino. "Bueno, ahora les toca irse", dijo. Le entregó a su flamante yerno la llave de su viejo jeep Willys y éste se la pasó a Lucrecia porque no sabía manejar. Lucrecia salió con su traje de boda y se encaramó en el jeep. El Orejón, que antes ya había puesto las maletas en la parte de atrás, se sentó a su lado y movió sus largos dedos despidiéndose de sus suegros a quienes Lucrecia ni miraba siquiera. Lucrecia arrancó velozmente y el novio tuvo que agarrarse con ambas manos para no golpearse con los barquinazos en las calles llenas de pozos. Sin embargo, todo lo había planeado adecuadamente Osvaldo Bazán. Dormirían esa noche en el hotel que estaba frente a la plaza y al día siguiente se irían por una semana al campo, a una quinta cercana, en la banda del río, donde estarían solos con unas empleadas que los atenderían.

Llegados al hotel, subieron a una habitación grande del segundo piso y ni siquiera abrieron las maletas. Ella se recostó vestida de novia y él se echó a su lado. Lucrecia no quiso apagar la luz, hasta que se cortó, como siempre, a la media noche. Entonces encendió una lámpara. No hablaba nada con su marido, que permanecía echado a su lado, con las manos cruzadas sobre el pecho y los ojos cerrados, como un muerto. El Orejón tampoco le dijo nada. Ni las buenas noches le dio. Cuando despertó, el Orejón se encontró con que Lucrecia se había sacado el traje de novia y lo había puesto encima de una silla. Se estaba vistiendo. Ella se asustó y se tapó los senos con una blusa. El Orejón ni la miró siquiera. Le dio los buenos días y se fue al baño. Volvió y también se cambió. Sin hablarse, ambos salieron de la habitación, él pagó la cuenta, y subieron al jeep. Lucrecia condujo, más lentamente, sin decir palabra hasta la quinta.

Al anochecer, ella le dijo que prefería dormir en la hamaca, porque hacía mucho calor. El Orejón le dijo que le parecía bien, si así se sentía mejor. Él se acostó y leyó un poco. Después apagó la lámpara de gasolina y todo quedó en tinieblas. Sintió cómo, una hora después, Lucrecia entraba en puntillas y se acostaba tímidamente en el borde de la cama.

–¿Te has desvestido ya? –le preguntó.

Hubo un silencio.

–¿Te has desvestido ya, Lucrecia? –repitió.

–Me estoy desvistiendo –le dijo ella secamente.

Hubo otro largo silencio.

–Vení más aquí –le dijo el Orejón y le hizo campo.

–No –le contestó ella.

–Entonces voy yo –le dijo él, buscando abrazarla.

Lucrecia se quiso levantar pero él la agarró con fuerza de la cintura. Ella gritó pero él se subió encima. Lucrecia estaba con camisón y calzones. Él ya desnudo. Gritó ella y quiso patalear pero él no se movió. Trató de empujarlo pero el hombre se apretó a ella metiendo su cabeza entre sus ondulados cabellos. Así estuvieron unos minutos. Ella quejándose y pidiéndole que la dejara y él callado y sin bajarse, haciéndole sentir su virilidad.

–Me puede pasar algo malo –le dijo ella.

–Nada malo te va a pasar –le contestó el Orejón.

–Esperemos hasta mañana, mejor –dijo más resignada.

–No. Ahora. Ahora mismo –le dijo él.

Lucrecia se movió lentamente, sudando, y se acomodó para recibirlo. Era su marido y tenía que cumplir con una obligación. Calló y esperó conformada y ansiosa lo que viniera. No había remedio. Él se dio cuenta de que estaba totalmente humedecida.

Toda la noche el Orejón la galopó y si el primer minuto le pareció estar sobre un cadáver, luego nomás la muerta revivió temblorosa y eufórica y tomó la iniciativa encaramándose ella encima de él. Al amanecer estaban ambos, abrazados, profundamente dormidos y felices. Osvaldo Bazán Moldes era, sobre todo, el hombre más dichoso de la Tierra.

Él despertó primero y contempló a su mujer durmiendo pausadamente y no podía convencerse de que fuera cierto. Hacía un mes no tenía la menor oportunidad ni de besarla siquiera. Esta vez, Dios no se había olvidado de él. Se juntó a ella y pronto estuvieron otra vez amándose. Lucrecia se levantó contenta, salió al corredor a llamar a las cambas y a ordenar el desayuno. Cuando el Orejón apareció en el comedor, había café, pan, bizcochos, huevos fritos, hígado frito y naranjas. Lucrecia le sonrió y bajó la cabeza.

—Me da vergüenza —le dijo—. Qué pensarás de mí. Que soy una loca.

—Que sos la mujer más maravillosa del mundo —le dijo él.

—Nunca me importaron tus orejas. Lo que me matan son tus corbatas —le dijo riendo Lucrecia.

—Desde hoy no me las pongo más.

—No es para tanto, Osvaldo.

—Me las vas a comprar vos —le dijo—. Pero decime, Lucrecia, ¿hay algo en mí que te guste?

—Vos sabés que sí —le dijo Lucrecia y se ruborizó.

—Estás colorada —le dijo riendo el Orejón.

—No me molestés —le contestó con una sonrisa de oreja a oreja su mujer.

Salieron a caminar por la quinta y a las doce estaban almorzando apresurados para irse a la cama de nuevo. Después de hacer el amor les venía un hambre terrible y acababan con lo que había en la mesa para después dar largas caminatas abrazados. Eran dos tórtolos. Así se pasaron la semana y regresaron a la ciudad con pena.

El Orejón no tenía más permiso en la Alcaldía y debía andarse con cuidado porque los nuevos gobernantes, que habían subido a bala, lo estaban mirando con mala cara. Decían que era un burgués acomodaticio y sin conciencia revolucionaria. Él, ni corto ni perezoso, quiso inscribirse en el Partido, pero uno de sus nuevos jefes lo mandó a la mierda. Así, auténticamente, a la mierda. Desde ese día, don Osvaldo Bazán Moldes anduvo temeroso, zurrado de miedo de que le quisieran quitar su cargo, ese puesto que creía propio, que tenía desde hacía años, y que por lo tanto sólo le correspondía a él. Quería defender con dientes y uñas aquella oficina ardiente, con un ventiladorcito minúsculo, donde había montones de papeles que sólo él sabía qué eran y cómo manejarlos. Algunos amigos del Partido lo toleraban todavía, de mal tono, pero había otros que lo querían ver en la calle.

Lucrecia estaba feliz con su marido y había tomado la iniciativa en la cama porque se sentía satisfecha y porque ése era su carácter. Era él, más bien, el que le decía que había que andar con cuidado porque el crío que tenía en la barriga podía sufrir si se dedicaban tanto a amarse. A Lucrecia ahora parecían no importarle los temores del Orejón. Siempre había disfrutado con el sexo y ahora no pensaba desperdiciarlo si lo podía hacer sin esconderse de nadie, a plenitud y sin miedo, por primera vez.

Cuando su madre le preguntó si era feliz en su matrimonio, Lucrecia le dijo que sí, que lo era. Y doña Agustina quiso ser más explícita y se atrevió a preguntarle si, íntimamente, Osvaldito se portaba bien. "Alguna condición debía tener, el pobre", le contestó su hija y casi muere de risa. En la noche doña Agustina le contó a su marido, riendo también: "Parece que el orejoncito la tiene contenta a la nena. Algo de bueno debía tener".

Con su suegra, las cosas eran distintas. No se peleaban los primeros días, pero Lucrecia se sentía observada y controlada. Sospechaba que su suegra la espiaba. Y que la perseguían por todos lados, observándola, las dos cambas de mantones negros que fumaban tabaco hediondo. Creía que hasta cuando dormía, la vieja entraba a verla. Y en las noches le decía a Osvaldo que añoraba dormir con él en el campo, lejos de doña Zoraida. "Me sigue por toda la casa con su mirada y me habla sólo lo necesario. Me asusta tu madre", se quejaba ella. Él le decía que no le diera importancia, que estaba vieja y que las viejas eran así y que todo iba a cambiar.

No le contó nunca que debajo de la cama de su madre había cuatro calaveras en un baúl, algunas ni siquiera peladas del todo. Doña Zoraida había sentenciado: "Si le contás eso, los boto a los dos de la casa. No quiero gente intrusa en las cosas que sólo tengo yo con los míos. Y mejor si los sábados en la noche se van al cine". Buena idea que Osvaldito cumplió al pie de la letra, sin ofender a su madre, hasta cuando su mujer engordó demasiado.

Una vez que Lucrecia cenó sola en la casa porque había un velorio y Osvaldito tuvo que acompañar a su madre, una de las sirvientas, Facunda, le dijo a Ángela: "Cuando nos toque ir a la cacha que está debajo de la cama, será por obra de Dios". Y Ángela le contestó: "Eso es sólo de la familia. Ahí no entramos nosotras". Se callaron en cuanto notaron la presencia de Lucrecia. Encendieron sus puchos negros y empezaron a echar humo. El asunto pasó, pero para Lucrecia eso de una cacha que estaba debajo de la cama, le sonaba a un tesoro, cartas de familia, secretos escondidos, en fin, algo que provocaba curiosidad, pero no le preguntó nada a su marido. "Anoche abrió la cacha a las doce, ¿la sentiste?", le dijo una de las sirvientas a la otra, mientras ambas barrían el patio, días después. Lucrecia quiso oír más, pero eso fue todo. Sin duda que la cacha estaba en el cuarto de su suegra, de eso ya no cabía duda, y era ella quien la abría a las doce de la noche. Se trataba de un tesoro, tal vez, de plata que la vieja contaba, de joyas, o de algo muy personal. Seguramente, algo muy importante que Osvaldo no le quería contar. Pero se quedó con la espina.

Una noche, helada, negra como boca de lobo, cuando las mantas no calientan y las sábanas están húmedas, Lucrecia no podía dormir por la incomodidad que le producía su barriga y por el frío, mientras su marido roncaba acurrucado a su lado. Entonces le pareció oír unos gritos de mujer. Aguzó el oído. Luego oyó, con toda nitidez, que se quebraban estrepitosamente unos vidrios. Después escuchó los gritos de su suegra, que maldecía a alguien. Despertó al Orejón y ambos salieron como pudieron, él a las volandas y ella pachorrienta por su estado. Ángela y Facunda ya estaban en la puerta del dormitorio de doña Zoraida temblando de frío y de pavor. El Orejón entró como una tromba al cuarto de su madre. Cuando llegó, Lucrecia vio a su suegra con una lámpara rota en la mano, que le sangraba. Se quedó quieta en la oscuridad del corredor, muerta de miedo.

—¡Estaba sentada ahí la desgraciada! —le dijo, acezando, a su hijo.

—¿Quién mamá? ¿Quién estaba sentada ahí?

—Ya te dije el otro día... la Parca me anda buscando.

—¡Mamá!

—¡Callate!... Asoma cada vez para molestarme. Estaba sentada en mi tocador, mirándome. Me asustó. Le dije que se fuera o que, si no, le iba a dar en la cabeza con la lámpara. Y se rió. Le tiré un zapato y le hizo lance. Y se volvió a reír apuntándome con su dedo largo. Su boca era un agujero negro. Miró debajo de mi cama. Miró mi cacha. Entonces me levanté, agarré la lámpara y le di en la cabeza y le volví a dar otra vez en la cabeza y quebré el espejo de mi tocador con el último golpe. ¡Tan fino mi espejo biselado! Y huyó por la puerta. Todavía se paró en el umbral y me volvió a señalar con su dedo largo y huesudo. Yo le iba a tirar esto, pero desapareció. Mirá cómo me corté cuando se rompió la lámpara.

Entró Lucrecia, lentamente, moviéndose apenas, y doña Zoraida se enfureció. La miró con ira. Apretó, sin darse cuenta, los restos de la lámpara que tenía en la mano y se hirió más. Osvaldo trató de quitarle la tulipa rota de entre sus dedos.

—¡Fuera de aquí! ¡No quiero extraños en este pleito! —gritó.

—Mamá, mamá, por favor... es mi mujer —suplicó el Orejón.

—¡Fuera de aquí, extraña! ¡Fuera de aquí! ¡Lejos de mí y de mis muertos! —siguió gritando.

Lucrecia huyó despavorida pero paso a paso. Caminó como pudo, asustada, bamboleándose, hasta que se metió en su cama y se tapó hasta la cabeza, aterrorizada y ofendida, para poder llorar. En unos minutos estaba Osvaldo a su lado besándola. "No me digás nada, amor, no me digás nada. Mi madre está mal de la cabeza", le dijo. Salió nuevamente apresurado y Lucrecia oyó cómo se cerraba la puerta de la calle. Le entró pánico. Al rato, Ángela y Facunda asomaron sus caras mortecinas envueltas en los mantones negros por la puerta de su dormitorio y fue ella quien las echó: "Fuera de aquí, cambas de porra", les gritó. Las dos se fueron juntas como una pareja de cuervos. Entraron en la cocina, calentaron café y encendieron sus puchos hediondos. Dos horas después Lucrecia sintió que regresaban del médico la vieja y Osvaldo. Él se tumbó en la cama, a su lado.

—Mañana te voy a contar todo –le dijo.

—Hoy, Osvaldo. Hasta mañana no aguanto –le insistió ella llorosa.

Osvaldo le contó que su madre estaba desvariando, que veía a la Muerte por todos lados y que se enfurecía y la corría a golpes y carajazos: "Mamá no se quiere morir y la insulta a la calavera cuando se le presenta. Dice que es la Parca que la anda rondando".

—Pero eso no es todo, Osvaldo, falta lo de la cacha –le dijo Lucrecia.

—Sí. Ése es un cuento triste y largo que ya te voy a contar, pero, por favor, amor, hoy no. Mirá que en tres horas más tengo que levantarme para ir a trabajar.

33

—¡Bajate los calzones, Luciana!

—¡Pa' vos nunca!

—Contame quién fue el primero Luciana. Te juro que no lo voy a decir a nadie.

—A vos no te cuento nada. Sos un boca de escopeta, un cuentero, un hablador.

—¡Fue un cura!

—¡Jesús! ¡Cómo decís eso!

—Apuesto que fue el hermano Francisco, ahí en el confesionario de San Francisco.

—Con razón el diablo te anda buscando. Cualquier día te arrastra de las patas hasta el infierno. Qué cosas nomás se te ocurren. Cómo me voy a acostar con el padrecito Francisco. ¡Y en un confesionario!

—Pero me dijiste que un curita de La Capilla te sobó tus tetitas en el confesionario.

—Pero no me hizo nada más. Se asustó y me mandó a rezar. En vez de rezar él, dizqué.

—Alguien ha sido el primero y yo estoy seguro de que fue un cura —la provocó Luciano.

—¡No fue un cura!

—¡Fue un cura!

—No fue ningún cura. ¡Malo!

—¡Fue un cura!

—¡Fue un amigo tuyo!

—Yo creo, Lucianita, que fue el padre Francisco el que te voló la estampilla.

—Te vas a ir al infierno. Fue un disfrazado. Fue un disfrazado en carnaval.

—¿Y quién fue, pues? ¿Así que mis amigos andaban enamorados de vos?

—No sé si estaban o no. El hombre estaba con disfraz.

—¿Y de qué estaba disfrazado?

—Tenía esas batas largas con capucha... no sé cómo se llaman. Ésas como la tuya.

—¡Dominó! ¡Tenía un dominó!

—Eso, eso... Tenía dominó.

—¿Y de qué color era el dominó?

—El mismo que el tuyo, ya te he dicho. Rojo con negro. La mitad rojo y la otra mitad negro.

—Era de mi comparsa entonces.

—Era. Era, porque entró antecitos del corso preguntando por vos. Pero si es tu amigo. Y yo le dije que no estabas vos ni Juana, ni Castulia, ni ninguno de los muchachos. Le dije que hacía un ratito que todo el mundo se había ido al corso. Y él me dijo que qué hacía yo solita en la casa. Y yo le dije que alguien tenía que cuidarla y que como yo no iba a bailar en el corso me quedaba nomás en la casa.

—¿Y qué paso, Lucianita? ¿Te hurgó las nalgas?

—No me molestés más. Ya te dije que era uno de los de tu comparsa porque tenía una bata y una capucha. Roja y negra.

—¿Y dónde fue la cosa?

—Ya no me acuerdo. Ya no quiero hablar más de eso. Ya me olvidé. ¡Puf!

—Claro, porque ha sido uno con bata, pero café, como los padres de San Francisco, no como los de mi comparsa.

Luciana se quedó mirándolo afligida. Caminó de un lado para otro sin hablar, mientras Luciano la observaba, sabiendo que la había metido en un callejón sin salida. Se iba hacia la cocina para zafarse del acoso cuando Luciano habló y la hizo detenerse en seco.

—Voy a ir a reclamarle al padre Francisco, porque no hay derecho de que venga un cura a mi casa y te haga todo lo que te hizo –le dijo él gozando perversamente.

—¡No fue el tata! Tu amigo me llevó al fondo, hasta mi cuarto. Ahí me acostó en mi cama y me hizo lo que quería. Yo no sabía nada de eso así que grité y le pegué. Estuvo un ratito nomás y se fue, porque iba a llegar tarde al corso. Me dijo que me iba a llamar otro día y yo le grité: "¡Feo! ¡Malo! ¡Aguilillo sinvergüenza!". De todo le grité.

—¿Así que conocía la casa el pendejo ese?

—Claro. La conocía. Y requetebién, pues.

—¿Y vos sabías quién era?

—Sabía.

—¿Y cómo si no lo vistes? Vos me estás mintiendo. Me estás diciendo mentiras, Luciana.

—Lo reconocí por su voz. No ves que me habló. Después se calló. En mi cuarto no me dijo nada cuando se trepó sobre mi barriga, pero yo ya sabía quién era. Calladito estuvo encima mío hasta que gritó y se fue.

—¿Y quién era?

—No te voy a decir. Es tu amigo.

—Quién era, Luciana.

—No me da la gana de decírtelo.

—¿El padrecito era?

—¡No! ¡No! ¡No! ¡Era el Orejón! ¡Ése! ¡Don Osvaldo! ¡El que viene siempre! Un día de ésos, después que me hizo cochinadas, me trajo pepas de manjar blanco, dizqué. Pa' que yo me calle, seguro. Pero le reconocí la voz y su tamaño y cómo caminaba.

—¿Era mi amigo don Osvaldo Bazán Moldes? —preguntó Luciano y lanzó un aullido de placer.

—El mismísimo. El don Bazán y no sé qué cosas más. El Orejón como le dicen ustedes sus amigos.

—Oí, jau, ¿Y te buscó de nuevo?

—¡Nunca más! Ya te he dicho que un día de ésos me trajo pepas. Pero las tiré al techo en sus narices. ¡Pepas, dizqué! Viene a comer aquí a la casa y yo lo miro, brava, y él mira pa' otro lado y se pone rojo. Cree que voy a avisarle a Juana. Seguro que cree que voy a avisarle a Juana. ¿No ves que me forzó? Es un pícaro el Orejón. ¡Sabe que yo lo reconocí! ¿Y si me empreñaba, caramba?

—Ya hubieras tenido dos hijos lindos, Luciana. Pero ¿y no te dijo nada?

—Nada de nada. Si pa' eso no hay que decir nada. Ningún hombre me ha dicho nada cuando me ha hecho esas cosas feas.

—¿Y ni te besó siquiera?

—Aquí me besó harto. Aquí resollaba. Aquí donde vos me andas tocando siempre —y se tomó sus pechos.

—Hay gente para todo...

—¿Qué decís?

—Nada, Luciana. Andá a hacer tus cosas.

—Cuidado que estés de cuentero. Porque vos tenés boca de escopeta. Todo lo andás contando.

—No. No voy a decir nada a nadie. O a lo mejor si me emborracho con él alguna vez.

34

Lucrecia se enamoró de su marido y lo quiso tanto como lo había repudiado antes y como la odió a su suegra. Él la complacía en todo y le daba su lugar en la casa, delante de su madre. Pero Osvaldo no podía estar siempre en la casa porque trabajaba en la Alcaldía de ocho a doce en la mañana y de dos y media a seis en la tarde. En esas horas, doña Zoraida le hacía la vida imposible a Lucrecia, con indirectas que la humillaban. Su venganza por un matrimonio que nunca había deseado era hacerla sufrir. Quería doblegarla, ofenderla, someterla, hasta hincarla si fuera posible. Barría, sin necesidad, delante de ella, para hacerla sentir una ociosa. Iba a la cocina inútilmente y salía humeando, aunque la comida le llegaría a las doce en punto desde la pensión. Hablaba a los gritos con Ángela y Facunda sobre la dignidad de las mujeres de bien, de las que no conocían hombre hasta la noche de bodas. A la hora del almuerzo, ella servía la comida, dejándola casi en ayunas a Lucrecia, que vivía, para colmo, las hambrunas propias del embarazo. "Comé vos, hijo, que trabajás tanto. Nosotras no necesitamos comer porque no hacemos nada", le decía. Y, por supuesto, él le reprochaba su mezquindad, no comía, y el almuerzo se convertía en una sesión de tortura para los tres, en especial para Lucrecia que recibía las agresiones tremendas de la vieja. La tensión era insoportable a toda hora y Lucrecia optó por encerrarse en su cuarto a tejer y bordar.

Cuando Osvaldo le compró una máquina de coser, Lucrecia se sintió encantada y tuvo una distracción inesperada, porque, al no poder salir a la calle por su estado, y porque su suegra la había hecho seguir por las cambas las pocas veces que fue a ver a doña Agustina, con la costura llenaba su tiempo a la espera de su marido. "Mirá la suerte de algunas, hasta una Singer tienen y no saben qué hacer con ella", decía, siempre mirándolas a Ángela o a Facunda, pero dándole duro a Lucrecia, que cosía, huyendo del caldero del encierro, en el corredor de su cuarto, frente a la noria, los helechos y las plantas. La pobre Lucrecia tenía que levantarse y encerrarse en su cuarto hasta que la vieja desaparecía. Pero eso duraba muy poco, porque, luego, estaba otra vez cargándola con algún motivo. Como doña Zoraida no salía casi nunca, fuera de los domingos a la misa o en los atardeceres a las novenas de los muertos, Lucrecia estaba sentenciada a oír de todo hasta que llegaba su marido y las cosas se calmaban. A las siete de la tarde se tomaba un café con toda clase de horneados, y masaco de yuca o de plátano y volvía la tensión a la mesa donde comían los tres con las dos cambas que revoloteaban alrededor con sus mantones negros. "¿Y qué van a decir cuando nazca ése?", les preguntaba a los dos. "¿Que se adelantó el chico o que ésta estaba nomás preñada?", pinchaba. Lucrecia terminaba levantándose de la mesa a las arcadas, y su marido, siempre solidario y leal, con la cara sufrida, la seguía, dejando sola a su madre. Doña Zoraida se quedaba rezongando, hablando con las cambas sobre las virtudes que deben tener las mujeres decentes. "Ésas que han corrido de cama en cama y de macho en macho, no sirven para nada a la larga. Tarde o temprano les vuelve a picar ahí abajo y ¡zas! se las hacen a sus maridos", decía, tratando de hacerse oír por su nuera. Hasta que en uno de esos almuerzos terribles, donde todo sabía a agrio, Lucrecia interrumpió a su suegra, que estaba empeñada en otra de sus maldades: "Hemos decidido irnos a vivir a mi casa con Osvaldo, porque esto es insoportable", le dijo de frente. La vieja resistió el golpe pero estuvo a punto de caerse de la silla. Se tambaleó y se puso pálida. "¿Me vas a dejar morir sola?", le preguntó al Orejón, después de un largo silencio. Él no supo qué contestar. Nunca había hablado de eso con Lucrecia. "Claro que no, mamá", dijo. "¿Y entonces?", le inquirió a Lucrecia, burlesca. Lucrecia se levantó de la mesa y con su barriga, enorme, arrastró parte del mantel haciendo caer unos platos que se hicieron trizas. "¡Maldita! ¡Perra!", le gritó la vieja. Ella siguió andando hacia su cuarto, llevándose entre sus piernas el mantel, sin siquiera mirar ni menos disculparse. Corrió el Orejón detrás de su mujer y al cabo de un momento volvió al comedor.

–Se va, ya no soporta más –le dijo a su madre.

–Que se vaya, nada se pierde –le contestó ella, mirándolo inquisitivamente.

–Pero yo no la puedo dejar sola en ese estado –le dijo él.

–O ella o yo. O tu familia o la familia de esos Mondragón. O tu padre y tus hermanitas o toda esa gentuza extraña –le replicó.

–Ella –dijo el Orejón después de un largo silencio.

–Entonces está todo dicho. Partan cuando quieran –le contestó su madre, pálida como la Muerte.

Ángela y Facunda le contaron a doña Zoraida que Lucrecia les preguntaba siempre qué había en el baúl que estaba debajo de su cama. "Seguro que debe haber plata, joyas, tesoros", dizqué decía Lucrecia, imprudentemente, a las dos sirvientas chismosas. "Mi suegra nunca me va a mostrar lo que hay", contaban Ángela y Facunda, que ella les decía. Además Lucrecia entraba en los cuartos de las niñas y se quedaba perpleja, en la habitación de Luisita, mirando las hermosas muñecas de caras perfectas de porcelana y ojos grandes con pestañas enormes y bellos vestidos, que ella limpiaba cada vez que su suegra estaba ausente. La perfección de los rasgos de las muñecas, su color, sus ojos, la impresionaban. Nunca había visto cosa igual y eso les decía, ingenuamente, a las dos chismosas fumadoras. Doña Zoraida se mecía en la hamaca mirando las vigas del techo y oliendo el tabaco negro de las cambas. Ella nunca había fumado pero siempre le había gustado el aroma del tabaco negro. Hasta que el movimiento de la hamaca y el olor del tabaco la mareaban. "¡Váyanse ya!", les ordenaba y se quedaba inmóvil, como dormida, pero pensando. "Así que ésta es una curiosita", les dijo una tarde a las cambas cuando se iban a moler el choclo en el batán para los tamales. "¡Intrusa además para atreverse a tocar con sus manos sucias las muñecas de mis hijas!", agregó malignamente.

Una mañana, cuando Osvaldo estaba fuera de casa, trabajando en la Alcaldía, Ángela le dijo a Lucrecia que se iban al mercado con la señora a comprar carne y a traer unas gallinas gordas para cocinar locro, porque la señora estaba aburrida de la comida de la pensión. "Ya no quiere saber de la portavianda", le dijo. Y a las diez salieron las tres mujeres. Lucrecia se quedó cosiendo en su máquina Singer, sola al fin, feliz de oír el viento y de mirar las plantas. Tarareó un bolero de Los Panchos que estaba haciendo furor: "Nostalgias". Miró hacia el cuarto de su suegra y vio que, contra lo corriente, estaba abierto. Entonces pensó en la cacha. Tuvo una curiosidad enorme de ver qué había en la cacha. Pero era tal su miedo que decidió no tocar nada. No fuera que la vieja se diera cuenta y se armara un zafarrancho. Fue, más bien, al cuarto de Luisita a contemplar las hermosas muñecas con rostros de porcelana que venían desde Europa. Todas las muñecas la miraban con sus ojazos grandes, azules, verdes, castaños, y le sonreían silenciosas. Se asustó. Sintió miedo de verlas tan sonrientes en una casa donde todo daba la impresión de infelicidad y desdicha. Siguió con su costura y con su alegría de estar sola unas horas. No resistía más la idea de irse a vivir con sus padres, donde sabía que iba a ser inmensamente feliz. Hasta en el peor de sus momentos había sido dichosa en el patio de su casa, mirando las plantas, oyendo el murmullo del agua del aljibe y el canto de los pájaros.

Pero su mirada se quedó fija en la puerta abierta. Se dijo para sí que era mejor esperar a que llegara Osvaldo, pero su inquietud crecía a cada momento. Hasta que se levantó bamboleante. Empujó la puerta y la oyó chirriar, lo que le puso los pelos de punta. Era el chirrido que oía en las noches cuando su suegra salía de ese cuarto y se echaba en la hamaca escapando del calor. Chirriaba la puerta y luego chirriaban las argollas de la hamaca, de manera lastimera y monótona, como quejándose.

Lucrecia se hincó junto a la cama y miró el baúl con el corazón que le palpitaba. Estiró el brazo y tomó una de las asas de cuero. Con esfuerzo arrastró la cacha hasta sacarla. La aldaba no estaba con candado. Quiso empujar el baúl otra vez debajo de la cama. Ahora tenía miedo de ver qué había ahí. Le dieron ganas de orinar. Decidió irse. Sin embargo, tuvo un impulso y abrió el baúl. Cuatro calaveras la estaban mirando desde la cacha. Sonriendo como las muñecas. Se quedó un segundo petrificada y después gritó hasta que se le quebró la voz y salió corriendo del cuarto. Se cayó en la puerta, junto a la hamaca. Fue tal el grito de pavor que uno de los vecinos quiso socorrerla, pero no pudo entrar porque la puerta de calle estaba trancada. Trotó hasta la Alcaldía a avisar y a los pocos minutos estaba Osvaldo Bazán junto a su mujer. Ella estaba inconsciente. Apenas respiraba. Y gemía. Osvaldo entró en el cuarto de su madre a llamar por teléfono al médico y se encontró con la mirada macabra de las cuatro calaveras desde el fondo de la cacha. Durante el resto del día Lucrecia estuvo en trance de muerte, pero sobrevivió. La criatura, no.

35

Luciano volvió a espiar a Anita, entrando, como siempre, desde la puerta de la calle al cuarto de los cachivaches. Con eso los tenía despistados a todos y ni siquiera Luciana, que no le perdía pisada, podía adivinar lo que sucedía. Acabada la cena, Luciano se estiraba en la hamaca, justo hasta cuando advertía que Anita ya había ayudado a lavar los platos y a secarlos. Ella entraba al baño a ducharse y Luciano se levantaba, iba a su habitación, donde Juana ya se estaba desvistiendo, y le decía que se iba a dar una vuelta por la plaza o por el café Panamá. "No vayás a beber", era el único encargo de Juana. "Cuidadito con que el diablo te vuelva a querer ahorcar", le decía con cara de preocupada. Luciano se echaba un poco de lavanda y salía muy perfumado. Lo de la lavanda tuvo que cortarlo, porque una noche vio cómo Anita, desnuda, sentada frente al tocador, mirándose los pechos, se quedó quieta. De pronto se levantó cuidadosamente y empezó a acercarse a la puerta desde donde Luciano espiaba. Él quiso retirarse pero se paralizó, mirando la cara de Anita a medio metro de donde estaba. Vio que Anita cerraba los ojos y entreabría la boca. Vio su nariz bella con gotitas de sudor. Le vio los senos erectos al alcance de su mano. Ella siguió con los ojos cerrados acercándose más todavía. Hasta le sintió su aliento fresco. Entonces Luciano se dio cuenta de lo que pasaba. Lo estaba oliendo. La chica estaba oliendo la lavanda y el aroma la embrujaba. Al día siguiente, echó la lavanda a la basura. No se puso más ningún tipo de perfume. Eso era una trampa mortal.

Anita dijo, días después, durante un almuerzo, que a veces sentía un aroma delicioso y que sabía de dónde venía. Agregó que estaba segura de que era del cuarto oscuro.

—Pero si ahí sólo hay olor a cuero viejo —le dijo Juana.

—No, es olor a perfume, a un perfume que he olido otras veces. Creo que es casi igual al perfume del Taita.

—Si yo no uso ningún perfume —dijo Luciano.

—Ahora no usás. Pero hasta hace poco usabas —le dijo Juana.

—Así es. Pero ahora ya no uso.

—A propósito, ¿qué ha pasado con tu lavanda? Ya no sos el renegón que hacías alboroto cuando te faltaba o cuando se la ponía Antonio.

—Creo que los perfumes son cosa de maricas. Eso es todo —dijo.

—Pero ¿y desde cuándo es ésa tu teoría, Luciano?

—Mis amigos dicen que los perfumes son cosa de maricones, que el hombre debe oler a macho.

—¿A sobacos querés decir?

—Sí. Así debe oler un hombre.

—Bien. Es una novedad para mí. Pero si así dicen tus amigos, pues nos ahorraremos harta plata.

—Vos botaste el frasco casi lleno. Por la mitad estaba —dijo Luciana.

—¡Carajo! Ahora tengo que darle cuenta a esta cotuda intrusa de lo que boto o no —se indignó Luciano.

—Yo tengo el frasco porque debe ser caro. Te lo volví a poner en tu baño y lo volviste a tirar. A mí no me sirve pa' nada porque pa' mí los hombres deben oler a buey, a toro, aunque sea a perro.

—Eso es lo que dicen mis amigos —dijo Luciano y se levantó para dar por terminada la charla.

—Ahorita voy a traer le frasco pa' que lo olás —le dijo a Anita—. A ver si es el mismo que usa éste.

Fue y lo trajo. Destapó el frasco de perfume que estaba por la mitad y se lo alcanzó.

—¡Exacto! ¡Éste es el olor que a veces sale del cuarto del lado! —dijo Anita sorprendida.

—Esto sí que está bueno, habráse visto a los diablos usando lavanda —dijo Luciana y rió roncamente.

Luciano se mecía en la hamaca, furioso, aparentando no oír nada. Pero todos rieron a carcajadas de la ocurrencia de Luciana. Sin embargo, nadie captó el sentido de lo que dijo. Sólo él. Había sido un verdadero flechazo. "Esta opa ya me pilló de nuevo", pensó. Vino Juana con el frasco y le preguntó si lo había perdido o si lo había botado a propósito.

—Ya te he dicho que sólo los maricas usan eso —le contestó.

—Ya te estás poniendo viejo, Luciano. Se lo voy a dar a Antonio entonces —dijo ingenuamente Juana.

—¡Dáselo!

—¡Pero qué humor!

—¡Bah!

Luciano se ponía tan caliente a la hora en que Anita se iba a dormir, que no aguantó más de una noche sin espiarla. La imaginó desnuda con sus muslos poderosos y sus nalgas perfectas y con esos senos embestidores que se habían convertido en una maravilla y que cada día le crecían más. Y con esa carita de niña monjil con cerquillo y cejas tan definidas. Y con esa naricita siempre perlada de unas gotitas de agua. Se dio cuenta de que estaba francamente enfermo. Se había convertido en un espión incorregible. Nada le importaba más que verla ni le había importado nunca. Como de costumbre, salió despidiéndose de su mujer y se quedó un momento en la puerta de calle, mirando a todos lados, temeroso de que Luciana lo siguiera. Silbó mirando a la luna y a unas nubes que pasaban apresuradas, empujadas por el viento cálido del norte. Como no vio a nadie que lo observara, caminó lentamente, dio vuelta la esquina y quiso abrir el candado. Lo agarró con su mano izquierda para meter la llave y sintió que estaba pringado con algo. No tuvo que hacer ningún esfuerzo para darse cuenta de que era caca. ¡El candado estaba pringado de mierda de buey, de las muchas boñigas que había en las calles transitadas por carretones! Con las manos enmerdadas se tuvo que ir deprisa, sin mirar atrás, hasta el café, esquivando a los amigos que lo querían saludar y que lo llamaban a voces. Entró en el Panamá diciendo un hola general, sin dirigirse a nadie, directo al baño. Ahí se lavó, en medio de arcadas secas, pensando decididamente en matar a Luciana. Esa noche se emborrachó como un cerdo, hasta perder la conciencia. Lo llevaron a su casa de madrugada y durmió fatigado y transpirando. Soñó horrores, pero todo le quedó muy vago en la memoria. Juana lo reprendió y le dijo que estaba volviendo otra vez al vicio del alcohol, que iba a enloquecerlo.

Se levantó al mediodía, enfermo de la borrachera y con un hambre desmedida. Su hija Clarita estaba almorzando con ellos y hablando hasta por los codos. Pero algo sucedió en ese almuerzo. Él estaba vestido sólo con un pantalón y unas botas texanas, sin camisa, por el calor. Luciana servía. Él notaba que ella lo observaba, pero ni siquiera se dignó a mirarla. Fue como si no existiera. Hablaba con Clarita pero estaba pendiente de los movimientos de Luciana. Sólo levantó el taco de su bota texana como un martillo, cuando vio que se acercaba con la fuente para ponérsela a su lado. Como siempre, Luciana usaba chinelas de goma, de las que se sujetan al dedo gordo. En cuanto Luciano vio su pie debajo de su bota, sin siquiera moverse, hablándole a su hija, le pegó un pisotón tremendo que la hizo aullar y echar la comida sobre la mesa. Luciano saltó de la silla y tomó a Luciana de los brazos. Ella lo quiso morder y él la soltó y retrocedió.

–¿Pero qué ha sucedido? –le dijo Luciano.

–¡Qué ha pasado, Luciana! –gritó Juana.

–Parece que papá la pisó sin querer –dijo Clarita.

Luciana no podía hablar de dolor. Sólo aullaba y echaba babas. Se tiró al piso, sentada, quiso hablar y no pudo, siguió gimiendo de dolor. Lágrimas, mocos y babas se derramaban por su cara congestionada de sufrimiento. Su uña se había partido en dos y sangraba.

–Creo que la he pisado. Pero no me he dado cuenta –dijo, inocentemente, Luciano.

–No puede hablar del dolor, la pobre –dijo Juana y se sentó a su lado a consolarla.

Clarita le echó agua fría y le limpió el dedo con una servilleta que quedó roja de sangre. Juana le echó agua en la cabeza y en la cara y se la limpió. Luciana tenía una palidez de muerta y seguía aullando. Se incorporó, ayudada por Juana y Clarita. De repente, tomó un cuchillo de la mesa, lanzó un alarido, y cuando quiso acuchillar a Luciano, éste ya había tomado suficiente distancia. Rasgó el aire con el filo. De todos modos, Luciana lo embistió tratando de alcanzarlo para cortarlo en pedazos. Luciano retrocedió haciendo unas fintas y Charito, Antonio y Anita la detuvieron. Clarita forcejeó con ella y le quitó el cuchillo de las manos. Había dejado sangre por todo el piso.

—¡Pero qué te pasa! —le gritó Juana.

—Ha sido este desgraciado —dijo resoplando Luciana y volvió a aullar.

—Pero es un accidente, querida —dijo Charito.

—Me pisó a propósito. Y yo sé por qué —volvió a resoplar y siguió con su lamento, mirando su dedo gordo que sangraba y su uña partida en dos.

—Hay que botarla de la casa a esta loca o va a acabar degollándome —se quejó Luciano.

Anita salió a la carrera en busca del médico que vivía a media cuadra y Luciano se quedó a prudente distancia, gozando, como un chico, de su travesura. Ella lo miró y él sonrió. Nuevamente se le fue encima, enceguecida de ira, pero Luciano estaba alerta y brincó hacia un lado, toreándola. Luciana se cayó en el intento de arañarlo y se quedó sentada en los ladrillos sin poder andar más. De la frente le caían gotas de sudor, que limpiaba con el antebrazo. Mientras los mocos y las babas seguían resbalando por su rostro pálido.

—Ésta tiene que irse de la casa —insistió Luciano—. O se va ella hoy o me voy yo. Hay plazo hasta la noche. Estamos a merced de una potencial asesina.

—Me voy yo —dijo—. Pero a Anita no le vas a hacer cochinadas. ¡Lo juro!

—¡De qué se trata! ¡No te vas! ¡No se va nadie! —dijo Juana.

—Entonces me voy yo —dijo Luciano.

—La quiere a Anita. La quiere para él a la criatura —gimió Luciana.

—¡Cómo! ¡Pero si es como su hija! ¡No seas intrigante! —gritó Clarita.

—La quiere para él. Le va a hacer cosas malas si no cuidan a la chica. Quiere montarla, el sinvergüenza.

—Está loca, Juana... ya ves... está desvariando —dijo Luciano.

Anita entró con el médico y Luciana volvió a aullar. El doctor se hincó y mirando el dedo hinchado como una bola negra movió la cabeza y le dijo: "Esto ha sido como un martillazo". Luciana, en un creciente gemido, señaló con el dedo a Luciano que se reía. El médico le tuvo que arrancar, con una tenaza, media uña que todavía le quedaba encarnada y Luciana casi se desmaya de dolor. Luciano, haciendo de samaritano pero disfrutando, la venteó con un periódico y ella se lo arrancó de las manos y lo tiró lejos. Luego, el médico le puso mercurio cromo y la vendó. "Tomá aspirinas para el dolor. No podés caminar ni un metro con la pata así. Mañana te cambio la venda y te limpio otra vez el dedo", le dijo y se fue.

—No ha sido a propósito, ¿no? —le preguntó Anita a Luciano.

—¡Pero cómo! ¡Por qué lo voy a hacer a propósito! —le contestó.

—Porque ella dice que usted no la quiere, Taita.

—¡Burreras! ¡Operías! —dijo Clarita, siempre en defensa de su padre.

—¡Eso es! ¡Tonterías! —dijo él.

En la noche, pese a la prohibición del médico, Luciana se fue al campo, a la casa de su madre, con Santiaguito a cuestas. "Ya voy a volver algún día", les dijo a todos y salió renqueando, con unas vendas y un frasco de mercurio cromo en su bolsa. Le dijo a Castulia, la cocinera, que Luciano la espiaba a Anita en las noches, entrando por la puerta que daba a la calle lateral, y que ella lo había descubierto. "No hay diablos en el cuarto de los cachivaches, es él", le dijo. La convenció de que no había que perder el tiempo diciéndole nada a Juana porque el amor que ella tenía por Luciano no le dejaba ver claramente las cosas. Y habló con Anita también: "Desvestite a oscuras porque Luciano te espía por el portón del cuarto del lado. Y nunca le habrás tu puerta. Ni aunque te ruegue". Así lo prometió Anita. Pero, además, rellenó las rendijas de la puerta del lado con papeles y retazos de telas. Juana le decía que estaba chiflada y se reía de sus precauciones. "Pero, en fin, si te sentís más segura, está bien", le decía.

36

Lucrecia Mondragón no volvió a vivir con su suegra después de que la hizo abortar con el susto. Se fue a la casa de sus padres, que la recibieron felices. Les prepararon un cuarto grande y cómodo a la pareja, con una cama confortable, muebles, hamaca y un baño al lado. Había luz, aire, macetas, jaulas con pájaros en las ventanas y helechos en el corredor. Lucrecia estuvo en el hospital dos semanas y acostada en su casa, por estricta orden médica, otras dos. Enflaqueció tanto que daba pena, pese a que su madre la alimentaba bien y le daba todos los días sopa con hueso y tuétano. Pero, sobre todo, quedó aterrada. Soñaba siempre con las calaveras que la miraban desde el fondo de la cacha, las caritas pintadas de las muñequitas de porcelana, mudas, de largas pestañas, y la voz de su suegra, agria, mandona.

Cuando Osvaldo fue a buscar la ropa de su mujer y sus cosas, para trasladarlas a lo de sus suegros, entró en su habitación y se encontró con su madre sentada en la mecedora, silenciosa. Ni siquiera le contestó a su saludo. El Orejón vaciaba cajones y sacaba unas viejas maletas cuadradas de cuero sin curtir que estaban debajo de la cama y el silencio no se rompía.

—Tu padre y tus hermanitas te han salvado el honor —le dijo doña Zoraida.

—Explíquemelo —le contestó, grave, Luciano.

—No nació el bastardo.

—¡Qué horror! ¡Eso es enfermizo!

—No debía venir al mundo esa criatura que no era tuya. Hija del pecado.

—¡Qué me importa, mamá! ¡Si me casé sabiendo que el chico no era mío! ¡Me casé porque amo a mi mujer!

—Igual iba a ser un bastardo. Un pobre bastardo sin apellido.

—¡No, mamá! ¡Iba a tener mi apellido!

—¿Bazán? ¡Jamás! ¡Antes me hubiera muerto!

—¿Sabe que es posible que Lucrecia no vuelva a embarazarse?

—Me alegraría.

—Pero ¿por qué?

—Porque no quiero nietos que lleven el apellido Mondragón. Son mala gente. Mala sangre.

—¿Desde cuando, mamá?

—Desde siempre. Siempre se los ha conocido como gentuza. Es gente ordinaria. De cuarta.

—No me interesa para nada lo que digan. Yo los encuentro buenísimos a mi suegro, a mi suegra y a mi mujer. Eso es lo único que me importa. Soy feliz.

—De nada sirvió entonces todo lo que te enseñé. De nada te ha servido que te presentara chicas de sociedad, que te contara de sus padres, de sus familias. Fuiste a caer en lo peor.

—Ése es un prejuicio. Un complejo. Además, esas chicas de sociedad que usted dice nunca me llevaron el apunte. Soy muy feliz así. Y ¿sabe algo? No creo en estirpes reales en estos pueblos pobres y hambrientos. Y además, ya estoy casado.

—¡Callate!

—Bueno, eso es todo.

Hubo otro largo silencio mientras el Orejón cerraba sus maletas. Sólo se oía el crujir de la vieja mecedora donde se balanceaba doña Zoraida.

—Anoche casi me lleva.

—¿Quién?

—La Parca.

—¿Cómo?

—Me atacó.

—Usted sueña.

—¡Mirá! —le dijo.

Le mostró unos moretones enormes en los brazos y en las

piernas. Osvaldo se acercó y vio rasguños y partes amoratadas. Tenía, además, un chichón en la frente.

–¿Y cómo fue?

–La pillé abriendo la cacha de mis muertos. Agarró en una mano la calavera de tu padre y me la mostró riendo a carcajadas. Yo me le abalancé y luchamos por la calavera hasta que ella la tiró contra la pared y se partió en dos. Entonces la arañé y ella me pegó y me tumbó al suelo. Me arrastró por todo el cuarto de los pelos mientras yo gritaba desesperada. "¡Vamos!", me dijo. "¡Vámonos ya! ¡Qué esperás tanto si estás tan vieja!", me dijo. "¡No me vas a llevar, maldita!", le grité. Traté de arañarla de nuevo y otra vez me arrastró por todo el cuarto de una pata. En eso entraron Ángela y Facunda, pero dicen que no vieron nada. Me encontraron tirada encima de la estera, sin sentido. Después se fue al cuarto de Luisita y tiró al suelo todas las muñecas de mis niñas. Se hicieron trizas. No quedó ninguna sana. Había ojos de colores por todo el suelo y pedazos de la porcelana de sus caritas tan lindas desparramados en el dormitorio. Sabe que con eso me ha quitado casi todo de lo que me quedaba de vida.

El Orejón salió precipitadamente de su cuarto camino del patio de las cambas. Ángela y Facunda estaban lavando ropa en unas gavetas de madera, cada una con su enorme jabón de lejía en la mano.

–¿Qué pasó con mamá anoche –les preguntó

–La oímos gritar y corrimos al cuarto –dijo Ángela, que era la única que hablaba de las dos.

–¿Y qué vieron?

–Nada. La señora estaba tumbada en la estera y había una calavera rota encima del piso. La cacha estaba abierta y el cuarto era un desorden terrible. Las cosas estaban tiradas por todas partes, las almohadas, las sillas, la ropa, todo revuelto. Después oímos bulla en el cuarto de la señorita Luisa y cuando fuimos todo era un quebradero de muñecas. Todas estaban rotas, golpeadas contra el suelo. No quedó nada sano. El olor que había daba ganas de vomitar. Nos entró una tembladera terrible.

—¿Pero ella estaba sola?
—Solita su alma.
—¿Y no oyeron ninguna otra voz?
—Sólo la de ella.
—¿Nadie salió de su cuarto?
—Nadie.
—No estoy loca, hijo —oyó Osvaldo a su madre que le hablaba a sus espaldas.
—No digo que esté loca. Nunca he dicho eso, mamá.
—Pero me van a creer loca y la verdad es que la desgraciada viene cada vez a buscarme. Me quiere llevar con ella y yo no me dejo. Ni me voy a dejar. Ya sabe que conmigo va a ser peleando. Dice que ya estoy vieja, dizqué. Pero ya se llevó a mis tres hijas jovencitas ahogándolas dormidas. Y se llevó también al pobre Mamerto. ¡Tan resignado siempre! ¡Conmigo le va a costar! ¡Aunque esté sola en el mundo no me voy a dejar llevar por la maldita!
—Nada va a pasar, mamá...
—¡Claro! A vos no te va a pasar nada. Vos por allá, con los tuyos. Metido en la cama todo el día con la mujer esa. Yo... sola. Sola mi alma con la maldita.
—Pero Lucrecia no quiere volver aquí y yo no la voy a abandonar, mamá. Hice todo lo posible para que usted la aceptara y no se pudo.
—Decile que venga nomás. Nunca más le voy a decir nada. Pero necesito que vos estés aquí.
—No creo...
—El hombre es el que manda en la casa. Si vos querés, vuelve. Yo prometo que no me meteré nunca más con ella. Además, no tenemos de qué hablar.
—Probaré...
—¡Lo harás! ¡No dejarás sola a tu madre! ¡Y en estos años tristes, por Dios!
Fue la primera gran pelea entre Osvaldo y Lucrecia. En cuanto él habló del tema, ella le rogó que se callara. El Orejón le explicó que la situación era terrible y que su madre se

podía morir en cualquier momento. Le dijo que doña Zoraida estaba mal de la cabeza, que veía a la Parca, casi a diario. Le imploró que se trasladaran de nuevo a la casa de su madre. Y la respuesta a todos los ruegos fue "no".

–Nunca más, Osvaldo. Nunca más me van a humillar de esa manera. Estuvo a punto de matarme. Sin duda era lo que quería. Entendeme que yo no puedo vivir así, junto a una señora que me odia y en medio de esas calaveras que me causan pánico. Nunca más podría volver a dormir en esa casa.

–Pero... es mi madre, Lucrecia.

–Lo sé, lo sé, y lo siento, pero de aquí me movés sólo cuando nos vayamos a la casa que compremos.

–Entonces... tendré que ir a dormir allá en las noches.

–Bueno, te vas a dormir allá, pero también a desayunar, a almorzar y cenar. Aquí no volvés a entrar. ¡Te lo juro! ¡Y a mi cama menos!

37

Ángela apareció una mañana en casa de Luciano Salvatierra, a quien tuvieron que despertar a los sacudones. Salió despeinado, tambaleante, en calzoncillos, y bostezando exageradamente.

—¿Qué quiere la doñita? —le preguntó.
—Quiere verlo, joven.
—¿Ahora?
—Pues. Ahorita.

Luciano se vistió y fue hacia la casa de doña Zoraida, donde tantas veces había hecho de las suyas de muchacho, y donde había dormido y comido cuando no había clases. Entró en la casa con gran barullo, saludando a Facunda, efusivamente.

—Habladora, ¿cómo te va? —le dijo burlándose.
—Vení acá, calavera, sinvergüenza, bellaco —oyó que le decía doña Zoraida.
—¡Ah! ¡La reina de la casa! ¡Aquí está la más bella de todas las mujeres!
—No me estés adulando, badulaque. No me tomés el pelo.
—No he hecho sino volar a su llamado, doñita. Y usted que no me invita ni con una cerveza siquiera.
—¡No es hora de beber! Sentate, loquito. Sentate aquí a mi lado.

Luciano se sentó junto a la mecedora y le ofrecieron una taza de café, pero él pidió una gelatina de pata que le trajeron de inmediato. Nunca faltaba la gelatina de pata en casa de los Bazán. Siendo muchacho había desayunado siempre con la gelatina de pata que le llevaba Ángela a su cama. Ahora la probaba con placer, cerrando los ojos para divertir a la vieja.

—¿Ves al demonio, hijo? —le preguntó de sopetón.
—¿Quién le ha dicho esa barbaridad, doña Zoraida? Mire que hablar de eso es grave. El coludo tiene oídos por todas partes y cuando se lo nombra, aparece. Tenga cuidado. Y los curas se enojan de que uno nombre a Mandinga.
—¡Qué voy a tener cuidado! ¡La Parca ya está rondándome hace rato!
—¡No me cuente cuentos!
—Amenaza con llevarme, Luciano. Y yo le tiro por la cabeza lo que encuentro hasta que la hago correr. Me dice que ya estoy muy vieja y que me ha llegado la hora. Y yo le digo que no me voy a dejar. Que ya se llevó a mis hijas y a mi marido.
—¿Pero la ve despierta?
—Si fuera en sueños no te hubiera llamado.
—¿Y qué le ha dicho Osvaldo?
—Nada. No le digás nunca que te he llamado. ¡Nunca! ¡Es un mal hijo! ¡Me ha abandonado! Es que la mujercita esa que tiene no sirve para nada. Pero te cuento que lo tiene loco. Para mí que lo ha trastornado en la cama, al pobre. También, con su experiencia... Vos la conocés ¿no?
—¡Nunca!
—No me mintás. Siempre fuiste un aguilillo.
—¡No miento! ¡Nunca tuve nada que ver con ella!
—¡Qué buen amigo que sos con Osvaldo! Y además no querés hacerme sufrir a mí. Yo sé que esa mujer estuvo enamorada de vos.
—Bueno, ¿pero y eso de la Parca?
—No sé qué hacer. Viene y me quiere llevar. Por eso deseo saber cómo lo ves vos al diablo.
—Se me aparece cada cierto tiempo y hasta me he peleado con él. La primera vez me quitó mi anillo de matrimonio. En casa, Juana dice que son mis borracheras y nada más. Me da vergüenza, porque mis hijos están convencidos de que tengo delirium tremens. ¡Imagínese!
—¿Y qué vas a hacer?

—Nada. Hacer lo mismo que usted. Darle guerra y correrlo a carajazos y golpes.

—¿Y no has pensado en los curas?

—¿Y usted?

—Es que yo no puedo hacer nada con los curas porque estoy en pecado. He hecho unas cosas malas de las que no me arrepiento y los curas no me lo perdonarían. Y si yo quisiera ponerme en gracia me quitarían lo que más quiero.

—¿Y qué es? ¿Por qué está usted en pecado? ¡Pero si usted es una santa!

—Que no te importe, hijo. Sólo quería saber si era verdad que a vos también te perseguía el demonio. Yo vivo aterrada. Aterrada y sola. A ver si se lo decís a Osvaldo. Estoy dispuesta a tenerla de nuevo aquí a la loca esa de su mujer. ¡Pero hablale como cosa tuya! ¡No le digás que yo te he llamado para esto!

—Voy a hablar con él. Lo voy a buscar a la salida de la Alcaldía y lo llevo por ahí para conversar a solas.

—Gracias. Convencelo. Decime, Luciano, ¿seguís bebiendo como siempre?

—¡Más que siempre! Pero al diablo lo veo cuando estoy sobrio y cuando duermo. ¡Pero no sueño! ¡Lo veo!

—Creo que al final me va a matar –dijo doña Zoraida.

—¿Quién?

—Quién va a ser, pues. La Parca. Me va a matar nomás. Pero le va a costar caro. Vos sabés que soy corajuda y que nada me asusta.

—Dígame algo. ¿Huele a azufre?

—Ya no me acuerdo a qué huele el azufre. Pero que es hedionda, es. ¡Apesta! ¡Huele peor que los borrachos! ¡Mucho peor!

—¿Y le habla?

—La última vez, sí. Me pegó y me hizo caer y después me arrastró de las patas y los pelos por todo el piso. Mirá, pues, los moretones que tengo. Fijate que hasta las muñequitas de mis hijas hizo trizas. Mala, ¿no?

—La conozco a usted, doña Zoraida. Es brava. Pero no se preocupe porque voy a hablar con Osvaldo y siempre va a estar acompañada. Osvaldo no la va a dejar sola. ¡Ni Lucrecia tampoco!

—Gracias, hijo. Vos sos como mi hijo, pues, Luciano. ¿Seguís bebiendo mucho?

—Ya le he dicho. Bebo más que siempre, es decir, harto.

—¿Y eso no será...?

—No es el trago. Es Mandinga que quiere jugar conmigo.

38

Esa misma tarde, Luciano y el Orejón se encontraron en la puerta de la Alcaldía. Todo pareció casual. Hacía mucho que no hablaban y apenas se habían visto un par de veces sólo para darse la mano al paso y nada más. El Orejón salía de su oficina, lleno de problemas e incertidumbres. Además de que el día anterior había tenido la áspera charla con su madre y después con su mujer, le avisaron que ahora sí los del gobierno lo querían echar de la Municipalidad. Se le estaban acumulando los pesares y no sabía cómo actuar.

−¿Vamos a tomar un trago? −le dijo Luciano.

−Pero que sea sólo uno −le contestó el Orejón.

Fueron veinte. Luciano no lo dejó moverse y bebieron hasta gastarse el último peso y hasta que ya no les quisieron fiar más. Jugaron una partida de cacho para pagar las copas, y después conversaron como no lo habían hecho desde que eran muchachos en el colegio, cuando se iban al campo a cazar y pescar. No quedó tema sin tocar, desde lo cotidiano hasta los dramas que ambos estaban viviendo. Luciano le contó de las acechanzas del diablo, que lo habían perturbado, y el Orejón, sin ninguna reserva, de las amenazas de la Parca a su madre y del mal rato matrimonial que pasaba por ese motivo.

−Ves al diablo porque bebés mucho −le dijo Osvaldo.

−¿Y doña Zoraida bebe entonces? ¿Así que vos estás también entre los que creen que tengo delirium tremens? −le contestó Luciano.

El Orejón se quedó en silencio, sin respuesta, arrepentido de haberle dicho eso a su amigo.

−Yo no estaba borracho la vez pasada, cuando lo vi en la

procesión. Además siento que me espía, que me sigue. Y lo he visto después.

—Sabés que mamá nunca ha bebido un trago. Lo que sucede es que ha sufrido mucho con lo de mis hermanas y me parece que está un poquito trastornada.

—Como trastornado debo estar yo —dijo Luciano.

—No es eso. No he querido decirte eso. Ha sido un disparate. Lo que pasa es que todo el mundo sabe que el que bebe mucho ve cosas que no son reales.

—¿Y cuando, además de verlas, las vive? Porque a mí, el diablito me quitó mi anillo, peleando en la cama. Y me lo mostró en la procesión. Y yo lo perseguí y lo arrinconé en un zaguán.

—Pero nadie, entre la gente que estaba en la procesión, lo vio. Todos dijeron que vos gritabas solo y corrías tumbando viejas. Lo mismo dijo Juana cuando lo del anillo. Ella no vio a nadie, menos a un diablo.

—Eso no me importa, querido Osvaldo. Seguramente que nunca lo verá nadie, porque creo que es mi demonio. Es mío como mi pensamiento, como mi alma. Es el demonio que tengo adentro, que seguramente muchos tenemos sin verlo. O tal vez tengo al coludo en vez de al Ángel de la Guarda. Yo lo veo y otros no lo ven. El coludo me sigue, me jode, me amenaza, se burla de mí, y sólo yo lo veo. Pero lo importante, lo único importante para mí, es que existe. Y eso me aterra. Si todos lo vieran al diablo como lo veo yo, me sentiría mejor, más protegido. Hasta podríamos defendernos de él. Pero como sólo me busca a mí, sólo se deja ver por mí, entonces me está acorralando porque nadie me ayuda. Es su método. Aislarlo a uno. Ridiculizarlo ante los demás, hasta hacerle perder todo crédito. Así todos dicen ahora que me sucede eso porque soy un borracho y punto. Yo no sabía lo de doña Zoraida. No sabía que se peleaba con la Parca. Protegela, ayudala, porque si la dejás que luche sola contra la Muerte, no va a resistir. Acordate de mí. No va a resistir. No hay quien resista en una lucha solitaria contra el demonio. Nadie, Osvaldo.

Hubo otro largo silencio del Orejón. Bebió y se tomó la cabeza.

—¿Creés que a mamá le está sucediendo lo mismo que a vos?

—No sé. ¿Cómo puedo saberlo? Pero, en la forma que sea, hombre, mujer, viejo, vieja, es el diablo, nomás. La Parca debe ser el coludo vestido de mujer. ¿Quién más puede ser?

—¿Y por qué la va a perseguir a mamá que siempre ha sido una mujer buena?

—¿Acaso yo he sido tan malo, Osvaldo? —dijo Luciano.

—No he dicho eso.

—¿Por haberme montado a algunas señoras más de la cuenta, creés que don Satán me tiene que hacer la vida imposible? ¡Tendría que ser muy cabrón! ¿Por haberme tomado unas botellitas más que vos? ¡Pero qué hijo de puta! No me queda más que ir a la iglesia y hablar con los tatas. ¡Yo, en la iglesia!

—¿Y lo vas a hacer?

—¡No sé! ¡Pero algo me dirán los que saben de esas cosas! Porque, te digo, Osvaldo, ellos también deben tener sus diablillos que no los dejan en paz. Te lo aseguro. Tal vez ahí, en las celdas de un convento, sea peor que te visite el diablo. No podés ni decir que lo has visto porque los otros curas te botan. O te queman vivo. Ya no lo hacen, ¿no?

—Bueno... lo hacían.

—¿Y por qué? ¿Por qué a los endiablados los mataban? Si tantos nacemos con el diablo adentro, más bien los debieran ayudar. ¿No te parece? Porque que si a mí me hubieran querido quemar, vaya y pase, hombre. Pero que la quieran quemar a tu madre, a la buena de doña Zoraida, eso ya sería el colmo.

—Nadie quiere quemarte a vos ni a ella.

—¡Ahora! Pero ¿y hace algunos años?

—Creo que el trago nos está haciendo divagar.

—Nada de eso, Osvaldo. Hay que sentir al diablo para saber lo que es. Hay que estar endemoniado para darse cuenta de la soledad en que uno está. Así, querido amigo, que vos vas a tener que acompañar a doña Zoraida porque si no lo hacés no vas a tener perdón de Dios.

—¡Qué disparate más grande! ¡Qué trastorno!

—¡Ole! Se ve, picarón, que no querés dejar solita a Lucrecia ni una sola noche. Y a propósito... ¿Cómo andan esos amorcitos...?

—De eso no hablo, Luciano. Ésa es mi intimidad...

—¡Huy! Está bien, está bien. Eso se ve fantástico.

—Va muy bien. Ella es una mujer buenísima.

—Oí, Osvaldito, querido: ¿y la zonza de Luciana?

—¿Qué tiene Luciana? ¿Qué tiene que ver esa opa con nuestra charla?

—¿Cómo es eso de qué tiene que ver Luciana? Nada más que te la montaste. La desvirgaste.

—¿Te lo contó ella? —Osvaldo se tomó un trago abochornado.

—Se lo saqué de a poco. Pero me costó.

—Mirá, Luciano, estaba en apuros. No tenía ni un real y menos una hembra. La vi a Luciana y me pareció buena nomás. Serían los tragos. Y estaba solita y deseosa.

—Pero dice que te arañó y que gritó y que la violaste.

—Vos sabés que soy incapaz de hacer eso. En cuanto la toqué empezó a gritar y me puso su mano derechito aquí. Me agarró con fuerza. Me llevó del brazo hasta su cama. Me remolcó. Yo no estaba muy decidido. Pero cuando se quitó su vestido, vi que no tenía calzones y le vi sus tetas tremendas. Después, su coto ya no me importó para nada. Lo grave fue que me tuvo ahí dándole y dándole y estaba sellada la opa. Gritó tanto que me asustó. Le vinieron unos temblores que creí que se moría. Eran como estertores de placer. Pero después no me dejaba salir. Yo tenía que ir al corso y le dije que iba a llegar muy tarde. No sabés la furia de la opa. Me insultó. Me dijo que era un maricón. Y me amenazó con contárselo a Juana. Entonces tuve que quedarme un rato más y Luciana se puso a bufar de nuevo. Y le volvieron los gritos y los temblores. ¡Pero qué mujercita arrecha! Igual me insultó cuando me fui mojado de sudor y con el dominó hecho una calamidad. Durante meses iba a tu casa temblando de que Juana, tu mujer, me dijera algo.

—Y a Luciana le llevabas pepas de manjar blanco para contentarla.

—¡Hasta eso te contó! Las pepas las tiró al techo. La opa, más bien, me dijo que quería acostarse de nuevo. Me pidió que la llevara al río un domingo. Me dijo que quería tener un hijo conmigo.

—¿Entonces te vio la cara?

—¡Claro que me la vio! ¡Si no la iba a montar con capucha!

—¿Y era virgen?

—¿Pero no te digo? ¡Cerrada a cal y canto!

Jugaron divertidos a los dados y bebieron recordando los viejos tiempos. Y a las cuatro de la tarde comieron, como bestias, una enorme parrillada, con todas sus entrañas. Por primera vez echaron a quienes se apegaban a su mesa. "Estamos a punto de hacer el mejor negocio de nuestras vidas", les decía Luciano a los intrusos inoportunos que acercaban sus sillas para incorporarse a la tertulia. Y después de Luciana recordaron al Budín, montado escandalosamente en el cine Victoria por el degenerado del Negro Cabrera. Las masturbaciones en grupo en la última fila del cine. Las empleaditas que iban a la función del domingo, para tener algún agarrón que las satisficiera por toda la semana que estarían sin salir. Recordaron La Rosa Azul y a Yenny, buena y dadivosa, tan buena que había conseguido marido en el quilombo. Se acordaron de Perla, la pulperita linda, de un carnaval que había pasado hacía años. Y cómo no, de La Pata de la Víbora, La Puñalada y El Trampolín del Pirata. El Orejón odiaba esos boliches, pero le juró a Luciano que lo acompañaría a cantar y a beber la próxima vez.

—No la abandonés a tu madre. No la dejés sola a doña Zoraida, porque es el diablo el que la ronda con cara de mujer —le insistió Luciano, y volvió a martirizarlo.

—Bueno, vámonos. Ya es hora de que vaya a hablar con mi

mujer para que volvamos a casa de mamá a hacer las paces. Aunque con esta farra no sé si me va a querer oír. ¿Te digo algo? Es la primera vez que me va a ver borracho.

Anocheció tronando y ambos salieron abrazados y vacilantes a la calle, cuando la gente andaba apresurada de vuelta a sus casas. El calor era sofocante y el resplandor de los relámpagos anunciaba un aguacero seguro. Los refucilos que alumbraban los árboles de la plaza y los corredores ya vacíos precedían el ensordecedor ruido de los truenos. Las descargas eléctricas iluminaban las caras de los dos amigos y luego retumbaba el eco que parecía reventar sobre sus cabezas. Un vaho húmedo se levantaba de los charcos que había en las calles y se sentía su olor pútrido. Empezaron a caer gruesas gotas y a los pocos segundos se precipitó el agua en tromba. Algunas personas se quedaron debajo de los corredores, pero el par de amigos siguió su camino bajo el aguacero, mojados, riendo y hablando a gritos. Luciano se fue para su casa y el Orejón se dirigió a lo de sus suegros. Todos estaban esperándolo afligidos porque no había dado señales de vida, y eso era inconcebible en él. Lucrecia, absorta al comienzo, se rió después, al ver a su marido en estado tan calamitoso. Él se disculpó y se sentó en un sillón de madera que estaba frente al patio y se quedó mirando las luces de los relámpagos y el torrente que caía desde los techos a las canaletas.

—¿Viste a tu madre? —le preguntó Lucrecia.

—No, pero la quiero ver. Necesito acompañarla —le contestó Osvaldo.

—Me imagino que sí. ¿Por eso te has emborrachado? No hay razón para que sufrás tanto. Mañana hablaremos del tema —le dijo Lucrecia, quitándole la camisa mojada y poniéndole su pijama.

—Gracias —fue todo lo que pudo decir él y en un minuto estaba profundamente dormido.

39

Pero el Orejón no durmió la farra toda la noche. A las tres de la madrugada Ángela llegó hasta la casa. Vino corriendo y sofocada. Tardaron en abrirle porque nadie escuchaba sus golpes ni sus gritos. Finalmente tuvo que darle al portón con un ladrillo. Lucrecia la oyó y corrió a abrirle. Ángela le dijo que la señora Zoraida estaba encerrada en su dormitorio peleando con la Parca. Que se oían insultos y cosas que se rompían. Y que ella, doña Zoraida, lo llamaba al joven Osvaldo. "Vení, hijo, que me mata, decía, dizqué."

Atolondrado, el Orejón se vistió a medias y voló hacia su casa. Llegó atropellando la puerta de entrada. Encontró a Facunda parada en el patio mirando hacia el dormitorio de su madre. "Se calló", fue lo único que dijo la camba. El Orejón primero golpeó la puerta y después la empujó con la ayuda de dos de los vecinos que habían oído el griterío de la señora pero que no se habían atrevido a entrar a la fuerza.

Cuando ingresaron, todo era un desbarajuste y doña Zoraida estaba derrumbada dentro de la cacha de sus muertos, con los ojos abiertos, sin vida. El Orejón la alzó, la echó en la cama destendida, la movió de un lado a otro, puso el oído en su pecho, se hincó y lloró desconsoladamente. En ese momento entró Lucrecia, vio la escena, y se desmoronó sobre la mecedora. No había quedado nada en su lugar. Los zapatos estaban tirados por todas partes. Las porcelanas, lámparas y el espejo del tocador hechos trizas, la ropa revuelta, como si alguien hubiera descolgado todo a propósito. Y había un olor insoportable.

Los vecinos vieron las calaveras desparramadas y se largaron apresurados. No se ofrecieron para nada más. Era cosa del Más Allá. No había cómo jugar con los muertos. Eso traía yeta. "La viejita había sido bruja", dijo uno de ellos. En la puerta se asomaban otros vecinos que se habían acercado a ver en qué podían ayudar y cuando oyeron lo de las calaveras y la vieja muerta dentro de la cacha se fueron a sus camas como almas que lleva el diablo. Todo el pueblo creía que ésa era una casa medio embrujada, porque todos sabían que ahí las niñas se morían vírgenes, antes de conocer hombre.

Al amanecer llegaron Juana y Luciano. No había ni un solo pariente, porque sencillamente no existían, y ningún amigo en la casa que acompañara al Orejón. Un rato después aparecieron don Peregrino y doña Agustina, los padres de Lucrecia, compungidos y silenciosos. Doña Agustina abrazó a su yerno y lloró con él. "Tenía usted razón de querer acompañar a su mamá. Lucrecia se iba a venir mañana para estar a su lado", le dijo tomándole las manos.

—Estaba escrito que iba a suceder —le dijo Luciano al Orejón.

—Sí. ¡Qué desgracia!

Luciano los ayudó a acomodar el cadáver en la cama, que hubo que tender primero, y ordenar el cuarto por donde parecía que había pasado un vendaval. Ángela y Facunda, con cara de espanto, levantaron unos huesos y dos calaveritas con el cráneo roto que no sabían a cuál de las niñas pertenecían. "Por los cabellitos, una puede ser Luisita", dijo Ángela. De inmediato, en cuanto entró en el cuarto, Luciano sintió el olor del diablo. No había cómo equivocarse. Era su aliento. Pero se quedó callado porque el Orejón no hacía más que llorar y sobarle la cabeza a su madre. Lo malo era que ella se había quedado con los ojos abiertos y no había forma de cerrarlos bien. Uno, sobre todo, estaba fijo en el techo.

—¿Qué oyeron? —les preguntó Luciano a Ángela y Facunda.

—Primero, gritos. Después, mucha bulla —dijo Ángela.

—¿Qué clase de gritos y de bulla?

—"¡No me vas a llevar, maldita! ¡Te voy a matar yo primero!" —imitó Ángela.
—¿Y sólo ella hablaba?
—¡No! —dijo Facunda.
—¿No?
Facunda, como siempre, se calló. La miró a Ángela que estaba silenciosa.
—Hablá, pues, vos —le dijo Facunda.
—La otra le contestaba y le decía: "Vení conmigo, Zoraida, ya estás vieja. Ya te toca" —dijo Ángela.
—¿Y cómo era su voz? —preguntó Luciano.
Las dos cambas se miraron y se quedaron calladas.
—Si no me cuentan a mí, le van a tener que contar a la policía —mintió Luciano.
—Las dos tenían la misma voz —dijo Ángela.
—¡Pero es que eso no puede ser!
—Sí, joven Luciano. Hablaban dos. Se insultaban y se pegaban. Pero la voz era la misma. Era la voz de doña Zoraida. Ella le decía: "¡Parca, maldita!". Y la otra le contestaba: "¡Ahora te llevo, vieja fea!". Pero la voz era la misma.
—¿Y? ¿Qué pasó que ustedes no hicieron nada?
—Quisimos. Quisimos entrar, pero alguien trancó desde adentro. Ella nomás tenía que ser. Y ahí empezó la trulla y el alboroto. Como si pelearan dos borrachos, joven Luciano. Ni más ni menos que como si pelearan dos peones chupados. Empezaron a romper todo y a gritar. A ratos se oían carcajadas. Y después ruidos de muebles, de sillas, de vidrios rotos. Oímos cómo se abrían las puertas del ropero. Y seguían los gritos y los insultos. Toda una trifulca. ¡No sabe usted lo que se decían! ¡Parecían recoveras! Pero la voz era la misma. Era nomás la voz de la patroncita, de mamita Zoraida, que en paz descanse.
—"Me voy a llevar a tus muertos", le decía la que tenía la voz más ronca —dijo, sin mirarlo, Facunda.
—Sí, joven, así le decía la más ronca: "¡Qué hacés con estos muertos aquí! ¡Por qué no los dejás descansar tranquilos! ¡És-

tos me pertenecen desde que murieron! ¡Qué hacés vos con estas calaveras que son de la otra vida!". "Son míos, son míos, vos me los quitaste", le respondía doña Zoraida. Pero era la misma voz. Una más gruesa, como de resfriada, y la otra, la de siempre, la de mamita. Ella la insultaba a la otra y la otra le contestaba y se reía, pero la voz era la misma, igualita a la de mamita Zoraida nomás. Si la conoceremos, ¿no, Facunda?

–Sí.

–¿Era la misma voz o no era la misma, Facunda?

–Era.

–Estaba escrito que iba a pasar, ¿no? –dijo Ángela.

–Estaba escrito –contestó, tociendo, Facunda.

–Y doña Zoraida gritaba llamando al joven Osvaldo. "¡Osvaldito, hijo, vení a ayudarme! ¡Me lleva, me lleva, la perra esta!". Y le contestaba la otra voz: "Está con su puta. Está con la Mondragón, echado con ella, porque ya no te quiere a vos". Y volvía a oírse: "Vení, hijito, vení a salvarme de la Maldita".

–Es él –dijo Luciano.

–Era ella –le dijo Ángela.

–No entendés, Ángela. Es él.

–¿Quién es él, don Luciano?

–El diablo. Yo sentí hasta su olor en el cuarto.

Luciano le dijo al Orejón que debía enterrar a su madre en el curso del día, para evitarse más penas. Pero el Orejón le dijo que no podía hacer eso, que había que velarla, aunque la velara él solo, con su mujer y las dos cambas.

–Mamá hubiera querido que la veláramos –le dijo.

–Y también hubiera querido que la enterraras en el patio, hasta que se volviera osamenta y la metieras en la cacha.

–No sé qué hacer, Luciano.

–Te estoy diciendo. Enterrala ahora a las cuatro. Hasta las cuatro hay diez horas para velarla. ¡Ah!, y enterrala con sus muertos. No se te vaya a ocurrir quedarte con las calaveritas rotas debajo de la cama. Además, dicen Ángela y Facunda que ya no se sabe quién es quién en ese baúl que apesta.

–Está bien. Tenés razón. Voy a hablar con Lucrecia.

Desde luego, Lucrecia estuvo de acuerdo en todo con Luciano. Le dijo a su marido que era lo más lógico y racional que había oído. "La enterramos hoy y con los demás muertos", le dijo. Entonces Luciano se encargó de traer el cajón. El Orejón le dio el dinero y le pidió: "Que sea grande, para que entren todos". A las nueve de la mañana doña Zoraida ya estaba acomodada en su catafalco bien barnizado, con almohada y todo. Descubierto, para que la vieran los que estaban ahí. Para que le vieran la cara de horror y el ojo que le quedó abierto de espanto, fijo en el techo. Tenía dos rasguños en la cara que Lucrecia disimuló con polvos. Debajo de la difunta acomodaron los huesos mezclados, imposibles de reconocer, de don Mamerto y las tres chicas, y a los pies, donde nada se podía ver, las cuatro calaveritas rotas después de la última pelea con la Parca. "Será el final de nuestra amargura", le dijo al oído Lucrecia y el Orejón asintió. Las que no ponían buena cara eran Ángela y Facunda que cuchicheaban entre ellas. Hasta que Luciano, molesto, las espantó como a los perros. "Fuera, viejas brujas", les dijo. Ambas se fueron hasta el último rincón de la casa, y tomando unas brasas de la cocina, encendieron, lagrimeando por el humo, sus cigarros de tabaco negro.

–Hay que decirle al joven Osvaldo que si se la llevan va a desandar por toda la casa y durante toda la eternidad –dijo Ángela.

–Sí. Hay que decirle.

–Y si desanda mamita, se va a convertir en un fantasma y no nos va a dejar tranquilas ni a nosotras ni a él –volvió a hablar Ángela.

–Sí. Nos va a asustar.

–Si la entierra nos vamos ahora mismo al campo, porque no están cumpliendo con su voluntad y la voluntad de los muertos se cumple o pasan cosas feas.

–Nos vamos, Ángela, nos vamos nomás –dijo Facunda.

–Además yo no quiero quedarme con la señora Lucrecia. No nos quiere porque nosotras le hacíamos caso a doña Zoraida y nunca a ella. Esa mujer nos odia.

—Nos odia, nos odia. Hay que irse nomás —secundaba lacónicamente Facunda.

—Vamos a hablar con el joven Osvaldo. Hay que decirle que no se deje mandar por los extraños.

—Vamos. Hablale vos.

—¿Y quién más si no yo? ¿Acaso vos decís algo alguna vez? —le reprochó Ángela.

Fueron las dos mujeres a cuchichear con Osvaldo y casi lo convencen, si no fuera porque Lucrecia lo llamó a Luciano para decirle que las cambas estaban hablando a solas con su marido y que lo notaba, otra vez, lleno de dudas. Luciano las corrió, de nuevo, como a los perros: "¡Fuera brujas! ¡A fumar a otra parte esas porquerías! ¡No las quiero ver por aquí!". El Orejón quiso decir algo y Luciano le dijo que todo estaba listo, que el entierro se hacía a las cuatro y que al día siguiente saldría el anuncio en la prensa. Se pagarían unas misas y si él quería habría una novena también. "Eso hubiera querido mamá", dijo. "Bueno, así se hará entonces", le contestó su mujer, sobándole la cabeza pelada y fea. El Orejón se encogió de hombros y miró hacia el fondo donde Ángela y Facunda lloraban, pitando sin parar.

Al velorio asomaron algunos de los vecinos, curiosos pero asustados. Entraban, saludaban a Osvaldo, echaban una mirada al cajón, se santiguaban, y se iban apresurados. Ángela y Facunda se cubrieron la cabeza con sus mantones negros y chillaron a dúo nombrando a la difunta, repetidamente, hasta que otra vez apareció Luciano y las calló. "En vez de llorar vayan a comprar un par de cervezas frías", les dijo y les dio un billete arrugado y húmedo que le había pedido a su mujer. Las dos se callaron y se fueron a la calle. Volvieron cuando Luciano cerraba la tapa del féretro y se pusieron de rodillas a chillar de nuevo. Luciano se indignó.

—Dejalas, es necesario que alguien llore aquí —le dijo Juana.

—¿Y no va a haber ni una misa siquiera? —suplicó el Orejón.

—Ya no hay tiempo. Ya son casi las cuatro. Más bien vamos andando —dijo Luciano.

—Creo que es lo mejor —dijo Lucrecia—. Vamos ya para que después descansés, Osvaldo.

—Está bien, vamos. Pero creo que a mamá no le hubiera gustado que la enterráramos así. No me parece muy cristiano todo esto.

Arreciaron los chillidos y las toces roncas de Ángela y Facunda cuando entraron Antonio y Charito con dos hombres que iban a ayudar a llevar el cajón hasta el cementerio, que no estaba lejos.

—No va a haber ni quien la alce a mi pobre madre —dijo el Orejón.

—Pongamos el cajón en el jeep y yo manejo —le contestó Lucrecia.

—Tal vez sea lo mejor —dijo Luciano.

Así lo hicieron. Pusieron el ataúd atravesado atrás del Willys y a cada lado caminaron Osvaldo y Luciano y los dos hombres, también junto a ellos, para que algún barquinazo no diera con las tablas, la difunta y los huesos de los parientes en el lodazal. Como las calles estaban encharcadas no se podía adivinar si había baches o se sabía demasiado tarde, cuando una rueda desaparecía en el barro. Lentamente fue manejando Lucrecia mientras atrás venía el reducido cortejo. Además de los que sujetaban el cajón, sólo estaban don Peregrino, doña Agustina, Juana, Charito, Antonio, Ángela y Facunda, como acompañantes. El entierro era una verdadera desolación. Un cortejo de cuatro gatos. Del barro pasaban al agua y de ahí a otro charco. El jeep patinaba, echaba barro a montones con las ruedas posteriores mientras Lucrecia ponía la primera marcha y aceleraba, y había que sujetar con fuerza el cajón que se iba de un lado a otro. Los jeeps Wyllis eran los únicos vehículos que vencían los barrizales y los caminos arenosos del pueblo en aquellos años. Los saldos más cotizados de los ejércitos americanos que combatieron en África y Europa eran esos jeeps viejos que vencían desiertos y pantanos, allí donde los bueyes se derrumbaban de cansancio y dolor por el castigo del látigo.

El cortejo andaba por los corredores cuando se podía, pero Osvaldo y Luciano tenían barro hasta la rodilla y salpicaduras en la cara. Osvaldo dejó un zapato enfangado y parecía cojo porque siguió caminando así, sin atinar a sacarse el otro. Pocas personas miraban desde sus puertas o ventanas y otras las cerraban al paso del reducido cortejo, porque ya había corrido la noticia de que la señora Zoraida era medio endiablada y ver su cajón podía atraer a Mandinga. Lo que no sospechaban era que eran cinco los muertos que estaban encajonados. Por eso nadie entendió bien la lápida que hizo colocar el Orejón en el cementerio, con la leyenda: "Aquí descansan, en la paz del Señor y bajo Su protección, Mamerto Bazán del Rivero, Zoraida Moldes de Bazán, Josefina Bazán Moldes, Blanca Bazán Moldes, Luisa Bazán Moldes".

40

Después de ver a doña Zoraida derrotada por la Parca, Luciano se dio cuenta de que su final podía estar próximo y de que iba a ser similar al de ella. Le dijo al Orejón que necesitaba hablar con él cuando se pudiera. "De esto te hablaba en la borrachera", le dijo. "Siento terror", le susurró. Estaba convencido de que él tenía su propio demonio, como la pobre vieja tuvo el suyo, vestido de mujer. Lo que no entendía con certeza era por qué la buena de doña Zoraida había sido atacada de manera tan bestial. Total, fuera de unos muertos que tenía escondidos debajo de su cama, no había hecho más daño a nadie. Por lo menos eso era lo que creía él, porque no sabía nada de las maldades de la vieja peleadora. Se convenció de que, buena o mala, una persona podía caer en manos del diablo y convertirse en su víctima. Luciano, que no era de los que se rendía sin jugárselas, decidió darle guerra a Mandinga y hacerlo sufrir antes de que acabara con él.

Por entonces, la obsesión y el vicio hicieron que Luciano volviera a beber cada vez más. El Orejón lo evitó en cuantas oportunidades Luciano lo quiso invitar a echarse "un par de copas", como decía. Así que no le quedaban más que los amigos del café Panamá y los juerguistas de La Pata de la Víbora.

Sin Luciana en la casa, él se sintió un poco más libre para volver a espiar a Anita, que lo tenía trastornado de amor y calentura. Una tarde de resaca, cuando ella se iba a la escuela, pasó a su lado despidiéndose, como lo hacía siempre, y de repente la tomó por el cuello, la besó, le agarró las nalgas descaradamente apretándola contra la pared y le metió las manos entre las piernas por debajo del guardapolvo hasta tocar sus vellos. Anita gritó, se dio vuelta y le dijo indignada y llorosa: "Me vuelve a tocar y le juro que me voy de esta casa, pero le cuento a mamita Juana". Luciano se disculpó, corrió detrás de ella, y en la puerta la alcanzó y le pidió que lo perdonara, diciéndole que no había podido contenerse, que estaba enfermo. Anita lloraba y temblaba y así corrió a la escuela.

Él se quedó desconcertado y asustado porque hacía mucho que no metía mano de esa manera. No lo había hecho ni con las putas de La Rosa Azul. No entendía cómo podía haber manoseado a esa chiquilla que, además, era su ahijada. Decidió no beber más. En ese momento creyó que el trago y los demonios lo estaban acabando. Pero esa misma noche se pegó otra borrachera tremenda. Se acostó agitado, luego de una pelea agria con Juana. Durmió con sobresaltos, enloquecido de sed y de acideces, oyendo ruidos y esperando que se le apareciera el demonio, que no asomó. Cuando clareaba y cantaban los primeros gallos se durmió, y cuando Juana se levantó abriendo ventanas y puertas para ventilar el cuarto que apestaba, él no sintió nada y siguió roncando. Despertó a la hora del almuerzo, y muerto de hambre, en calzoncillos y abarcas, se presentó a la mesa. Juana lo obligó a que se pusiera unos pantalones. Estaban acabando de comer y lo saludaron como a un enfermo sin remedio al que no había que darle mayor importancia. Sólo Anita se levantó y volvió al rato con un plato de comida caliente para él. Cuando empezó a comer, todos se habían levantado de la mesa. Anita se quedó sentada mirándolo y le dijo que si volvía a suceder otra vez lo del día anterior, se iba de la casa sin explicar nada a nadie. Le dijo también que no pensaba hacerle pasar un disgusto a su mamita Juana, que no podría hacerlo, pero que se iría de inmediato, y que iba a volver a Cotoca, donde por lo menos podría trabajar en alguna casa conocida. Luciano la miraba hablar, le miraba la boca hermosa, la lengua, los dientes, las cejas juntas por la furia y el gesto que hacía con las manos, y no oía nada. Sólo la miraba. "Nunca más", fue todo lo que le dijo. "Gracias por la comida", agregó cuando ella se iba en busca de sus útiles.

Se quedó el día en la casa, durmió toda la tarde en la hamaca, despertando con cada uno de los sobresaltos que lo asediaban, como estertores de muerte, y a las siete su hambruna era incontenible. Como vio que en la mesa no lo iba a pasar bien y que no le darían de comer como él quería, se vistió y se fue a cenar a un lugar barato, donde, por unos pocos billetes, dos hermanas en plena madurez, que habían sido muy hermosas, servían platos abundantes y sabrosos. La cerveza fría se pagaba aparte. Antes de salir tomó la llave del cuarto oscuro que estaba escondida en uno de los frascos de su baño.

Comió arroz con pollo y voló a su casa de vuelta, directo al cuarto de los aperos, donde entró por la puerta que daba a la calle. Al empujar hizo ruido pero sólo arrastró algunas monturas y caronas de caballos. Llegó hasta la puerta que daba al dormitorio de Anita y no vio nada. Pensó que ella todavía no habría entrado. Pero de inmediato se dio cuenta de que la rendija por donde espiaba estaba tapada, porque había luz en la parte superior de la puerta, hasta donde era imposible subir para espiar. Entonces, salió a la calle, cerró el candado, y se fue a dormir.

Al día siguiente, volvió al cuarto en la tarde, con un cortaplumas, y abrió unos espacios en la rendija, cuidando de que nada cayera al otro lado para que Anita no se diera cuenta. Regresó anhelante, caminó por el patio, se echó en la hamaca, silbó a los tordos, y cenó en su casa, ya menos maltratado. Después se acostó de nuevo en la hamaca y cuando vio que Anita se despedía, se levantó y salió a la calle, silbando y con las manos en los bolsillos. Entró por la puerta de la calle lateral, despejada ya de aperos y caronas, y se acomodó a esperar. Se encendió la luz y Anita entró feliz y lo primero que hizo fue quitarse la blusa y los sostenes. Así, con los pechos al aire, acomodó su ropa limpia en el ropero, se quitó la falda y en calzones se sentó a cepillarse el pelo frente a su tocador. Luciano oyó que cantaba algo, pero de golpe se puso de pie y se fue derecho a apagar la luz. Quedó encendida la lamparita de su velador, pero a ella ya no la podía ver porque salía de su campo de observación. Sólo se le veían las puntas de los pies descalzos. Cuidadosamente, loco de deseo, salió y se fue a jugar billar. Bebió de nuevo, al fiado, pero tuvo el cuidado de volver a una hora que no provocara las iras de Juana.

Siguió con esa rutina de la espía, cada vez que era prudente hacerlo y cuando se sentía seguro. Una noche se acomodó en la mecedora, encendió un cigarrillo, y esperó. Algo más tarde de lo habitual, entró Anita. Como siempre se desvistió y de inmediato se puso su camisón de manga larga y encima una chompa porque hacía frío. Se estaba poniendo unas medias de lana hasta la mitad de la pantorrilla, cuando Luciano oyó que tocaban la puerta. Dio un salto. Pensó que lo habían descubierto. Se preparó para esconderse o huir a la calle. Pero no sabía qué puerta era la que tocaban. Asustado, se dio cuenta de que Anita se levantaba y abría su puerta. Era a ella a quien buscaban. No vio nada pero la escuchó discutir precipitadamente aunque en voz baja. Entonces vio cómo su hijo Antonio entraba al cuarto y la tomaba a Anita de los hombros. Ella lo empujó y él la quiso besar. Anita lo arañó y oyó que la puerta se cerraba con estrépito. Después sintió que Anita se trancaba con el picaporte. Luciano ni respiró siquiera. Vio cómo Anita se sentó frente al tocador, se puso las manos en la cara, acongojada, movió la cabeza, echó para atrás su pelo suelto durante unos segundos, y luego agarró lentamente su cepillo y lo pasó por su cabeza. Como no había más espectáculo que ver, Luciano regresó a su casa dando la vuelta a la esquina. Entró directo al patio y se encontró con su hijo Antonio, que estaba echado en la hamaca. El joven se levantó con mal talante en cuanto vio a su padre, y le ofreció la hamaca. "Te han arañado la cara", le dijo a Antonio. "No me había dado cuenta", le respondió él titubeando y le dio las buenas noches. "¡Tenés sangre!", le gritó Luciano cuando su hijo se iba a dormir.

"Esto se está jodiendo", pensó Luciano echado en la hamaca. "Lo natural es que Antonio la enamore a Anita y no que la pretenda yo, que podría ser su padre. Pero esta muchachita no se entrega así nomás, no le afloja a nadie", se dijo. Pensó, sin embargo, que al final su hijo tendría mil opciones más por delante para conseguir a una criatura tan bella, y que a él le quedaba la última oportunidad de su vida. Con esa reflexión tranquilizó su conciencia. Se metió en cama y Juana se acurrucó a su lado. "Estás hecho un hielo", le dijo.

41

El Orejón fue a buscar a su amigo Luciano una mañana y lo encontró durmiendo. Juana, que salía a trabajar con unas costureras, le dijo que hablara con él y que lo aconsejara para que no bebiera más, para que se acabara eso de los diablos y las cuchilladas a media noche. Luciano, de mal humor por la hora, porque para él toda hora era temprana para levantarse, ató de mala gana otra hamaca y los dos se recostaron a conversar. El Orejón lo observó y se dio cuenta de su molestia, pero, sin más preámbulos, le dijo:

—Si es verdad que ves al diablo, como decís, tenés que buscar ayuda y pronto. Y dejar de beber.

—¡Dejate de joder con los tragos! ¡Veo al diablo!

—Bien, Luciano, de acuerdo. Pero, entonces, buscá ayuda de inmediato con alguien que pueda hacer algo.

—¡Bravo! —le dijo Luciano—. ¡Brillante amigo el que tengo! ¿Vos, por ejemplo, me podrías ayudar a espantar al demonio si no pudiste ahuyentar a la Parca que se llevó a tu madre?

—No te digo que sea yo el que te proteja.

—¿Quién entonces? ¿Quién va a ser mi salvador?

—Un cura.

—¿Un cura? ¿Te volviste loco del todo? ¿Yo con un cura, contándole que veo a Mandinga?

—Exacto. Además la vez pasada, cuando nos emborrachamos, me dijiste que sólo te quedaban los curas para que pudieran ayudarte a superar tu situación.

—¿Me estás tomando el pelo? ¿Querés que vaya a confesarme y a contar que el diablo me persigue por adúltero? ¿Y que se llevó mi anillo?

—No exactamente. Buscá un cura y hablá con él. Contale todo y pedile consejo.

—Mirá, lo que menos quiero hoy es oír sermones. Así que volvé cuando se te pase la cojudez.

—¿Pero qué te pasa, Luciano? ¿Por qué has cambiado de criterio?

—Tengo tantos problemas y sufro de tal manera que no soporto tonterías. Y vos estás hablando burreras. Creo que el coño de tu mujer te ha vuelto más imbécil todavía. Así que andate y dejame dormir.

—Pues me voy.

El Orejón se fue ofendido, pero sabiendo que pronto su amigo se arrepentiría y lo buscaría. Sin embargo, pasaron los días y Luciano no lo llamó para nada. El Orejón decidió hablar con un sacerdote.

Entretanto, él y Lucrecia se instalaron, nuevamente, en la vieja casa de doña Zoraida. El cuarto de la vieja se cerró con candado, atestado con sus muebles y con los que habían permanecido, sin tocar, en las habitaciones de las chicas difuntas. Los restos de las muñecas de ojos brillantes y luciferinos ya se habían barrido y tirado a la basura. Lucrecia le dijo a su marido que había que romper con un pasado tan triste y poner la casa alegre, con flores, con luz, sin nada que les recordara los años de penurias y muerte. Ángela y Facunda, antes de que Lucrecia tomara la iniciativa de echarlas, se fueron al campo. "Nos vamos a morir allá donde nacimos", le dijo Ángela al Orejón. "Además, aquí todo nos recuerda a los muertos y la señora Lucrecia no quiere ni saber de ellos", le dijo. "Y la mamita va a desandar", dijo Facunda. Partieron en un carretón, donde pusieron un catre, esteras, hamacas, espejos, ollas, tinajas, mantones, y una bolsa con himnos a la Virgen, cantos de la Semana Santa, estampitas de la Mamita de Cotoca y de la primera comunión de las niñas, la cabeza de una muñeca que no se había roto del todo, y unas pocas fotos. Era todo lo que se llevaban después de haber servido durante casi medio siglo en esa casa.

En eso estaban el Orejón y Lucrecia, cuando sucedió lo que ya se venía vislumbrando. Una tarde llegó Osvaldo de la Alcaldía, lívido, y le dijo a su mujer: "Me botaron".

–Pero... ¿y el Alcalde no es tu amigo, acaso?

–Es. Pero dicen que yo no soy del Partido y que no me van a aceptar ni aunque me hinque.

–¿Y no podrías hablar con el Prefecto que ha sido tu compañero en la escuela?

–Ya hablé y me ha dicho lo mismo. Que ni sueñe con quedarme, que los tiempos han cambiado y que agradezca si me dejan trabajar en otra cosa. Además, la que ahora manda en la Alcaldía es Azucena, la secretaria de siempre, que está enredada en amores con el Alcalde y que me odia, ¡y pensar que parecía una mosquita muerta! Ha dicho que no me botan por reaccionario sino por feo y sinvergüenza. ¡Pero fijate vos! Además, amor, están empezando a patear gente en las calles. Esto se va a poner feo para nosotros.

–No les hagás caso. Nos vamos a dedicar al comercio. Eso es lo que da más plata.

–¿Y cómo?

–Vos tenés bastante guardado en el cofre de tu madre y papá nos va a prestar otro poco. Yo te voy a ayudar en el trabajo. Ya lo había pensado. Siempre me ha gustado vender cosas y ganarle platita a la gente. Nada más lindo que comprar barato y vender caro –dijo Lucrecia y le sonrió.

Así empezaron una nueva vida y abrieron una tienda en un cuarto que alquilaron casi por nada en la esquina de la casa. Lucrecia rescataba, muy temprano, el queso que llegaba al mercado desde Cordillera y San Javier, y lo vendía ganando el doble. Encargaba para su tienda dulces de guayaba, piña y guapurú, tablillas de todos los sabores, alfeñiques, bizcochos, y ella misma horneaba en la casa pan fresco y caliente para vender. Y vendía chicha de maní, gaseosas, velas, fósforos, lápices, cuadernos, focos, hojas de afeitar, huevos, azúcar, arroz, sal, aceite, harina, galletas, y todo lo que era necesario en cualquier casa.

El Orejón no paraba de correr de un lado a otro trayendo y llevando cosas, para lo que tuvo que aprender a manejar el jeep de su suegro. Con su nuevo oficio de comerciante y mandadero, desaparecieron de su atuendo los ridículos corbatines multicolores de oficinista anticuado que tanto odiaba Lucrecia. Sólo quedaron los tirantes.

Al oscurecer, cerraban la pulpería y hacían cuentas en la casa. Ambos manejaban bien los números y las cifras nunca fallaban. Si algún cliente necesitaba algo importante con urgencia, el Orejón salía a la hora que fuera y abría el negocio para vender. Se aceptaban vales, cheques, y hasta prendas. A sabiendas corrían riesgos pero los clientes eran conocidos del barrio. Además, así las ventas se doblaban. A veces había atrasos o evasivas. Eso lo cobraba Lucrecia directamente y sin vueltas. "Fío pero cobro", les decía a sus clientes y ninguno dejó de pagarle.

Comían temprano, sacaban sillas a la vereda para ver pasar gente y amigos, tomaban guarapo o café, y a las nueve estaban en cama. Sin fallar, siempre que Lucrecia no estuviera en sus días malos, el Orejón le hacía el amor con el mismo entusiasmo que la primera vez. La observaba de todos lados, la sobaba, la besaba, la mimaba diciéndole piropos bonitos, y la poseía hasta que todo concluía en una algarabía de quejidos. A ese paso tenía que suceder lo que pasó y Lucrecia volvió a embarazarse. El Orejón no daba más de felicidad. Quiso ser él quien les diera la noticia a sus suegros. Don Peregrino le invitó whisky y el Orejón bebió a placer, quedó medio ebrio, pero dichoso. El futuro abuelo se durmió sentado y con cara placentera, para risa de su mujer y de su hija.

42

Luciano no hacía otra cosa que tratar de adivinar qué relación había entre su hijo Antonio y Anita. Los veía alejados, pero, ducho como era, sospechaba que Anita lo miraba debajo de sus grandes pestañas. Además, Anita lo atendía a Antonio como antes lo había atendido a él. Luciano se dio cuenta de que le daba preferencia en sus gustos y le entró la mala espina de que su hijo le estuviera ganando la partida con la ahijada. Lo carcomieron unos celos tremendos que no podía controlar. Empezó a odiar a Antonio y a maltratarlo en la mesa, delante de todos y en especial de Anita. Pero Antonio era muchacho de carácter y le contestaba, sin vacilar, dentro de un prudente respeto. Un día, que sólo estaban los tres en la mesa, Luciano dijo algo de "ustedes, los hermanos", refiriéndose a Anita y Antonio. Ella saltó de inmediato y le dijo:

—Antonio no es mi hermano. Ni mi pariente siquiera.

—Es tu hermano porque vos sos mi ahijada.

—Pero no soy su hija, Taita, así que no tengo ningún parentesco ni con usted, ni con Antonio.

—Entonces es tu hermanastro, que para el caso da lo mismo.

—¿Para qué caso, Taita? —le pereguntó.

—Bueno, para nada.

—Eso es, Taita. Para nada. No soy hermana de Antonio, ni hermanastra, ni hija de usted.

—Así que se podrían casar —dijo Luciano con mordacidad.

—Pero... papá —interrumpió Antonio.

Anita se levantó de la mesa ruborizada, con su plato a medio terminar y se fue para la cocina. Volvió, luego, más compuesta, sabiendo cuál había sido la intención, y recogió algunos platos que faltaba levantar. Luciano, gozando con su pinchazo, notó un temblor en los brazos de la chica que hacía tintinear más de la cuenta los vasos, platos y cubiertos al retirarlos. Anita no dijo nada más, pero tomó distancia de Luciano y empezó a evitarlo en serio. Luciano se dio cuenta de inmediato de que la chiquilla estaba empezando a detestarlo. Optó por el camino de componer sus relaciones con ella, sin desistir de la idea de atraparla en la primera oportunidad. Y, por supuesto, siguió espiándola en las noches, cuando mentía que se iba a la plaza o al café Panamá. Eran esas visiones nocturnas lo que lo tenían atolondrado.

Una noche estaba fumando un cigarrillo en la mecedora dentro del cuarto de los aperos, esperando a Anita. Echaba volutas de humo en la oscuridad. Pensaba, distraído, en lo torpe que había sido con su amigo el Orejón, con su hijo, con Anita, cuando súbitamente se encendió la luz de al lado. Cuidadosamente echó una última pitada lagrimeando con el humo que le había entrado en los ojos y pisó el cigarrillo en el suelo. Como siempre, levantó la colilla y se la puso en el bolsillo de la camisa para tirarla después a la calle y no dejar rastros delatores. Se puso los lentes y se preparó para ver su inigualable espectáculo cotidiano. En tanto tiempo, la había visto crecer, sin senos, con poca vellosidad, entonces apenas unas sombras oscuras en el pubis y las axilas, hasta convertirse en una mujer completa, bellísima, perfecta, deseable, pero inalcanzable por arisca y chúcara. Anita se desnudó deprisa y así, desnuda, de espaldas a él, empezó a hacer unos ejercicios manteniendo ambas piernas rectas y tocando con las palmas de las manos el suelo. Sus nalgas y su cintura eran de una acabada perfección. Luciano se quedó absorto. La niña siguió durante unos minutos haciendo esos ejercicios hasta tenderse de espaldas sobre el piso, con la cara esta vez de frente a él, abriendo y cerrando las piernas, estirando y recogiéndolas, y luego tocándose las puntas de los pies con las manos. En ese momento, Luciano decidió violarla. Le miraba los pechos, cómo saltaban cada vez que levantaba el dorso para tocarse los dedos de los pies, y perdía el juicio. Estaba en un estado de excitación total y debía limpiar a cada momento sus lentes que se opacaban con la humedad.

Cuando Anita acabó de hacer sus ejercicios y se sentó en el tocador para cepillarse el pelo como siempre, vio a un hombre que se le acercaba lentamente por detrás. Estaba desnudo y con el miembro erecto. El individuo se detuvo a sus espaldas, pero inexplicablemente Anita no lo veía por el espejo. Luciano no dudó de que fuera su hijo Antonio, y de que eso acabaría en una pelea fenomenal o de lo contrario, en la cama. De pronto, el hombre lo miró directamente a él. Luciano lanzó un grito atroz. Era el diablo. Anita saltó de la silla y gritó también asustada, mientras Luciano vio cómo el diablo le acariciaba los senos y ella no se defendía. "¡Hijo de puta!", le gritó Luciano y empezó a golpear y empujar la puerta, sin moverla ni un centímetro. Anita miraba aterrada hacia la puerta donde estaba golpeando Luciano. Entonces, gritando como un loco, llamando a Anita por su nombre, maldiciendo al demonio con todos los insultos que se le ocurrieron, atropelló la puerta que daba al patio y la abrió de par en par. Cayó de bruces al piso, se levantó, corrió unos metros hasta el cuarto de la chica y de un empujón tumbó la puerta al suelo. Entró como un condenado, gritando, y abrazó a Anita, que trataba de cubrirse con su vestido. Ella lo empujó y le arañó la cara y él la siguió abrazando, mientras Anita pedía socorro y chillaba de pánico llamándolas a Juana y a Castulia.

El primero en llegar fue Antonio, y se encontró con su padre que tenía abrazada a la chica, y a ella que lo golpeaba y lo seguía arañando. "El coludo hijo de puta está desnudo debajo de la cama", gritó Luciano, y soltando a la joven levantó la cama como un condenado y la volteó. Al no ver nada, arremetió contra el ropero, lo abrió de una patada y se lanzó entre la ropa y los cajones, arrancando vestidos y prendas, haciendo un escándalo fenomenal. Con los ojos que se le salían de las órbitas, siguió buscando por todo el cuarto, mirando de un lado a otro, mientras Juana llegaba atormentada y le ponía una frazada encima a Anita. Antonio, que se había quedado demudado, pensando lo peor, se dio cuenta de lo que pasaba, se abrazó a su padre y trató de detenerlo. "Ayudame, hijo, ayudame, Antonio, que Mandinga está aquí, entre nosotros", le gritaba y lo sacaba de la mano al patio. "Corré a traer un arma, traigan palos, cuchillos, lo que sea, porque Mandinga esta aquí", chillaba. "Lo he visto ahorita, estaba en el cuarto de Anita, metiéndole mano y con su cosa tiesa", decía enloquecido de odio y de terror. Juana y Anita, con Castulia y Charito, se quedaron abrazadas, llorando juntas, mientras Luciano corría por toda la casa con un palo en la mano y con Antonio detrás que quería detenerlo.

Por fin, luego de batir y revolver toda la casa y alborotar al vecindario, que empezó a preocuparse por lo que oía, Luciano tropezó y se cayó de cabeza contra el grifo del patio, abriéndose un tajo en la frente. Antonio se sentó a su lado y lo abrazó. No lo dejó levantarse más. Lo tranquilizó hablándole quedamente. "No hay nada, papá", le dijo. Y entonces Luciano se largó a llorar como un niño y a pedir perdón. No se le entendía lo que decía pero pedía perdón a todos, nombrándolas a su mujer y a Anita, sobre todo. Con la cara ensangrentada lloraba. Ahí mismo, junto al grifo, Juana le lavó la herida y Charito trajo alcohol para desinfectársela. Entonces llegaron sus hijas Olinfa y Clarita, pensando que lo encontrarían muerto. Antonio se vistió y le dijo a su padre que había que ir al hospital. "¿Y si vuelve el cabrón en busca de Anita para tirársela?", dijo desesperado, mientras Anita gritaba con un ataque de pánico agarrada de Castulia. "Vamos ya", le dijo Juana y con Antonio lo levantaron.

Mientras Luciano era atendido por un médico que le cosió la frente, Clarita y Charito, enviadas por Juana, habían corrido hasta lo del Orejón para contarle lo sucedido. Osvaldo fue hacia el hospital y se encontró con Juana que estaba en un solo temblor.

–Lo ha vuelto a ver hace un ratito –le dijo.

—¿Dónde lo vio?

—En el cuarto de Anita. La pobre chica estaba desnuda y se pegó un susto terrible.

—Pero ¿y qué hacía ahí?

—No estaba adentro. Creo que la espía desde hace tiempo, cuando Anita se acuesta. Y esta vez dice que vio a Mandinga en el dormitorio de la chica. Quiero que hablés con él. Va a enloquecer.

—El otro día me maltrató. Prefiero no hablarle por el momento. Pero voy a consultar a un cura, el padre Francisco, para que lo visite. Es un hombre serio y piadoso, además de paciente. Así que puede ayudarlo mucho.

—¿Creés que va a recibir a un cura? Sabés bien que él no es un comehostias.

—Tendrá que elegir entre ver a un cura o volver a verlo a Mandinga.

—¿Vos creés que está endemoniado?

—No sé. Mirá lo que le pasó a mamita. La pobre tuvo que sufrir sola, peleando contra la Parca, que Luciano dice que era el diablo, y ve cómo acabó. Muerta sin que nadie le creyera lo de la Parca. Asesinada, la pobre.

—¿Pero cuándo lo verá el padre Francisco?

—Lo antes posible. Mañana, temprano, voy a hablar con él. No le digás nada a Luciano. Ni siquiera que he estado aquí. Ni que me he enterado de nada.

43

Luciano dormía la siesta en su hamaca con los sobresaltos de siempre, soñando que lo capaban. Se incorporó súbitamente y se encontró con el padre Francisco sentado a su lado, con su larga y desteñida sotana marrón de franciscano. Caminando sobre el antebrazo del sacerdote estaba el loro que hacía equilibrios para no caerse. Antes de poder decir nada, vio cómo el pájaro subía por el brazo hasta el hombro del cura, ayudándose con su pico curvo, y llegaba hasta su cuello afeitado hasta la mitad de la nuca.

—Lo va a morder, padre —le dijo—. Es malo el loro este.

—No me voy a mover y no va a pasar nada si me quedo quieto —le contestó el cura.

El loro se detuvo en el hombro del padre Francisco y revoloteó sus alitas recortadas, y todo el plumaje de su cabeza y su pechuga se alborotó. Después descendió por donde había subido, sujetándose con el pico para no caerse, y se posó en la mano que el sacerdote tenía sobre su rodilla. El padre Francisco levantó su mano suavemente y posó al loro al lado de una gran maceta de helechos.

—¿Cómo te sientes, Luciano? —le dijo.

—Se me ocurre que usted sabe mejor que yo cómo me siento —le respondió él.

—Sé que has tenido algunos problemas, pero nada más.

—¡Algunos problemas! Empezamos mal, padre. Si cree que he tenido algunos problemas, usted no estaría aquí. Es mejor que nos digamos la verdad. Yo siempre he sido un mentiroso, pero usted no. Así que yo le hago la primera pregunta. ¿Quién lo ha mandado a verme?

—Me ha llamado Juana, tu mujer.

—No empecemos así, padre. Mi mujer no hace nada sin consultarme. ¡Me conoce de vicio! ¿Quién lo ha buscado para que me visite?

—Tu amigo Osvaldo Bazán.

—Lo sabía. Es un buen comienzo. ¿Y qué le ha dicho de mí?

—Que me necesitas.

—Pero ¿por qué?

—Porque tienes... no sé... alucinaciones. Si es que es ésa la palabra correcta.

—¡No! ¡No son alucinaciones! Le ha dicho que veo al diablo. Y usted, como no cree que yo veo al coludo, habla de alucinaciones, esas palabritas tan raras y que son ambiguas. ¿Está bien aplicado el término? Palabras ambiguas.

—No quiero ambigüedades. Quiero ayudarte, si puedo. Si me ayudas tú a mí creo que podremos hacer algo. Si no quieres, no habrá nada que hacer.

—Yo lo conozco a usted, padre. Sé que es una buena persona. No hay beata en esta ciudad que no lo ame. Pero, dígame algo. ¿Quién me garantiza que usted no sea Mandinga con sotana?

—¿Te refieres al diablo?

—¡Mandinga! ¡El diablo! ¡El demonio! ¡El coludo! ¡Qué sé yo!

—Tú me conoces. Sabes quién soy. Nada más puedo hacer para convencerte de que soy el padre Francisco. Sólo te puedo decir que al diablo le cuesta mucho andar con una cruz como ésta en el pecho —y le mostró su cruz.

—El diablo puede eso y más. ¿Sabe usted, padre, que lo vi hace tiempo, en la procesión de la Virgen, cantado junto a unas niñas inocentes y hermosas? ¿Cree usted que al diablo lo va a correr una cruz o que no va a soportar llevarla encima? Es una inocencia suya, padre.

—Pues, entonces, la fe.

—¿Fe en qué, padre?

—Ten fe en que yo soy un ministro de Dios, enemigo del demonio. Ten confianza en mí.

—¿Y cómo lo pruebo?

—No existen pruebas para los misterios de la fe, Luciano. No me preguntes cosas que sabes que no se pueden responder.

—Está bien, padre. Lo voy a escuchar. Pero si usted es el coludo, lo ensarto —y sacó de una vaina de cuero un puñal.

—No debes usar eso. Puedes asesinar a alguien atormentado por tus problemas o inducido por el demonio. Y otra cosa: yo he venido a escucharte a ti. Tú eres el enfermo, no yo.

Yo no estoy enfermo, padre. Estoy perseguido por el diablo, no tengo delirium tremens como cree mi familia, ni tengo visiones. Hay un diablo que, beba yo o no beba, me ronda, no me deja tranquilo, y además, creo que es mi diablo. ¡Mío! Y digo mi diablo, porque nadie más que yo lo ve. Pero le juro, padre, que no estoy loco. Todavía.

—¿Crees que te persigue porque has hecho mal a la gente? ¿Has hecho mucho daño en tu vida, Luciano?

—Bueno... algunos tragos de más y tengo en mi haber algunas señoras y señoritas que no eran legítimamente mías. Eso es todo.

—¿Y eso te remuerde la conciencia?

—¡Me la alegra, padre! ¡Es lo único que me alegra la vida!

—¿No te arrepientes de esos excesos?

—¡Pero, padre! ¡Si todavía estoy a la espera de la mejor de todas las mujeres que he visto en este pueblo y alrededores! Después de eso tal vez piense en el arrepentimiento.

—No estoy bromeando, Luciano. Me estás tratando como a un imbécil. No tengo tiempo para perder con un tipo como tú, que no tiene nada interesante que contarme. Si quieres contarme algo, ve a la iglesia y búscame. Si sólo piensas en cometer más tropelías, no llames a nadie y espéralo.

—¿A quién?

—¡Al diablo!

—¿Me quiere exorcizar, padre?

—No lo hago. Nunca lo he hecho porque hay que saber hacerlo. Hay que estar capacitado. Pero hay un padre jesuita que lo hace y al que puedes ver si quieres.

—¡Jodidos los tatas esos!

—No blasfemes.

El padre Francisco se levantó y le dijo que lo esperaba en la parroquia.

—Aquí no podemos hablar mucho. Es mejor que lo hagamos en la sacristía. Solos tú y yo. Si es necesario, si lo considero necesario, podría haber algún sacerdote más. El padre jesuita, por ejemplo. Eso, si tú lo quieres. Pero antes necesito saber cómo es el diablo que te asecha, cuándo se presenta, cómo es en apariencia. Aunque el diablo puede tener la apariencia que le dé la gana. Desde luego, como tú decías, puede hasta hacerse pasar por mí. Lo que odia es llevar una cruz encima. Eso dicen.

—Lo voy a pensar, padre. Usted sabe que yo no voy mucho por la iglesia.

—Pues ya va siendo tiempo de que vayas —le dijo y se levantó para irse.

Juana volvió de la calle al anochecer y encontró a Luciano que buscaba algo. Se detuvo en el umbral, sin hablar, y vio con qué ansiedad hurgaba en sus cajones y carteras y en las repisas. Trago no podía ser.

—¿Qué buscás, Luciano? —le preguntó.

—Me asustaste. No busco nada, nada.

—¡Sí! Buscás la llave del cuarto de...

—¡No busco nada! —gritó y salió casi atropellándola hasta la hamaca.

—¿Cómo es posible que sigás insistiendo con tu afán de espiar a esa pobre criatura?

—No quiero oír nada. No me digás nada.

—¿Ahora resulta que soy yo la que tiene que callarse? ¿Después de que el diablo te anda corriendo de las oscuranas donde te metés para verla desvestirse a Anita?

—No necesito ninguna llave para entrar en ese cuarto. Lo puedo hacer perfectamente por el patio.

—Pero no a las ocho de la noche, Luciano. A esa hora nada hay que hacer en la oscurana. Salvo, claro, espiar a la niña.

—¡Qué niña, ni niña! No me interesa ver empelotarse a nadie.

—A ella, sí. Y por si acaso, la llave está ahora en el fondo de la noria. Si sos capaz de zambullirte la vas a poder encontrar en un año.

Furioso, Luciano salió a la calle. Era su manera de eludir las discusiones con su mujer, sobre todo cuando ella tenía razón. Caminó sin destino y, por supuesto, llegó a la plaza. Sin un peso ni para un café, se sentó en uno de los bancos, como hacía en los atardeceres mucho tiempo atrás. Vio pasar gente y se distrajo. Saludaba a cada momento a los conocidos pero sin levantarse, porque no quería tertulias con nadie. Pasó el Orejón manejando el jeep, cargado de bolsas y latas, pero no lo vio. "¡Uf!, menos mal", se dijo Luciano, que no deseaba encontrárselo.

De pronto, alguien se sentó a su lado, dándole la espalda. Luciano se inquietó. "Es Mandinga", pensó. No era posible verle la cara, porque el hombre no lo miraba. Observó Luciano que había varios bancos vacíos. Pero el hombre se había sentado justo a su lado. Agarró el puñal con fuerza en su mano y lo tuvo listo para atacar. "¡Oiga!", le gritó. El hombre volvió la cara y se encontró con que Luciano tenía el puñal en alto. Gritó. Salió huyendo despavorido. Luciano guardó el puñal y a paso rápido se dirigió a su casa. Cuando volvió la vista atrás, había otro hombre sentado en el banco. Le sonreía. Se puso los lentes para verlo mejor. Ése sí era el diablo que le mostraba algo que llevaba en la mano. Seguro que era su anillo. "Hijo de puta", le gritó. "Satanás, hijo de puta", chilló, convulsionado. Volvió sobre sus pasos y vio cómo el diablo se levantaba y se perdía entre los árboles de la plaza.

La poca gente que pasaba por el lugar se detuvo para observarlo y algunos para reírse. Sacó otra vez el puñal y corrió detrás del diablo y todos los mirones escaparon cuando vieron el filo brillante en su mano. En ese momento dos policías le dieron el alto. "¿A quién persigue, a quién insulta?", le preguntaron. "A nadie, a nadie, no pasa nada", les contestó él. "Un hombre acaba de denunciar que hay un loco armado con un cuchillo en la plaza", le dijeron. "No soy yo", respondió Luciano riendo. "Es él, está loco. Le dicen el loco Luciano", dijo un hombre mayor. "Sí, anda detrás de un diablo, dizqué", agregó otra persona a la que Luciano no vio. Se encaminó de prisa hacia su casa. No quería dar explicaciones a nadie y menos a la policía, que no iba a entender nada.

Cuando llegó se metió en la cama pensando que a esa hora Anita estaría desvistiéndose o haciendo sus ejercicios. Juana tejía, sin hablarle, y él, aliviado por el silencio de su mujer, puso las manos detrás de la nuca y mirando el techo se quedó dormido.

44

Al día siguiente, Luciano se bañó temprano, desayunó ante la curiosidad de todos, y vestido con su ropa bien planchada se fue, impecable, a la iglesia de San Francisco. Había muy poca gente cuando llegó. Unas cuantas viejas rezaban el rosario en voz alta. Sintió el clásico olor a velas apagadas de todas las iglesias. Y observó, después de muchos años de faltar a San Francisco, en los costados, sobre las paredes, los cuadros de las estaciones de Jesús que, siendo niño, le había enseñado, con historia incluida, su madre, doña Elisa, tan piadosa ella. Entraba luz por uno de los ventanales. Sin eso, la iglesia hubiera estado en una oscuridad casi absoluta, tal como la recordaba. Un cura se metió en un confesionario y pronto aparecieron algunas mujeres, con velos sobre la cabeza, para confesarse. Luciano le miró la cara al franciscano para asegurarse de que no fuera Mandinga. No lo parecía. Era más alto y con una barba gris. Aunque Mandinga podía adoptar cualquier forma, pensó. Un monaguillo limpiaba el altar mayor y repasaba con un trapo los candelabros de plata. Era un hombre gordito, nalgudo, que andaba como una señorita. Luciano lo observó y el gordito lo miró y se rió amablemente.

—Venga —le dijo, despacio, Luciano.
—¿Sí? —dijo el gordito amanerado, caminando hacia Luciano con paso ligero, en vaivén, y con las rodillas juntas.
—¿Está el padre Francisco?
—Está en la sacristía. ¿Quién lo busca?
—Luciano Salvatierra.
—Ahora vuelvo —le dijo, con las dos manos caídas.
Y se fue rapidísimo moviéndose a su gusto. Regresó de in-

mediato. Le dijo que el padre lo esperaba en la sacristía y que lo siguiera. "Si este gordito es el diablo, ya no hay nada que hacer", pensó, divertido, Luciano.

En la sacristía sólo había una mesa, detrás de la cual estaba sentado el padre Francisco. Delante había dos sillones pesados de madera, para las visitas, un aparador y, colgado encima, un cuadro grande de Cristo crucificado. Vio un montón de archivos en el suelo. El piso era de ladrillo, sin nada que lo cubriera.

—Esos archivos los estoy ordenando desde hace un año, y creo que me queda otro año por delante para terminar —dijo el sacerdote—. Hasta ahora no he encontrado nada parecido a los problemas que hoy me traes tú. Todo son bautizos, matrimonios y cuentas. ¡Deudas! He visto tus partidas de bautismo y de matrimonio.

—¡Ah! ¡Me está investigando! ¿Y aquí trabaja usted, padre? —le preguntó Luciano.

—Casi todo el día. Siéntate, por favor. ¿Agua?

—Gracias.

El cura salió y volvió con una jarrita con agua y dos vasos. Le sirvió y se sentó.

—¿Has vuelto a verlo? —le preguntó.

—Anoche.

—¿Por eso viniste hoy?

—Sí. Porque esto ya está llegando al colmo. Tengo miedo de cometer algún crimen tratando de matarlo a él.

—¿Y cómo, supiste que era él? ¿Lo soñaste o lo viste despierto?

—Lo vi en la plaza. Lo insulté y lo amenacé con un puñal. Pero se rió y desapareció entre los árboles.

—A él no lo vas a matar a cuchilladas. Así sólo se arreglan las cuentas entre villanos.

—¿Y cómo, entonces?

—Sólo con la ayuda del Señor. No hay otra manera.

—Si usted cree que es así, ¡qué le vamos a hacer, padre!

—Cuéntame de tu vida. Sin mentirme nada. No me interesan los detalles. Es decir, no te detengas mucho ni en tus tunas ni en tus amores, que en este pueblo son pan corriente. Todos son más o menos iguales. Los pecados de la carne se han repetido a lo largo de los siglos, sin muchas variantes. Los libertinos, unos más refinados que otros, son, en líneas generales, iguales. Siempre quieren más placer, nunca están conformes con lo que tienen, y, sobre todo, gozan más contando sus conquistas que con el placer mismo. ¡No hay libertino que no cuente o no escriba sus historias! Yo no necesito saber de tus hazañas, así que cuéntame lo que me pueda servir para vincular tu vida con la aparición del demonio.

–No es fácil...

–Cuéntame tu vida, Luciano. Hoy voy a dedicar todo lo que resta de la mañana para oírte.

Luciano Salvatierra estuvo coherente y ágil durante una hora, contándole al padre Francisco sobre sus padres, su niñez, su matrimonio, sus vicios e infidelidades. Pero luego sintió unas tremendas ganas de beber. Tantas que empezó a transpirar y a temblar de improviso. No se atrevía a pedirle alcohol al padre, ni a decirle que estaba a punto de derrumbarse por falta de un trago. Pero no hubo necesidad de que hablara. El padre Francisco se levantó y volvió con una jarra de cristal y un vaso. Le echó vino en el vaso, sin ningún comentario. "Es todo lo que te puedo ofrecer", le dijo.

A las doce el padre Francisco le preguntó si estaba cansado.

–Podemos detenernos un momento y almorzar. O vienes esta tarde a las seis –le dijo.

–Sigamos –le contestó Luciano–. Pero voy a necesitar un poco más de vino.

–Este vino es para la misa, Luciano. No es para que se lo beba nadie. Es el colmo que te quieras beber hasta el vino de Dios. Es sólo para la liturgia. Ni siquiera yo lo pruebo si no estoy en el altar. Pero en vista de tu ansiedad voy a hacer traer una botella para los dos. Habrá que persignarse. Me quieres hacer pecar a mí también.

El almuerzo fue frugal y rápido, y el vino, ácido. Luciano

siguió contando sobre su vida y el padre Francisco, frente a él, cerró los ojos y pareció dormirse.

—¿Me oye, padre? —se atrevió a decirle Luciano, porque le pareció que roncaba.

—El vino me adormece, Luciano— le contestó sin abrir los ojos—. ¡Qué de maldades has hecho! ¿Mataste a alguien?

—Ni en la guerra, padre. Fui a la guerra y no vi a un solo paraguayo, salvo a unos cuantos prisioneros. Me pegaron un balazo que me bandeó el pecho el día que llegué al frente y casi me despachan a tocar el arpa entre las nubes.

—No te burles, Luciano, no blasfemes.

—Bueno, padre. El hecho es que no he matado a nadie. Y ya le he contado toda mi vida. Bebí como camello y me acosté mil veces fuera de mi casa, burlando mi juramento de fidelidad. Parece que es eso lo que no le ha gustado a Mandinga, porque, como le he dicho, me quitó mi anillo de matrimonio diciéndome que no lo merecía. Yo creo que este diablo es muy estricto conmigo, porque, si se pusiera a investigar a todos, medio pueblo estaría haciendo cola aquí.

—Esto no es cosa de broma, Luciano. Salvo que me estés tomando el pelo y que me quieras preocupar en vano. Sigamos entonces.

Luciano siguió contando su vida y contestando las preguntas del padre Francisco, a veces mintiéndole por pura vergüenza. Hasta que, en un momento, los ronquidos del sacerdote fueron más que verdaderos. Luciano lo dejó sentado y se fue.

En la noche apareció el padre en su casa y le dijo que si quería podían tener una reunión con el jesuita Juan Leal. Que él pensaba que ese sacerdote estaba más capacitado para enfrentar al diablo.

—Mientras tanto, quiero que te confieses, Luciano.

—¿Más todavía, padre?

—Quiero que te confieses ante Dios, no ante mí.

—¿Para contarle lo mismo?

—A mí me has contado tu vida, a tu gusto. No ha sido una

confesión en regla. Es necesario que te den una penitencia. Eso puede ayudarte a luchar contra el demonio. O si prefieres puedes hablar con el padre Leal. Yo tendría que buscarlo porque no siempre está en Santa Cruz. Sé que ahora anda por las antiguas misiones de Chiquitos, a caballo, de pueblo en pueblo. Siempre vuelve a los viejos dominios de la Compañía, donde los jesuitas les quitaron el diablo del cuerpo a los bárbaros hablándoles, y los hicieron unos indios pacíficos y piadosos. ¡No sabes la de cosas que consiguieron allí! ¡Ojalá se pudiera hacer lo mismo contigo! Todo eso, sin los jesuitas, se ha convertido en unos rancheríos pobrísimos, despoblados, y el padre Juan Leal los recorre todos los años a caballo para ayudarlos en lo que puede.

—Yo creo que andamos medio perdidos, padre. Hasta que encontremos al padre Leal, Mandinga me lleva.

—En esto siempre hay confusión, Luciano. Todos nos confundimos. El diablo es un enredador. Ya te está enredando a ti.

—Y yo que le conté a usted todas las barbaridades que he hecho. Ni muerto vuelvo a contarle lo mismo al tata jesuita. Ésos me dan miedo.

—Confiésate, entonces, y recibe tu penitencia. Eso va a ayudar a sacarte el demonio del cuerpo, si es que lo tienes como yo creo. Al padre Leal lo podrás ver cuando regrese.

—Bueno. Lo haré.

45

Cuando el padre Francisco se fue, desde el fondo de la casa apareció Luciana, con Santiaguito de la mano. Estaba cabizbaja y acorbadada, arrepentida.

—¿Y? —le dijo Luciano por todo saludo.
—Me he vuelto nomás.
—¿A joderme?
—No. Quiero acompañarte. Sé que has ido a la iglesia a confesarte.
—Bueno. Ésta siempre ha sido tu casa. Vamos a darle duro a Mandinga si vuelve a parecer —le dijo.
—Mirá mi dedo, quedó sin uña, casi me dejaste tuca.
—Te va a salir una hermosa uña nacarada, brillante, Luciana. Ya la vas a ver. Además no fue a propósito. Vos sabés.
—¡Fue!
—¿Vamos a pelear de nuevo, acaso?
—No, mientras dejés de espiarla a Anita.
—¡Anita! ¡Anita! ¡Me tienen loco con Anita!
—Anita está enamorada, Luciano. De uno como pa' ella. De un chico joven, buen mozo, bueno. ¡Vos lo conocés! ¡Ya lo vas a saber!
—¿De quién? ¡Contame! ¡Contame vos, que sos tan chismosa!
—Mejor me voy. No sea que te pongas bravo y me quieras pegar —dijo Luciana y se fue.

Después de cenar en ese día tan fatigoso, Luciano, sin la llave, se sintió un desgraciado. Paseó por la casa, salió a andar por el corredor de la calle, oyó en la radio unas canciones de moda, unos discursos de políticos collas que no entendía y acabó echándose en la hamaca, como de costumbre. La oyó a Anita que salía del baño y que entraba a su dormitorio. El chirrido de su puerta lo excitaba. Se había acostumbrado a oírlo unos minutos antes de que ella se desnudara. Se puso tenso y furioso. La hamaca era lo único que lo relajaba y donde podía descansar. Se meció y empezó a dormitar, pero estaba lleno de sobresaltos por lo de la noche anterior en la plaza, y por su conversación con el padre Francisco, que no le había dado ninguna solución. Pensó en cómo sería encontrarse con el padre Juan Leal, un jesuita que, seguro, lo iba a tratar con las patas. "Ésos son curas jodidos", pensaba, cuando Juana acercó una silla a su lado y se puso a tejer. Luciano la conocía tanto a su mujer que estaba esperando que le dijera algo grave. "Algo me va a decir y no se anima", pensó.

–Anita se va a casar con Antonio –le dijo de sopetón.

–¡No me digás! –dijo él, burlesco, pero sintiendo el golpe.

–Me lo dijeron ellos anoche. Yo estaba todavía en la luna. Si no seré burra. Los dos están enamorados desde hace harto, pero Anita no quería saber nada de él porque vive aquí y pensó que nosotros lo íbamos a ver mal. Mirá la pobre criatura, enamorada y calladita.

–Delicada, la niña...

–No seas malo, Luciano. No te burlés de la pobre chica.

–No sabés lo que tiene la chica –dijo en un susurro.

–¿Qué? ¿Qué has dicho?

–Nada, nada...

–¡Dijiste algo!

–Dije que me parecía bien que se casen, pese a que el pobre Antonio no gana ni un medio y no sé si Anita podrá ganar algo en otro oficio que no sea el de empleada.

–Bueno, eso ya lo veremos, pero tienen apuro. Antonio es el más apurado.

–¿Está embarazada? –dijo sorprendido.

–Sabés bien que no.

–¡Cómo voy a saber que no! ¡Por qué se te ocurre que voy a saber que no! ¡Eso lo sabrá el novio!

—Porque Anita no es de ésas. Porque Anita nunca ha conocido a nadie que no sea Antonio y con él tampoco ha tenido nada serio. No sabe de hombres. Además de que Antonio, a Dios gracias, no salió como vos. ¡Arrecho! ¡Arrecho y pícaro como vos!

—¿Ah, sí? ¿Y qué creés que hacía cuando lo pilló el diablo en el cuarto de los aperos? ¿Creés que estaba buscando monturas para llevar al campo? ¡Espiaba!

—¡Claro! Vos lo sabrás, porque el diablo que lo asustó eras vos, que estabas ahí espiando a la niña. Eso ya lo sabemos todos.

—Está bien, Juana. Que se casen. Pero por favor ya no me hablen de que la espío a la niña, como vos decís. Que se casen y que coman y duerman aquí. ¡Qué más da!

—¡Claro! ¡Qué más da! Sólo que yo tendré que trabajar un poquito más. Oíme, Luciano, ¿y vos no pensás hacer algo? ¿Vas a seguir de vago toda tu vida? Y tus amigos influyentes, ¿dónde están?

—Mis amigos influyentes eran otros. Los pendejos de ahora no me van a ayudar en nada. ¡Si hasta al Orejón lo botaron! ¡Pendejos!

—¿Así que estamos en la buena? ¿Se acabaron los planes de hacerte rico en un año? ¿Y éstos de ahora que dicen que van a ayudar a los pobres?

—¡Pero si esos cabrones son más pobres que nosotros! ¡Pelagatos! ¡Si no tienen dónde caerse muertos! ¡Ellos se van a hacer ricos robándonos al resto!

—¿Y qué vas a hacer entonces?

—Cuando acabe con el diablo, voy a ver qué hago. Mientras tanto...

—Mientras tanto te vas a acabar el trago de todo el pueblo.

—¡Juana!

—¡Ya! ¡Se acabó! Eso era todo lo que quería decirte. Que se casan Anita y Antonio y que perdí las esperanzas de que vos trabajaras en algo.

—Por lo menos tenés un consuelo.

—¿Cuál? ¿Se puede saber?

—Que no hay vago impotente. Los que no trabajan sólo piensan en hacer el amor.

—¿Y de dónde viene tu teoría?

—Nada. Se me ocurre que los que no tienen preocupaciones, deben pensar en algo lindo. Y nada más lindo que pensar en tumbar a una mujer. Es decir, a su mujer. A la propia, por supuesto.

—Te entiendo, querido. Si sos una dulzura. Pero se ve que en lo que me toca a mí la cosa está bien repartida con otras.

—Nada te satisface, Juana.

—Me ha gustado que por primera vez hayás hablado de hacer el amor. Porque vos y tus amigos machos sólo hablan de tirar, de coger y de otras palabrotas irrepetibles.

—¿Y dónde está la diferencia, Juana?

—Muy simple. En que hacer el amor significa, por lo menos para mí, algo de ternura, que ambos se amen, que ambos lo quieran hacer. Que estén de acuerdo y felices de acostarse. Pero tirarse o cogerse a una mujer es como tomarla porque sí. Es... cómo te lo explico... gozar a la mujer lo quiera ella o no. Le guste o no le guste. Como tomar un mueble y luego dejarlo. Mirá, Luciano, a las mujeres les gusta que les hagan el amor, no que se las tiren. Les gusta acostarse cuando lo desean ambos, no cuando se lo piden sólo por una calentura.

—¡Filosofando, Juanita! ¡Filosofando!

—Soy tan infeliz y tan ignorante que no me puedo expresar bien. Menos voy a filosofar. Soy ignorante porque te preferí a vos antes que al estudio. Sé que eso es sólo para los hombres que todo lo saben. Pero no sé si me has entendido: para mí una cosa es hacer el amor y otra cosa distinta es que me tiren. Y me imagino que eso vale para las otras mujeres. Estoy segura. Eso es lo que siento y no quiero hablar más del tema. Ahora, si querés, podés reírte de mis pobres meditaciones, que las vengo pensando desde hace años.

Luciano se levantó de la hamaca y se fue hacia la calle. "Vuelvo ahorita", le dijo a su mujer.

Salió con las manos en los bolsillos, cabizbajo, y como siempre sin un real, ni para un café siquiera. Caminó hacia la plaza, pasó por el banco donde había visto a Mandinga la última vez y decidió andar sin rumbo, sin apuro. Pasó frente a la Catedral y apresuró el paso porque empezaba a asociar las apariciones del diablo con la iglesia. Se le ocurría que el Mandinga rondaba los templos porque los odiaba y porque, por eso mismo, encontraba en sus puertas a personas detestables por su fe, para asustar, para torturar, para tratar de llevárselas a su lado.

Sin un céntimo, golpeado, avergonzado de su pobreza, pasó enfrente del café Panamá para hacerse invitar por alguien. Era cosa de que algún amigo lo viera para que fuera invitado a beber. Los amigos nunca prestaban plata cuando había apuros domésticos, pero la regalaban cuando se trataba de farrear. La generosidad de los borrachos es proverbial; dan hasta la camisa siempre que sea para seguir bebiendo. Pasó por la puerta, rápido, y nadie lo vio. Llegó hasta la esquina, se detuvo como si esperara a alguien y regresó. Pasó más lentamente, se hincó para amarrarse las trenzas de los zapatos, pero tampoco lo vio nadie. A la tercera vuelta, abatido y sin esperanzas, se topó en la puerta con unos amigos que se iban a un buri. "¡Vamos, Luciano!", le dijeron. "Estoy con algunos problemas hoy", les respondió. "Pago todo, Salvatierra", dijo un viejo gordo.

Luciano no contestó. Simplemente, se subió al jeep que manejaba el gordo y partieron hacia las afueras de la ciudad. Tres cuadras antes, oyó a la antigua banda de Los Hermanos Talegas, a la que reconoció de inmediato por las trompetas, lo cual hablaba de la calidad de la fiesta. Luciano llegó y enseguida le ofrecieron asiento y trago en el patio. Bebió primero un vaso de cerveza y después coctelitos a granel. Observó a las jóvenes y guapas muchachas que se movían como locas al son de la banda, y a otras que se apechugaban a sus parejas entregándose sin disimulo. Se dijo que si Anita hubiera estado en el buri, seguro que ya habría provocado peleas entre los machos fiesteros. No había ninguna que le llegara a los talones, ni en cara ni en cuerpo, pensó.

Al rato se sentó a su lado una buena moza a la que Luciano no había reconocido. Era la costurera, aquella por la cual había vendido las pistolas de duelo de su abuelo. "¿Bailamos?", le preguntó ella, acariciándole la cara. De ahí en más Luciano no se detuvo, bebiendo y bailando hasta el amanecer, cuando, ebrio, le echó el brazo encima y se fue a dormir con ella al barrio del cementerio. Cuando regresó a su casa, hacia el mediodía, Juana le dijo agriamente: "Vino el padre Francisco y me ha dicho que llegó de Chiquitos el padre Juan Leal".

46

Luciano durmió mal, como de costumbre después de sus borracheras. Pero esta vez se sentía angustiado por una escena terrible, que, en su confusión, dudaba de si había sido sueño o realidad. Él estaba en su cama cuando vio al diablo sentado a su lado, desnudo. Lo observó fornido y musculoso, transpirando como salido del infierno. "Bajate los calzoncillos o te los bajo yo", le dijo. Luciano se quiso levantar para defenderse y el diablo le puso su pesada mano en el cuello y lo inmovilizó. "Bajate los calzoncillos porque te voy a montar. ¡Date la vuelta ya! No me dejaste hacerlo con Anita, así que ahora te toca a ti", y sacó su lengua larga y hedionda que se estiró hasta lamerle la cara. Luciano quiso gritar y el diablo le apretó más la garganta y no le dejó salir ni un gemido siquiera. Luciano sintió cómo la cola de Mandinga se enrollaba en sus piernas como una serpiente y no le permitía moverse. Sin soltarlo, el diablo se paró a su lado y Luciano vio que estaba preparado para violarlo. Su miembro era descomunal. "Ni los curas te van a salvar de mí. Te voy a someter a mi voluntad porque eres un pobre hombre enfermo y vicioso que está abandonado", le dijo. Luciano se zafó cuando estaba ya sin aire y lanzó un grito atroz. "Voy a volver esta noche y mejor espérame desnudo para ahorrarme la ira", lo amenazó. Se levantó de golpe, sofocado, en el momento en que entraba Luciana alarmada.

—¿Por qué gritás tanto otra vez? ¿Acaso ya no te habías arrepentido de tus pecados? ¿No estabas en paz con el Señor? ¡Volviste a pecar anoche! ¡Claro! ¡Eso es!

—Dame agua, Luciana —fue todo lo que pudo decir, jadeante.

—¿No querés comer, más bien? ¡Pero si estás flaco como perro sin dueño!

—Voy a comer con Juana. ¿Dónde está Juana?

—No te quiere ver. Está brava con vos, la pobre. Se pasó toda la noche sin dormir por tu culpa. Te esperó despierta hasta la mañanita. Se ha ido y no sé adónde.

Luciano se levantó tembloroso. Caminó como un idiota, en calzoncillos, hasta el baño y se puso debajo de un chorro de agua fría. No recordaba haber tenido un susto mayor en su vida. Había sido tan clara la visión del diablo desnudo, dispuesto a violarlo, que se le aflojaron las piernas y el vientre. Tuvo una diarrea súbita, producto del pánico. Salió del baño y se sentó a la mesa en el comedor frente a un plato de locro, pero no lo pudo probar. Sintió náuseas. No se le pasaba la tembladera de las piernas. Le volvieron los retortijones de estómago y corrió de nuevo al baño. Luciana no hacía sino mirarlo, sin abrir la boca.

En eso, vio a un fraile que caminaba hacia él. "Es el jesuita", pensó. Pero no era el padre Juan Leal, sino el padre Francisco. Entró al comedor, dio las buenas tardes y se sentó. Lo miró en silencio, mientras Luciano estaba quieto frente a su locro de gallina frío. El padre se sirvió un vaso de chicha. La tomó de un envión.

—¿No comes? —le preguntó.

—No puedo —le dijo Luciano—. Tengo ganas de vomitar... y disculpe, padre... de cagar.

—¡De cagar! ¡Qué gracia! ¿Ha sido otra vez él? ¿Sigues convocándolo con tu conducta libertina?

—Sí. Lo sentí cerca hace un rato. Me quiso violar, padre Francisco.

—¡Pero cómo!

—Violar. Sí, violar en forma, padre... quiso montarme. ¿Me entiende?

—El padre Juan te espera —le dijo, aturdido.

—¿Y cómo ha llegado tan pronto? ¿Acaso no estaba por allá, por Chiquitos?

—Alguien lo habrá enviado hacia ti —habló el sacerdote.
—No voy a ir. No puedo ni pararme. Si sólo deseo sentarme en el baño, cómo voy a ir así a hablar con un cura al que le tengo miedo. Tal vez si me tomo media botella de trago —le contestó Luciano.
—Con media botella de trago no sería Luciano Salvatierra el que hablara sino el demonio.

Luciano vaciló un instante. Sintió la presión decidida del cura.

—Pues, igual. No voy a ir.
—Él no puede venir a verte como era su deseo. Ha llegado enfermo y además se cayó del caballo y está aporreado. Se ha torcido el cuello. Ahora está en cama pero quiere hablar contigo. Además quiere que sea hoy.
—No va a ser posible —le contestó Luciano en un mar de dudas.
—Acuérdate, Luciano, de la señora Zoraida. El demonio no está tranquilo en estos días. Anda inquieto buscando hacer fechorías.
—Iré mañana... tal vez.
—Será demasiado tarde... tal vez.
—Mañana a las nueve, padre Francisco. Mañana voy. Tengo que pensar qué le voy a decir. Debo descansar un poco. Tengo que reflexionar y con el cuerpo hecho una calamidad no puedo decir nada.
—No tienes nada que pensar ni nada que inventar. Yo ya le dije todo lo que me contaste. Está preocupado. En Chiquitos atendió a dos personas poseídas y salvó a una.
—¿Y qué le pasó a la otra?
—Murió.
—¿Cómo?
—Se colgó en la iglesia... o mejor dicho, lo colgaron. En una de las vigas de la nave mayor. Nadie sabe cómo pudo subir doce metros sin una escalera para atar un lazo. Costó medio día bajarlo. A final se les zafó de las manos a sus rescatadores y se descalabró en el suelo.

—¿Y qué hacía en la iglesia?

—Iría en busca de ayuda y nadie lo socorrió. Tú sabes, hijo, que los cementerios y las iglesias son los lugares preferidos del maligno para atacar. Él se siente bien entre los muertos o busca a sus víctimas en la casa de Dios, donde están confiadas.

Luciano volvió a vacilar. Hubo un silencio largo. Se acordó de la amenaza del diablo, de que regresaría esa noche.

—Voy a verlo hoy entonces, padre.

—Más te vale. Y no bebas un solo trago, porque el padre Juan no es blando como yo.

—¿Dónde lo encuentro?

—No es lo usual, pero está alojado en una de las celdas del claustro de San Francisco, con nosotros. Ahí no se abren las puertas después de las ocho, ni para entrar ni para salir.

—¿Quiere decir que yo me voy a quedar a dormir en uno de esos cuartitos? ¿Y solo?

—Ahí han dormido, durante años, hombres santos. Ninguno ha sido atacado por el diablo. Y si ha pasado algo se han callado. En todo caso no recuerdo ni sé que el maligno haya matado a ningún padre. Te espero antes de las ocho entonces. Puedes comer con nosotros si llegas antes.

El padre Francisco, de pie, se sirvió otro vaso de chicha y se lo bebió sin detenerse.

—Ya sabes. No bebas nada que no sea esto —le dijo, mostrándole el vaso de chicha vacío.

47

Luciano fue a San Francisco cuando oyó que daban las siete. Le dijo a Juana que iba a la iglesia y que no volvería a dormir. Observó un gesto de desconfianza en su mujer. Le contó palabra por palabra lo que había hablado con el padre Francisco. No le mencionó nada de su horrible pesadilla de la mañana. Ella le deseó suerte, pero tenía una cara de amargura que Luciano conocía de memoria.

Llegó Luciano a San Francisco a las siete y pocos minutos. El padre Francisco oraba en el primer banco de la iglesia oscura. "Te estaba esperando, sígueme", le dijo y de la nave pasaron a la sacristía y de ahí al amplio patio del claustro. Allí estaba, con una regadera en la mano, el gordito coquetón, que se había quitado la sotana. "Un diablillo marica", pensó Luciano y se rió. "¿De qué ríes? ¿Estás todavía de humor como para reírte de algo? ¿No sabes el peligro que corres?", le preguntó el hermano Francisco. "Se me ocurren cosas divertidas", dijo Luciano y miró las gradas que iban al campanario y las celdas silenciosas que estaban en el piso superior. Recordó que siendo niño, los domingos, trepaba velozmente al campanario haciendo carreras con su hermana Elisita. Subieron al segundo piso con el franciscano y el monaguillo y fueron directamente a una celda. La abrió el padre Francisco y le dijo a Luciano que ahí iba a dormir esa noche. Sólo había un catre estrecho, un velador con una vela, y una cruz encima. "No necesitas nada más", le dijo. Luego salió y siguió andando, con Luciano y el monaguillo detrás, hasta la esquina opuesta al campanario. Tocó una puerta y oyó que respondía una voz débil. Entraron. El gordito desapareció. Vio que en la cama estaba echado, casi sentado, quien debía ser el padre Juan Leal. El cura se quitó los lentes y lo miró.

—Es Luciano, padre Juan. Se lo dejo. Ya le mostré dónde va a dormir. Estaré en la sacristía para cualquier cosa.

El franciscano tomó un plato con restos de arroz blanco y un pedazo de pan, les dio las buenas noches y salió de la celda. El padre Juan le agradeció con su vocecilla inaudible.

—Siéntate —le dijo a Luciano.

Luciano se sentó en una silla de madera tosca, que, además de un ropero, era todo el mobiliario. El cura lo miró a los ojos durante un largo minuto sin decir palabra.

—Más cerca —le dijo tosiendo.

Luciano acercó su silla hasta el borde de la cama. El cura olía mal. Estaba sólo con una sábana encima. Luciano lo observó a escaso medio metro. El padre Juan tenía una calvicie avanzada, arrugas profundas en la frente, la nariz aguileña, casi como el pico de un águila, la boca era una pequeña línea recta y tenía unos ojos negros, hundidos, con ojeras oscuras, grandes. Su color era un poco morado. Estiró su brazo y tomó la cruz que tenía en la cabecera. Se la puso enfrente a Luciano. La acercó hasta tocar su cabeza. Apestaba.

—¡Destrózala! ¡Rómpela! ¡Híncate o pelea conmigo! —le dijo con su vocecilla entrecortada.

Luciano se hincó y levantó su cara mirándolo.

—Siéntate —le dijo.

Luciano se sentó en la silla dura de madera.

—¿Así que lo has visto? —le preguntó.

—Sí, padre, lo he visto.

—¿Lo has sentido además?

—He peleado con él. Me robó mi anillo de matrimonio.

—Ya lo sé. ¿Lo venciste entonces?

—Me venció él, porque se llevó mi anillo y casi me ahorca.

—¿Es más fuerte que tú?

—Es más fuerte.

—¿Y estabas despierto?

—Estaba despierto. Es decir, sentí todo como si estuviera despierto.

—O creías que estabas despierto y estabas borracho.

—Estaba despierto, padre. Y además no soy tan borracho como dice mi mujer.

—Bueno. No importa, no importa. Porque suceden pesadillas. Y visiones también. Pero sé que lo tuyo es más que eso. Tremendo, diría yo.

—Así es, padre. Esta mañana tuve una pesadilla atroz. Soñé que me quería violar. Me defendí pero me dijo que volvería hoy. Que lo esperara desnudo para no irritarlo. Antes que eso, padre, preferiría ahorcarme. No soportaría que Mandinga me haga maricón.

—No menciones esas cosas, Luciano.

—Pero es que no lo soportaría, padre.

—Te quiere aterrorizar.

—Me tiene aterrorizado.

—¿Y por qué crees que él te busca?

—Porque soy malo, padre. Soy mal marido y por eso Juana está brava conmigo. Soy un sinvergüenza. Un vicioso. No sé qué decirle. Pero eso sí, nunca he matado a nadie. Se lo juro.

—¿Cómo lo sabes, Luciano?

—Porque no he matado a nadie. Nadie ha muerto por mi mano. Ni en la guerra. Ahí, más bien, casi me despachan al otro mundo a mí. A tocar el arpa en una nube.

—No te hagas el gracioso, Luciano. ¿Y por tu conducta? ¿No habrás matado el alma de alguien? ¿No crees que puedes ser un asesino de almas? ¿De sentimientos? Ésa es también una forma de quitarle la vida a alguien. ¿No lo crees? ¿A tu mujer, por ejemplo?

Luciano se calló. Meditó un instante.

—No sé, padre. Usted me confunde. ¿Cómo puedo saber si he podido ser tan malo? ¿Acaso el diablo sólo ataca a los asesinos?

—No. Tienes razón. No precisamente a los perversos. Pero, tú sabes, él recluta a los malos para formar su ejército contra

Dios. A los muy malos los endiabla. Y también a los muy santos, para quitarle a Dios sus buenos soldados. ¿Me entiendes, Luciano?

—En verdad, padre, no del todo.

—No importa. Ya lo entenderás después. Ahora dime, ¿estás dispuesto a enfrentarte a él? —el cura tosió hasta ponerse de color púrpura.

—Completamente. No le tengo miedo. Es decir, le tengo miedo, pero él también me tiene miedo a mí. Huye cuando me ve.

—Eso crees. Es una trampa. Te está preparando una celada para descuidarte y hacerte trizas.

Luciano se calló nuevamente, pensando en su pesadilla. Sentía la mirada del cura sobre él y observaba su nariz curva, de ave rapaz, que parecía querer herirlo. Y su respiración fatigada de asmático.

—¿Y qué puedo hacer?

—Hacerme caso en todo. ¿Estás dispuesto a eso?

—¿Y qué me queda?

—Así no, Luciano. Forzado, no. Tienes que confiar en mí, ciegamente, y obedecerme. No te garantizo nada. Pero nadie te puede garantizar más que yo. Alguna experiencia tengo en esto, aunque no soy un exorcista. ¿Sabes lo que es el exorcismo?

—No.

—Sería largo de explicarte. Pero es alguien capaz de luchar contra los malos espíritus, contra él. De sacarlo del cuerpo de sus víctimas o de ahuyentarlo. En tu caso hay que ahuyentarlo para siempre. Voy a intentar hacerlo pero esto debe quedar entre los dos. Entre los tres, más bien, con el hermano Francisco. Para hacer esto, yo debería pedir permiso o por lo menos informar a mis superiores. Y no lo voy a hacer porque pueden no entender el peligro que corres o pueden demorar en responderme.

—Yo tengo mi diablo, padre. Tengo un coludo que se me ha metido en el cuerpo.

—No es así. Quiere meterse en tu cuerpo. Por ahora sólo te ronda. Pero te va a atacar otra vez. Si no puede reclutarte, te va a matar.

—Estoy seguro.

—Hay que vencerlo antes de que te haga daño —dijo y su respiración se convirtió en el ruido de un fuelle.

—¿Y no nos estará oyendo?

—No. Aquí no entra.

—¿Y cómo lo sabe usted, padre?

—Porque si estuviera aquí, habría hecho un alboroto cuando te mostré la cruz. Hubiera destruido esta celda conmigo y contigo adentro.

—¿Y cómo es eso que entra en las iglesias y no le pasa nada cuando ve las cruces? ¿Cómo hace maldades delante de la cruz?

El padre Juan Leal tosió y se ahogó pero le hizo una señal con la mano a Luciano para que no se preocupara.

—Es cierto, Luciano. Así debería ser. Hay lógica en lo que me dices. Pero lo que pasa es que él se aterroriza cuando alguien le muestra la cruz. Sólo cuando un cristiano se la enseña. Entonces él se enfurece porque la cruz lo hiere, le causa dolor, lo debilita. Porque se siente descubierto, sobre todo. Y eso pasa también con el agua bendita. Él puede pasar junto a la pila de agua bendita sin miedo. Pero si alguien se la echa lo quema. Chilla y se enloquece. Lanza maldiciones y blasfemias. Ése es el momento de acabarlo.

—¿Y cómo sabe usted eso, padre?

—Porque lo he hecho.

—¿Ha peleado contra Mandinga, padre?

—No lo nombres tanto. No haces sino nombrarlo. Eso es malo.

—¿Cree usted?

—Por algo te lo digo, hijo. Lo haces importante.

—¿Se ha enfrentado a él, padre?

—Más de lo que crees.

—¿Y lo ha visto?

—Nunca.
—¿Y?
—Lo he sentido cerca. Lo he sentido cerca de sus víctimas. Y a veces dentro de ellas. Víctimas como tú, Luciano, que han querido verme y han confiado en mí. Entonces sí le he mostrado la cruz y lo he sentido sufrir y le he echado agua bendita y lo he oído chillar de dolor, quemándose. Y ha huido.
—Pero ¿y si no lo ve? ¿Cómo puede enfrentarlo?
—Porque sus víctimas tienen que estar junto a mí. No deben estar lejos ni desprotegidos. Cuando estoy convencido de que un hombre o mujer están endemoniados o acechados por él, espero y actúo. Por eso te he dicho que me tienes que obedecer en todo si quieres que le ganemos.
—¿Quiere decir que yo me voy a quedar a vivir aquí hasta que lo capturemos?
—No precisamente. Pero tendrás que someterte a una obediencia absoluta. Bueno, por hoy está bien. Ahora vete a dormir. Ve tranquilo que de él me encargo yo esta noche. Estaré atento, aunque no estoy muy seguro de que venga —tosió hasta quedar sentado en la cama.
—A mí me ha dicho que me va a buscar hoy, para violarme.
—¡Ya me lo dijiste, Luciano! ¡Ya me lo dijiste! ¡Pero qué miedo tienes! Es un mentiroso. Además lo tuyo ha sido un sueño.
—Ya no estoy tan seguro de que fuera un sueño, padre.
—Yo te voy a cuidar.
—Pero usted, padre, está enfermo. No se puede levantar de la cama.
Por primera vez el padre Juan Leal sonrió. Con ese gesto, su nariz se hizo más aguda y agresiva aún. Se dobló quedando como el pico de un azor. Retiró las sábanas, se sentó y luego, con esfuerzo, se puso en pie, fatigado. Volvió a mirar a Luciano a los ojos. Era casi un enano. Luciano le llevaba mucho más de una cabeza. El cura era frágil como un pájaro. Sus tobillos eran dos huesitos blancos. Tenía todo el vigor en la expresión de su rostro y en su espíritu.

—Puedo caminar y puedo correr más que tú aunque no lo parezca –le dijo, asumiendo nuevamente su tono severo.

Luciano le sintió un aliento repugnante. Retrocedió y se sintió empavorecido. Era un olor que había notado desde que entró en la celda. Algo atroz.

—Como ajos, Luciano –le dijo–. Eso es lo que sientes: olor a ajo. Porque él huele mal,¿verdad?

Luciano se repuso de la impresión. De inmediato notó que el jesuita no olía a azufre.

—Él huele a infierno, padre. Huele a azufre.

—He sentido su olor. Varias veces he sentido su olor asqueroso.

—Así olía la Parca que se llevó a doña Zoraida. También olía a infierno.

—De eso hablaremos después. Ha sido muy lamentable. Pero ella hizo muy mal con lo de sus muertos. Sé todo. Por ahora nos dedicaremos a lo tuyo.

—No me ha preguntado nada de mi vida, padre.

—Ya lo sé todo. El padre Francisco me ha contado todas las cosas malas que has hecho en tu vida. Tu vida no tiene desperdicio en tropelías. Si todas tus maldades las hubieras hecho bienes, serías un santo.

—Pero como creen que todo ha sido nada más que maldades, el diablo me ronda. Ha habido también cosas buenas, padre.

—Estoy seguro. Buenas noches, Luciano.

El jesuita lucía cansado. Se acostó, casi sentado, por la tos, cubierto por una sábana hasta la cintura. El calor era inaguantable. Luciano se fue hasta su celda. Todo era silencio en el claustro. Oía pasos como si detrás de él viniera alguien. Sintió que se le erizaban los pelos. El cura le había metido miedo. Pero vio que el padre Francisco lo estaba observando desde la oscuridad del patio, allí abajo. Fue un alivio enorme. Trancó su puerta con un picaporte de fierro macizo. Apagó el foco solitario y tenue que colgaba encima de su cama. Oyó nueve campanadas cuando ya estaba a punto de dormir. Estiró la mano y tocó el crucifijo. "Por si acaso", pensó.

Se durmió. Soñó que estaba en el cuarto de los aperos de su casa espiando a Anita, y que de su sexo negro y bello salía olor a azufre. Su cara no era la de ella, sino la de Mandinga. Un estruendo lo despertó pasada la medianoche. Fue como si un toro hubiera embestido su puerta. Ni cinco hombres juntos habrían podido dar tan formidable empujón. Crujieron los goznes y cayeron pedazos de estuco al suelo. La luz eléctrica, como todas las noches, ya había sido cortada en la ciudad hacía horas. Encendió la vela con el pulso temblando. Olió a azufre.

–¿Qué fue eso? –oyó la voz del padre Francisco.

–No sé, padre. Ahora le abro –le contestó Luciano–. ¿Es usted, padre Francisco?

–¿Y quién más voy a ser?

Luciano abrió y el padre estaba parado en el umbral con el cabello revuelto y con una cruz de hierro que remataba en punta en la mano.

–Ha sido un golpe que ha partido la puerta, Luciano. Mira cómo la ha dejado. Está casi quebrada por la mitad.

–Es el coludo que no me deja en paz. Me prometió visita, el maldito.

–¡No lo nombres! ¿Por qué lo nombras tanto?

–¡Para que venga! ¡Para que venga de una vez por todas!

Una ráfaga de viento los azotó y apagó las velas. Quedaron en la más completa oscuridad. El catre de Luciano se estrelló contra el techo y cayó volcado. El padre Francisco se abrazó a Luciano y empezó a girar en el corredor, a ciegas, con la cruz en la mano.

–Aquí estoy yo, no teman –dijo el padre Juan Leal–. Es él. Es el desgraciado que ha empezado la guerra. Está asustado. Nos teme. Sabe que lo vamos a vencer. Por eso hace tanto estruendo. Porque está muerto de miedo. Es un cobarde. Ya ha huido. Se fue. Me vio y se fue. Esto apesta a azufre. Entremos a la celda. Hay que seguir durmiendo, Luciano.

Luciano, temblando, puso el catre en su sitio, recogió el colchón duro y delgado, que no pesaba nada, y la almohada, dura como piedra.

—Acuéstate y trata de dormir. Ya no vendrá hasta mañana —dijo el padre Juan—. Éste es así. Asusta y se va. Hasta el ataque final. Ahí es donde no nos podemos equivocar. Cuando lance la arremetida final, tenemos que estar listos. Duerme, Luciano. Vamos, hermano Francisco.

Luciano cerró su puerta y vio que estaba partida por la mitad, pero sujeta por las varillas de fierro. Se metió en la cama, se echó la sábana encima, quiso rezar pero no se acordó de ninguna oración. Después, mentalmente, rezó el padrenuestro. Sólo durmió cuando llegó el amanecer, con el canto de los gallos.

El padre Francisco lo despertó con unos golpes suaves a la puerta.

—Te he dejado dormir una hora más de lo necesario. Son las siete —le dijo.

Era la hora en que Luciano llegaba a su casa siquiera una vez a la semana. Se levantó y abrió la puerta. Había refrescado un poco.

—Baja al patio y lávate. Toma jabón y toalla. Desayunarás solo, en la sacristía, porque todos hemos desayunado ya. El padre Juan me ha dicho que puedes irte a tu casa. Quiere conversar contigo un momento en la sacristía y que regreses a las seis de la tarde para confesarte. Escucha bien, Luciano: quiere que te confieses. Es decir, que te arrepientas de tus pecados delante de un padre. En un confesionario. No que cuentes tus aventuras a tu gusto como me las has contado a mí. Él ya te lo dirá.

Luciano se lavó en el patio y luego entró a la sacristía donde lo esperaba, leyendo, el padre Juan. Le dio los buenos días y el jesuita le contestó con una sonrisa, cerró su libro y se quitó los lentes. Se quedó mirándolo unos instantes.

—Menuda noche te hizo pasar él.

—Rompió la puerta y creo que mi catre está roto también —dijo Luciano.

–¿Te asustaste mucho, Luciano?
–Sí. ¡Cómo no me iba a asustar! Nunca había oído un golpe tan fuerte a una puerta.
–¿Rezaste?
–Recé.
–¿Después de cuánto tiempo?
–Ya no me acuerdo, padre. Creo que desde que hice mi primera comunión o desde que me hirieron en el Chaco. Ya no me acuerdo.
–Yo creo, Luciano, que hoy puede ser el día. O tal vez la noche. Pero él está inquieto, furioso, impaciente. Eso es bueno porque puede cometer errores. Mi experiencia me dice que cuando hace escándalo es que ya ha decidido actuar.
–¿Va a actuar contra mí?
–¡Claro!
–¿Y cómo?
–Tratando de acabarte, de liquidarte.
–¿Matándome?
–Tratando de hacerlo. Como la mató a doña Zoraida Bazán. Y como mató a un hombre endemoniado hace poco en Chiquitos.
–¿Al que colgó de la viga en la iglesia?
–Ése. A ése lo dejó pendiente de una cuerda del techo de la iglesia. De la viga mayor. Si no lo hubiera visto, jamás lo creería. Nadie se ha podido explicar cómo lo subió hasta esa altura para ahorcarlo.
–¿Y si me pasa lo mismo?
–Ese hombre no quería salvarse, Luciano. Tú sí quieres. Ese hombre había matado a su mujer y después se dedicó a asesinar porque sí. No quiso salvarse. Decidió enfrentarse a él solo. O entregarse a él, mejor dicho. Estoy convencido de que no quiso el perdón de Dios. Prefirió el castigo de él. Tú estarás protegido por mí, por el padre Francisco, por los otros hermanos del templo, por Dios, sobre todo.
–¿Así que será hoy?
–Creo que sí. Ven a las seis y confiésate. Arrepiéntete y

cumple tu penitencia. Las penitencias que da la Iglesia a los hombres no son severas. Pero tú, por ejemplo, deberías pasarte el resto de tu vida rezando por todas las fechorías que has cometido.

—No tanto, padre. Si no he matado a nadie. Sólo que me gusta...

—Sé todo lo que te gusta, hijo. No quiero que me cuentes nada de ti porque lo sé de memoria. Si te escuchara me pondría de mal humor y hoy he despertado bien. Sin tos, como ves. Estoy sano y bueno, listo para enfrentar al miserable.

—¿Voy a dormir otra vez en la celda?

—Es lo más probable. No sé si dormir es la palabra exacta. Pero posiblemente pases la noche en la celda. Hay que convocarlo y luego lo vamos a liquidar.

—¿En la celda?

—Donde sea. Ve con Dios. Anda a tu casa y vuelve a las seis. Pero ten cuidado, no te confíes de nada.

Luciano se fue a su casa y cuando llegó, sólo estaban Anita, Luciana y Castulia. Anita le preguntó cómo le había ido y él le dijo que bien. Luciana le ofreció el desayuno y él le contestó que ya había desayunado con los padres de San Francisco. Castulia rezongó, incrédula como siempre.

Se echó en la hamaca y se meció. Miró el patio y oyó los pájaros. Luciana barría y Anita iba de un lado a otro, cantando algo conocido pero que no recordó. "Está feliz", pensó. "Está dichosa con su matrimonio", se dijo, y cerró los ojos. Ahí, en la hamaca, se sumió en el sueño que le había quitado el diablo la noche anterior. Durmió a pierna suelta hasta las once.

Cuando despertó, Anita le contó que había roncado de lo lindo. "Qué sueño más profundo", le dijo, "y sin sobresaltos, como el de un santo". "¿Santo yo? ¿Sandiablo?", le dijo. Anita se rió a carcajadas negando con la cabeza. Luciano se rió también. Creyó que dormir sin inquietud era una señal de que podía mejorar. Pero no pensaba sino en que fueran las seis para volver a la iglesia. Quería que todo acabara de una vez y que el diablo lo dejara tranquilo o que lo matara. Pensó en el padre Juan Leal, en su pequeñez aparente, y en la fuerza que encerraba entre esos pocos huesos frágiles. Era ni más ni menos que un águila flaca. Y lo que no entendía era cómo un hombre podía vivir feliz sin haber conocido en su vida a una mujer. "Debe ser un amargado, el pobre. O a lo mejor tira a escondidas de Dios. Estos curas se las saben todas", pensó. Pero apartó esas ideas de su cabeza y se acordó de que el jesuita le había dicho que se andara con cuidado, que no le diera ninguna ventaja al diablo. "Mejor pienso en otra cosa, no sea que el coludo me esté tentando", meditó.

—¿Cómo te fue con los curas? —le dijo Juana cuando llegó a la hora de almorzar.

—Bien, bien —le respondió Luciano.

—No se te ve tan entusiasmado, pero tené paciencia y vas a ver cómo los tatas te van a ayudar y te van a sacar todos los diablos del cuerpo. Al final, todo es psicológico. Son cosas que uno se imagina pero que no son reales.

—Así es —dijo Luciano.

—¡Por fin! ¡Esto sí que es un progreso! Primera vez que no me querés comer viva porque te digo que te imaginás cosas, Luciano.

—Sí, Juana. Así había sido.

—Eran tus locuras, ¿no? ¿Estás admitiendo que todo era un disparate?

—Sí, Juana.

—¿Y por qué te lo negabas antes?

—¿Por qué no te callás, querida? ¿Podés hacerme el favor de dejarme en paz?

—¡No has cambiado! ¡Qué vas a cambiar vos! ¡Seguís siendo el macho de la casa! ¡Durmiendo con putas hasta el amanecer!

—¡No me jodás!

—¡Epa! ¡Hay que buscar a los curas! ¡Luciana, corré a buscar al padre Francisco!

—¡No me jodás te he dicho!

—No se enoje, Taita –le dijo Anita, y Luciano se dio cuenta de que era la primera vez que ella intervenía en los asuntos de familia.

Luciano se levantó de la hamaca y se acercó a Juana.

—No me toqués, mugriento –le dijo.

—No te voy a tocar, pero, por favor, hoy dejame en paz.

—Te dejo en paz. Vamos a almorzar y punto. No quisiera hablar de nada con vos.

Durante el almuerzo, Luciano vio cómo Antonio y Anita conversaban en voz baja, riendo, en total dicha y complicidad. Él le tomaba la mano y ella se la quitaba y se ruborizaba. La miró y se olvidó del diablo y del padre Juan. La imaginó desnuda. La recordó haciendo sus ejercicios, abriendo y cerrando las piernas, encogiéndolas y estirándolas frente a él. "Todo para este incapaz", dijo en voz alta.

—¿Qué, papá? –le dijo Charito.

—Nada, nada –dijo él.

—¿Quién es el incapaz que se va a llevar todo? –preguntó Juana.

—No he dicho nada, Juana. Estaba pensando en no sé qué cosa.

—Yo sé en qué estabas pensando...

—¡En nada, carajo! –gritó y se levantó de la mesa.

—¡Endemoniado! –le gritó Juana.

Salió Luciano del comedor cuando empezó a tronar y una nube negra ensombreció la ciudad. Un gato maulló en el techo y se quedó mirándolo, con la cola parada y las fauces abiertas. Luciano tomó dos botellas vacías de las que estaban apiladas en el patio para botarlas y lanzó una, que salió disparada contra el gato y que no le dio porque el felino saltó a un lado. "¡Coludo, hijo de puta!", le gritó. La botella rompió una teja y reventó en mil pedazos. La otra botella pasó por encima del gato que huía y fue a dar a la casa del vecino. Oyó cómo se quebraba un vidrio estruendosamente y cómo gritaba una vieja: "Ya está el borracho Salvatierra queriendo matarnos otra vez". Juana llegó a la carrera con Charito y Anita. Lo sujetaron cuando alzaba dos botellas más.

—Es el coludo de mierda que ha venido a espiarme —dijo Luciano, inquieto.

—¡Bah! Es el pobre gato flaco que siempre se come las sobras en la cocina —agregó Luciana, cuando entraba, justamente, el padre Francisco.

—Lo que me faltaba —dijo Luciano cuando lo vio.

—¿Qué escándalo es éste? —preguntó el cura.

—Nada —respondió Juana—, que el hombre está tirando botellas al techo porque dice que el coludo lo anda espiando desde ahí arriba y se trata de un pobre gato hambriento.

Se largó a llover en ese instante. El cura tomó a Luciano del brazo y se lo llevó a un lado.

—No hagas disparates, Luciano. Veo que no has bebido y que has cumplido con tu palabra. No hueles a trago. Pero no pierdas la calma. Acuérdate de lo que te dijo el padre Juan.

—Es que no puedo controlarme. No aguanto mi casa ni a mi familia. ¿Me puedo ir ahora mismo a la iglesia?

—La iglesia es tu casa. Tu celda está esperándote. Puedes descansar ahí y bajar a las seis a confesarte, como quiere el padre.

Luciano se lavó en el baño y salió al patio bajo la lluvia. Corrió hasta donde estaba el franciscano.

—Esperemos que escampe —le dijo el cura.

—He cambiado de idea. Me quedo en casa y voy a la hora que me han dicho —dijo Luciano.

48

A las seis menos cuarto, seguía lloviendo en el pueblo, cuando Luciano llegó hasta el portal de San Francisco. Iba pensativo, cabizbajo, pero de pronto salió de sus meditaciones sobresaltado. Un perrazo negro, con mirada de trasnochado, agazapado junto a la puerta, le ladró. No lo había visto antes. Se detuvo en seco, asustado. Pasaron dos mujeres y el perro no les hizo nada. Sólo lo miraba a él. Entonces trató de entrar y el perro se levantó, le mostró los colmillos y se preparó para atacarlo. Entró otra mujer y el perro ni la miró. Luciano retrocedió hasta bajar a la calle y el perrazo negro con las orejas en punta echadas hacia atrás se le fue aproximando, arrastrándose, mostrándole los dientes. Le gruñó roncamente con los colmillos pelados y un temblor en el cuerpo. Luciano se dio cuenta de que era cosa de un segundo y que el perro le saltaría al cuello. Se dispuso a hacerle frente ante la imposibilidad de huir. Sintió que le temblaban las piernas. En ese momento entraba en la iglesia un hermano, con la cabeza cubierta con la capucha. Le echó un silbido agudo al perro. Fue como si alguien le hubiera dado un cimbronazo. El perro negro salió huyendo, escondiendo la cola entre las patas y dando aullidos lastimeros. Luciano se quedó perplejo. Recién entonces entró en la oscura nave central de San Francisco. "¿Será éste?", pensó, viendo como el hermano encapuchado se hincaba en la primera fila.

Asomó un sol tenue que volvió a desaparecer, y la humedad se hizo insoportable. Adentro sintió que se sofocaba. Poca gente había en la iglesia, todas mujeres y el gordito que se le acercó apresurado y saltarín, para saludarlo. Oía rezar a las señoras de mantón con el bisbiseo que producen las oraciones dichas casi en secreto. Se sentó en un largo banco que estaba frente a uno de los confesionarios. Ahí se quedó mirando las escenas de las estaciones que colgaban en la pared. A las seis, todavía no había venido ninguno de los curas a tomar la confesión. El otro hermano, el que había espantado al perrazo negro con un simple silbido, seguía hincado, orando. Escuchaba voces apagadas y miraba mujeres enlutadas que encendían velas en la penumbra. De todos modos, se acercó al confesionario y se hincó a esperar. Pero no esperó nada.

–Ave María Purísima –oyó, súbitamente.

–Quiero confesarme, padre –dijo.

–Ya lo sé, pero contesta como se debe –le dijo el cura.

–No me acuerdo, padre.

–Se dice así: "Sin pecado concebida".

–Sin pecado concebida –repitió Luciano.

–¿Cuánto tiempo hace que no te confiesas, hijo?

–Muchos años, padre.

–¿Y por qué lo haces hoy? ¿Has pecado mucho? –preguntó el cura.

–Porque estoy en peligro. Siento que el diablo me persigue y que me tienta a hacer cosas malas.

–¿Lo has visto, acaso?

–Sí, padre.

–¿Sabes lo que me estás diciendo? ¿No mentirás en confesión?

–Lo he visto, padre. Y he buscado consejo y refugio en la Iglesia.

–¿Has sido siempre devoto y buen cristiano?

–No, padre. He sido siempre un libertino indiferente y malo.

–Entonces, ¿has pecado mucho, hijo mío?

–Mucho, padre, muchísimo –dijo Luciano.

–¿Pecados de la carne?

–Sí, padre, tengo deseos incontrolables. Estoy endemoniado. Deseo mujeres prohibidas para mí, pero mi deseo está fuera del control de mi voluntad. Siempre las he deseado a todas. Pero ahora deseo sólo a una. Me siento perdido. Tengo sudores y temblores cuando la veo, padre. ¡Ayúdeme!

–¿Deseas a otras mujeres? ¿Deseas a niñas indefensas? ¿Espías en las noches a jovencitas inocentes? Porque eso es lo que haces, ¿no, pecador?

–Padre, escúcheme, padre... ¿Eso le ha contado el padre Juan?

–¡Calla, tonto! ¡No necesito que nadie me cuente nada! ¿Piensas violar a la novia de tu hijo? ¿Quisieras embarazar a la novia de Antonio y matarlo en vida? ¿Te gustaría desvirgar y gozar de Anita, desgraciado, infame, y echar sobre ella tu semen viejo, sucio y corrompido? ¡Quisiera darte una paliza en vez de la absolución! Esas cosas están reservadas sólo para los bellos ángeles que se rebelaron contra la tiranía de Dios, pero no para infelices, ignorantes, viciosos, estúpidos, desenfrenados como tú.

Entonces, Luciano, desconcertado, sintió el olor del diablo. Por la rejilla salía su aliento ácido. Se levantó de un salto, abrió la cortina y se encontró con el diablo vestido de cura, encapuchado, sentado dentro del confesionario. Su larga cola estaba sobre sus rodillas. El diablo lo miraba burlesco, como siempre, con sus ojos verdirrojos.

Luciano se le abalanzó y lo tomó del cuello. "¡Hijo de puta!", gritó con toda su alma. El diablo lo tomó también del cuello y lo sacudió levantándolo del piso un metro. Una señora cayó al suelo del espanto. El diablo lo tuvo colgado un instante, al tiempo que Luciano manoteaba y pataleaba, como si estuviera volando. El monaguillo vio todo y corrió gritando como una chica a la sacristía, a dar aviso de que Luciano Salvatierra volaba. El diablo empezó a hacerlo dar vueltas, sin soltarlo, mientras Luciano se ahogaba aferrado a la capucha y la sotana marrón para que el diablo no lo estrellara contra la pared.

"Ese hombre está volando como un ángel", gritó una vieja. "Pero seguro que se cae", dijo otra señora. Entonces se armó un barullo porque las mujeres que estaban en la iglesia veían a un hombre volar en redondo y luego revolotear sin desplazarse. "Milagro, milagro", empezaron a corear. Así, volando, lo vieron a Luciano, el padre Juan Leal y el padre Francisco. El jesuita venía corriendo a los tropezones con la cruz de hierro en su diestra, rematada en una punta aguda, mostrándosela a Luciano. Y atrás venía el padre Francisco trayendo un recipiente con agua bendita. El jesuita vio cómo Luciano se contorsionaba, insultaba y pegaba golpes al aire, suspendido del suelo, como levitando. "Es la ascensión al cielo", dijo una de las mujeres.

Sabía el jesuita que Luciano estaba peleando con el demonio. Y sabía que al demonio sólo lo veía Luciano, nadie más. El padre Francisco echó agua bendita y Luciano cayó al piso y se revolcó con la lengua afuera. "Me mata", dijo en un momento que pareció liberarse. El padre Juan acercó la cruz hasta la cabeza de Luciano, pero un golpe imprevisto lo derribó de espaldas. El padre Francisco echó parte del agua encima de Luciano, oyó un grito atroz, vio humo y cómo Luciano recuperaba el color y volvía a respirar. El padre Juan tomó la cruz nuevamente y la puso encima de la cabeza de Luciano. Olió la presencia del demonio, percibió su furia y sintió un nuevo golpe que lo tiró sentado, lejos, y un insulto soez que salía ronco, grave, como si viniera del fondo de una noria profunda. "Muere, Maligno", le gritó desde el suelo. Luciano se puso en pie, y doblado, pegando cabezazos, pateando, se metió entre los bancos haciendo caer a varias mujeres que gritaban espantadas. Aparecieron dos hermanos más con agua bendita y la echaron encima de Luciano, y nuevamente humeó y se oyeron espantosos gritos roncos e insultos crasos contra Dios y los curas.

Luciano estiró una mano y el jesuita le alcanzó el crucifijo. "¡Pégale!", le dijo. "¡Pégale tú que lo ves!" Y Luciano empezó a pegar con el pesado crucifijo y a romper las tablas de los bancos, y siguió pegando y haciendo saltar los mosaicos en añicos, desportillando las columnas, hasta llegar al altar mayor, donde siguió golpeando lo que parecía ser el piso. Le echaron más agua bendita los hermanos que estaban con el padre Francisco, hasta que Luciano tiró el crucifijo, se agachó, se enderezó con un esfuerzo descomunal, como cargando un peso enorme, tomó otra vez la cruz y la clavó encima del altar. Vio que una mancha negra se extendía sobre el ornamento de lino blanco. Se detuvo un momento, jadeante y con ambas manos abiertas. "Murió", dijo y se derrumbó de rodillas.

Hubo un silencio total, interrumpido por las beatas que gritaban caídas entre los bancos de San Francisco. El padre Juan se sentó a su lado, le tomó la mano izquierda y le puso su anillo de matrimonio. "Lo dejó en el altar", le dijo y lo abrazó. Entre todos levantaron a Luciano y lo llevaron al patio. Allí, junto a un grifo, lo lavaron. Después, en la sacristía, le pusieron alcohol y mercurio cromo en sus heridas. Cuando volvió vio que el altar mayor estaba con su ornamento tan blanco como siempre.

–Parece que acabaste con él –le dijo el padre Juan Leal, con la voz estrangulada por el esfuerzo.

–Sí, padre, lo he visto morir.

–No olvides que sólo ha muerto uno de los demonios. El tuyo. Porque el diablo sigue vivo. Y seguirá haciéndole la guerra al Señor.

–Sí, padre, lo sé –Luciano respondió, secándose la frente.

Luciano dijo que quería descansar y le preguntaron si deseaba irse a su casa o quedarse en el convento. "Aquí", fue todo lo que dijo. A las siete, en su celda, le dieron una escudilla de arroz con carne, un bizcocho de trigo y un vaso de agua. Comió todo y cuando el padre Francisco pasó a verlo estaba durmiendo profundamente.

No despertó hasta las cinco y media de la madrugada, cuando el franciscano le tocó la puerta porque el desayuno sería a las seis.

–Ayer te adelantaste en venir, ¿no? –le dijo el padre Francisco.

–Llegué antes de las seis, pero me confesé a las seis, como

me dijeron ustedes. Hubo un perro negro, furioso, que no me dejaba entrar. Hasta que llegó un hermano con la capucha puesta y lo hizo huir con un solo silbido –contó Luciano.

—Era él, sin duda.

—¿Era él el que evitó que el perro me hiciera pedazos?

—No para defenderte, Luciano. Quería hacerte pedazos con sus propias manos. El hermano que te iba a tomar la confesión nos dijo que había otro padre en el confesionario y eso era imposible, porque nos dimos cuenta, con pavor, que estábamos todos en la sacristía. En eso entró corriendo el sacristán diciendo que tú volabas en la iglesia.

—Bueno, pero me salvé al final.

—¡Porque así lo quiso el Señor! Anoche vinieron a verte Juana y todos los de tu casa. Querían llevarte a dormir allá. No te desperté porque vi que dormías muy plácidamente y pensé que estarías cansado para trasladarte a esa hora. Tu hija Clarita quiso quedarse a dormir, para acompañarte, pero jamás una mujer ha dormido en el claustro. Está prohibido.

—Gracias, padre. Me alegro de que hayan venido. Pero ¿cómo supieron que habíamos peleado con él?

—Porque las señoras que estaban a esa hora en la iglesia esparcieron por toda la ciudad el cuento de que tú habías volado en la iglesia y de que eres un santo. Nadie sabe que era él quien te revoloteaba en el aire.

Luciano se rió.

—¡Santo yo! ¡Mire cómo son las cosas en este mundo, padre! ¡Luciano Salvatierra, santo! ¡De diablo a santo! ¡San Luciano! ¡Sandiablo!

—¡No blasfemes! ¡Siempre blasfemas! ¡Por qué blasfemas tanto!

—No se enoje, padre. Tomo mi desayuno y me voy para mi casa.

—Antes te despedirás del padre Juan.

—¡Claro! ¡No faltaba más!

Luciano desayunó café, pan y queso, con el padre Juan. Tenía con heridas leves en la cara, rasmilladuras en las piernas y rodillas y moretones en el cuello por el estrangulamiento a que el diablo lo había sometido. Ni un sólo hueso se le había roto en el combate. El jesuita, sentado a su lado, respiraba con dificultad.

—La humedad, Luciano. La humedad y las emociones me están matando —le dijo.

Luciano lo miró en silencio.

—Gracias por todo, padre —le contestó.

Acabado el desayuno, Luciano se despidió de los hermanos. Y vio cómo el padre Juan se despedía también.

—¿Se va usted a algún lado con esa asma? —le dijo.

—Sí. Vuelvo ahora a Chiquitos, a combatirlo a él. Me dicen que sigue haciendo de las suyas entre la pobre gente. Vine por ti antes de tiempo porque Dios me trajo.

—Pero así usted no llega ni a Cotoca, padre.

—Es la voluntad del Señor, Luciano.

—¿Y no quiere que lo acompañe yo?

El padre Juan se quedó callado mirando al hermano Francisco.

—Tienes cosas más importantes que hacer. Tienes mujer, hijos, y pronto vendrán más nietos. Ya es tiempo de que trabajes, Luciano.

—Quiero ir detrás del coludo, a darle su merecido. Déjeme que lo acompañe sólo por una vez. Hasta que usted se reponga del asma. Le juro, padre Juan, que volveré para trabajar.

—Esto que me atormenta no tiene cura, Luciano. No te preocupes, tu lugar está aquí. Y ya te he dicho que no lo nombres. Y que no jures si no has de cumplir con tu juramento.

—Le juro que no voy a beber ni un trago y que voy a estar con los dos ojos bien abiertos, día y noche, para que él no nos sorprenda. Y le juro, me hinco si quiere —y se hincó— que voy a trabajar a mi vuelta.

—Luciano, tú no eres sacerdote. Tú no tienes permiso para encargarte de los asuntos del Señor, ni para entrar en los insondables lugares del alma donde se encuentran estas cosas del bien y del mal, que son tan complejas. ¡Ni yo tengo autoridad para hacerlo sin consultar!

–¿Pero quién le ha dicho que yo quiero ser un cura como usted? Quiero ser su mozo. Quiero hacerle el café. Atarle la hamaca. Alzarlo, cuando esté cansado. Ayudarlo a hacer la comida. Y reventarlo a palos a él. A ése que sabemos. Al innombrable. ¿Sabe, padre Juan? Ahora no tengo nada que hacer en este pueblo. No tengo trabajo siquiera. ¡Sólo pensar en cosas malas y desearlas! Voy a volver a caer, padre. Está escrito que vuelvo a caer en las mismas.

–Tienes familia y te necesita. Mal haría yo en llevarte conmigo a Chiquitos, tan lejos. Tú te quedarás con tu mujer y tus hijos. ¡Con tus nietos, Luciano! ¡Y a trabajar de una vez, hombre!

Salió el jesuita hasta el portal de San Francisco acompañado de los hermanos y de Luciano, que andaba cabizbajo. En el atrio se había reunido un grupo de curiosos, la mayoría niños, junto a las mulas que estaban amarradas en la calle encharcada.

–¿Y no podrá irse usted siquiera hasta el Río Grande en un jeep? –le dijo Luciano.

–Con estos caminos lo único que sirven son las mulas, Luciano. Además, me gusta viajar así, porque el tiempo se me pasa meditando y orando. Estas bestias de Dios pasan por todos los curiches y ríos. Nada detiene a mis mulas.

Entonces llegaron hasta la iglesia Juana con Clarita, que lloraba, Anita, Antonio, el Orejón y Lucrecia. Juana se abrazó a su marido y él le entregó el anillo de matrimonio. "No lo había vendido. ¿Ves?", le dijo y Juana rió. El padre Juan seguía bendiciendo y despidiéndose, mientras cargaban las mulas y ya empezaba a sentirse una humedad pesada que vaticinaba un día insoportable. El jesuita tomó del brazo a Juana y la apartó del grupo. Le habló durante unos minutos, la bendijo, y luego se puso un sombrero de palma y montó en su mula.

–No te portes mal, Luciano. Mira que aquellos que tú sabes vuelven. No te creas triunfador. Ellos siempre rondan a los viciosos. Quiero tener buenas noticias de ti cuando regrese de Concepción.

–Lo voy a esperar, padre –dijo, sonriente, Luciano.

–¡Pero en paz con Dios!

–Sí, padre Juan. En paz con Dios.

El padre Juan León le dio unos talonazos a su mula y partió con otras dos y un peón que lo seguía. Volvía, nuevamente, a las tierras de las misiones, a los antiguos dominios de la Compañía de Jesús, para salvar almas.

Luciano llegó a su casa y se tumbó en la hamaca. Juana y las mujeres se fueron a cocinar el locro de gallina. Anita apareció con un vaso de guarapo y se lo ofreció. Luciano la miró embobado. Le tomó los dedos al coger el vaso y ella los retiró y el guarapo fue a dar al suelo. Anita se agachó para levantar los pedazos de vidrio tosco y Luciano estuvo apunto de meterle la mano en el escote en busca de esos senos robustos que tanto deseaba. Anita salió precipitadamente hacia la cocina. Un perro ronco ladraba insistentemente en la puerta hasta que Luciano tomó una vara del patio y salió a la calle. Se encontró, de golpe, con el perrazo negro, con ojos de borracho, que había querido atacarlo en San Francisco. El animal se abalanzó y él cerró aterrado y sintió cómo el perro arañaba la puerta con sus garras y lanzaba su aliento fétido. Se quedó temblando sentado en la hamaca, hasta que oyó que se abría la puerta. Eran el Orejón y Lucrecia.

–¿No vieron un perro negro en la puerta? –les preguntó Luciano.

–Sí. Está afuera –dijo Lucrecia.

–El muy hijo de puta –dijo despacio Luciano.

–¿Y qué pasa con el perro? –preguntó el Orejón.

–Nada, nada. Que es un perro de mierda. Nada más.

El Orejón y Lucrecia se miraron sin entender. Entraron luego en la cocina y volvieron, abrazados, con sus vasos de guarapo. Se sentaron un momento con Luciano y pronto se despidieron. Luciano salió hasta la puerta, detrás de ellos. El perrazo seguía ahí, echado enfrente. Gimió y movió la cola. Cuando vio a Luciano, enseñó los colmillos y empezó a gruñir.

–Me quedo aquí porque este hijo de puta no me deja salir a la calle –dijo.

–¿Y de quién es este perro? –le preguntó el Orejón.

–Vaya uno a saber –dijo Luciano– pero de seguro que no es de este mundo.

Durante el almuerzo, Luciano, asustado, derrotado, ensimismado, pensó: "No debo intentar nada más contra Anita. Si lo hago, el coludo me va a joder. Está visto. Además, no quisiera que a mis nietos les diga hijos de puta por mi culpa". Juana lo sacó de sus cavilaciones preguntándole por qué no comía su locro de gallina gorda que tanto le gustaba. Luciano le contestó que no tenía hambre y se levantó de la mesa dejando a todos comiendo. Fue hacia la puerta de calle y no oyó nada afuera. La abrió con cuidado y el perro no estaba. Sacó la cabeza y espió para todos lados; el perro se había ido. "Es Mandinga que no me va a dejar tirar con otra que no sea Juana", se lamentó.

Acabado el almuerzo, Juana entró en su dormitorio y se encontró con Luciano desnudo, echado en la cama. Saltó Luciano y cerró la puerta con pestillo. Ella susurraba algo, totalmente sorprendida, y él la iba desvistiendo con brusquedad, mientras le lamía el cuello y los senos. La empujó sobre la cama y la poseyó hasta hacerla gozar. Gozó tanto Juana, gritaron tanto ambos en aquella hora de la siesta, que sus hijos salieron de la casa entre contentos y turbados.

–¿Qué te sucede, Luciano? –le dijo Juana, exhausta, después de la batalla campal.

–Que el padre Juan me ha dicho que lo tenemos que hacer todos los días así.

–¿Y cómo sabe él de estas cosas?

–¡Qué no sabrá el cura ese! –exclamó Luciano.

Buenos Aires, octubre de 1999.

Este libro se terminó de imprimir
en el mes de julio de 2000
en Kalifón Impresores,
Humbolt 66, Ramos Mejía,
Buenos Aires, República Argentina.